신의 비오톱.

KAMISAMA NO BIOTOP
© Yu NAGIRA 2017
All rights reserved.
Original Japanese edition published by KODANSHA LTD.
Korean translation rights arranged with KODANSHA LTD.
through Imprima Korea Agency.

이 책의 한국어판 저작권은 Imprima Korea Agency를 통해
KODANSHA LTD.와의 독점계약으로 문예춘추사에 있습니다.
저작권법에 의해 한국 내에서 보호를 받는 저작물이므로
무단전재와 무단복제를 금합니다.

신의 비오톱.

초판 1쇄 발행 2025년 11월 15일

지은이 나기라 유
옮긴이 부윤아
펴낸이 한승수
펴낸곳 문예춘추사

편집 구본영
디자인 이새봄
마케팅 박건원, 김홍주

등록번호 제300-1994-16
등록일자 1994년 1월 24일
주소 서울특별시 마포구 동교로 27길 53, 309호
전화 02 338 0084
팩스 02 338 0087
메일 moonchusa@naver.com

ISBN 978-89-7604-764-9 03830

* 이 책에 대한 번역·출판·판매 등의 모든 권한은 문예춘추사에 있습니다.
  간단한 서평을 제외하고는 문예춘추사의 서면 허락 없이 이 책의 내용을
  인용·촬영·녹음·재편집하거나 전자문서 등으로 변환할 수 없습니다.
* 책값은 뒤표지에 있습니다.
* 잘못된 책은 구입처에서 교환해 드립니다.

신의 비오톱.

나기라 유 지음
부윤아 옮김

문예춘추사

차례

프롤로그: 비밀 I   007

아이싱 슈거   019
다시 만나자,   094
식물성 로미오   152
그녀의 사육제   210

에필로그: 비밀 II   298

등장인물 소개

가노군: 우루하의 남편, 고인(故人)

가노 우루하: 가노군의 아내

사사 나오시: 가노군의 후배 대학생

치카: 사사의 연인

아키: 우루하의 학생

하루: 우루하의 학생

가나자와: 우루하의 그림 교실에 다니는 대학생

아키호: 우루하의 그림 교실에 다니는 초등학생

다치바나 노조미: 우루하가 근무하는 고등학교 3학년 학생

아즈미 키요토: 우루하가 근무하는 고등학교 3학년 학생

니시지마 씨 부부: 우루하 이웃에 사는 노부부

프롤로그

비밀 I

폭력적으로 느껴질 만큼 귀찮은 일이 있다.

밤새 잠들지 못하고 이불 속에서 가만히 아침이 오는 것을 지켜봤다. 날이 밝은 후에도 몸을 일으킬 수 없었다. 안 일어나면 안 되나? 왜 일어나야 하지? 세수를 한다거나 이를 닦는다거나 이런저런 일어나야 할 이유는 많다. 하지만 그런 것을 하지 않아도 살아갈 수 있다는 결론에 이르고 말았다. 내가 지금 있는 곳은 무인도와 마찬가지다. 깨끗하든 더럽든 신경 쓸 사람은 아무도 없었다. 더럽게 있어도 불편할 게 아무것도 없다. 나는 이대로 누워 있고 싶었다.

하지만 장례식을 치르지 않을 수는 없었다.

그게 결혼한 지 2년째 접어드는 남편의 장례식이라면 말할 것도 없다.

가노군이 교통사고로 죽은 후 아직 하루밖에 지나지 않았다.

평소처럼 장을 봐서 돌아왔을 때 경찰의 부재중 메시지가 녹음되어 있었다. 이해할 수도, 받아들일 수도 없는 상태로 현실이 성큼성큼 다가왔다. 나는 그것을 접시 깨듯 내려쳐서 산산조각내고 싶었다. 받아들일 수 없었다. 인정할 수 없었다. 하지만 그런 마음마저 반나절도 가지 않았다. 저항조차 할 수 없을 정도로 나는 약해졌다.

흙탕물을 빨아들여 더러워진 목화솜을 쑤셔 담아놓은 듯이 무거운 머리를 들어 어기적어기적 이불에서 기어 나왔다. 정말로 무거웠다. 죽을 것 같았다. 이왕 이렇게 된 거 내 장례식도 같이 해줬으면 좋겠는데.

—좋은 아침, 우루하.

아침 식사 준비를 하고 있으니 가노군이 부엌에 들어왔다. 반쯤 잠이 덜 깬 모습으로 의자에 앉은 가노군에게 계란프라이, 계란말이, 삶은 계란, 스크램블드에그, 수란 중에 뭐가 좋은지 물어봤다. 가노군은 그 순간의 기분에 맞춰 먹고 싶은 걸 말하고는 미소 지었다.

—고마워.

어느 집에서나 흔히 있는, 매일 아침 반복되는 풍경이 떠올랐다.

가노군은 웃으면 눈이 초승달처럼 가늘어지는 것이 꼭 기분 좋은 고양이 같은 얼굴이 된다. 흔한 풍경도 사랑을 덧입히면 둘만의 비밀이 된다. 사랑은 논리적이지 않아 나를 솜처럼 부드럽게 감싸줄 수도 있고, 산 채로 하수구에 빠트릴 수도 있었다.

일어나야 하는데. 오늘도 점심쯤에 장례회사 사람이 올 것이다.

고별식 날은 날씨가 화창하게 개었다. 같은 날에 칠일재까지 올리고 사람들에게 감사 인사를 하고 식사를 대접하는 가운데 나는 무엇을 했는지 잘 기억나지 않는다. 음식 중에 가노군이 싫어하는 참깨두부가 있었던 것만은 기억한다. 나는 좋아하지도 싫어하지도 않지만.

"우루하, 난 이제 갈게."

바닥에 앉아 벽에 기댄 채로 축 늘어져 있는 나를 보며 이모가 말했다.

엄마는 혼자 나를 낳아 싱글맘으로 키우다가 내가 열다섯이 되었을 때 애인과 가출한 후 내 인생에서 사라졌다. 조부모님이 나를 키웠고, 두 분이 죽은 후 곁에서 돌봐준 친척이라고는 엄마의 여동생인 이모뿐이었다.

"냉장고에 반찬 만들어뒀으니까 제대로 챙겨 먹어."

"고마워요. 늘 이모에게 기대기만 하고 죄송해요."

현관 앞까지 배웅하며 다시 한번 고개를 숙였다. 이모는 최근 며칠 창백한 얼굴로 흔들거리는 나 대신 장례식을 진행하고 마음 다잡으라며 내 등을 쓰다듬어주었다.

"우루하는 옛날부터 신경이 예민하니까."

이모는 차분히 말하더니 표정을 바꿨다.

"엉뚱한 생각은 하지 마. 혼자 있기 싫을 땐 언제라도 우리 집에 놀러와도 괜찮으니까. 이렇게 우중충한 곳에 젊은 여자애가 혼자 있으면 우울해져."

"이 집, 나는 좋은데."

이곳은 가노군이 돌아가신 부모님에게 물려받은 집이다.

지은 지 40년 가까이 된 오래된 일본식 집으로 작게나마 정원이 있어서 사계절 꽃을 피우고 길고양이가 종종 놀러왔다.

"관리는 힘들지만."

이런 말을 덧붙이며 살짝 웃었더니 이모는 얼굴을 찌푸렸다.

"뭐, 땅이라도 남겨줘서 다행이지."

이모를 배웅한 후 맨발로 타닥타닥 소리를 내며 부엌에 갔다. 육수와 달짝지근한 간장 냄새가 떠도는 부엌에서 수돗물을 받아 마셨다. 미지근했다.

정면에 있는 작은 창문으로 매미 소리가 쏟아져 들어왔다.

입가로 물이 흐른다. 가노군은 매미 소리를 좋아했다는 사실이 떠올랐다.

울음소리와는 별개로 정원에 죽은 매미가 떨어져 있는 것이 나는 싫었다. 죽은 매미는 작고 통통해서 모르고 밟으면 슬리퍼 너머로도 감촉이 느껴졌다. 결혼하고 처음 맞은 여름에 나는 온 동네가 떠나가도록 비명을 질러 가노군을 놀라게 했었다.

냉장고를 열어보니 반찬이 담긴 법랑 용기가 쌓여 있다. 무말랭이, 톳나물, 오이와 오징어 된장무침, 브로콜리 양념 절임, 주먹밥.

이모의 마음이 잔뜩 놓여 있었다.

'고마워라.'

마치 대본을 읽는 것처럼 생각했다. 이럴 때는 이렇게 생각하겠지. 프로그래밍된 기계처럼 감정을 흉내 냈다. 실제로 마음의 시곗바늘은 꿈쩍도 하지 않았으면서.

앞으로 계속 이럴까?

두 명이 타야만 균형이 잡히는 배를 혼자서 흔들흔들 저어가게 되는 걸까?

발밑이 질질 끌려가는 감각이 덮쳐왔다. 시야가 빠르게 어두워졌다. 빈혈이다. 웅크린 몸에 냉장고에서 나온 냉기가 닿았다. 토하고 싶었지만 토해낼 것도 없었다. 여름인데도 손가락 끝까지 차가워지면서 주르륵 부엌 바닥으로 가라앉았다.

차가운 나무 바닥이 내 맨살에 닿아 천천히 미지근해졌다.

어느샌가 잠이 들었다. 최근 며칠 거의 잠을 자지 못했다. 벽시계 바늘은 30분 정도 지나 있었다. 이대로 시체처럼 누워 있고 싶었지만 조금 열려 있는 냉장고 문이 보였다. 열심히 절전했던 것도 아무 소용 없어졌네. 손을 뻗었지만 닿지 않는다. 어쩔 수 없이 무거운 몸을 일으켜 문을 닫고 일어섰다.

다시 타닥타닥 맨발을 울리며 거실로 돌아오자 툇마루에 익숙한 뒷모습이 보였다.

"아, 우루하."

가노군이 뒤돌아보는 바람에 나는 그 자리에 우뚝 멈춰 섰다.

"이모님은 가셨어?"

"…엇? 아, 응."

일단 대답했지만, 사실 너무 놀라서 지극히 평범한 반응밖에 할 수 없었다.

"나쁜 분은 아닌데 이래저래 좀 세심하지 못하시지."

가노군은 아무렇지 않게 말하며 후줄근하게 축 늘어진 면바지 주머니에서 담배를 꺼내 불을 붙였다. 그는 손으로 바람을 가리고 굽은 등을 더 둥글게 움츠렸다.

"우중충하다는 말 오랜만에 들은 것 같아."

가노군이 툇마루에 뒷짐을 지고 앉아 담배 연기를 후욱 내

뿜었다. 나는 혼란스러워서 거실에 둔 제단을 봤다. 거기에는 흰 천으로 감싼 유골함이 있었다. 정리할 기력도 없었던 탓에 한쪽엔 상복이 아무렇게나 걸려 있다. 다시 고개를 돌려 툇마루에서 담배를 피우고 있는 가노군을 보았다.

어느 쪽이 현실이지?

현실과 다르게 가노군은 죽지 않았고, 사고가 있었던 날도 평소와 마찬가지로 집에 돌아와 저녁을 먹고 목욕을 하고 이불을 나란히 펴고 잠들었다. 어느 쪽 기억이 옳은지 스스로는 판별할 수가 없어 슬금슬금 뒷걸음질쳐 부엌으로 돌아갔다.

스커트 주머니에서 스마트폰을 꺼내 이모에게 전화를 걸었다. 이모는 바로 전화를 받았다. 이미 급행 전철을 탔다며 무슨 일인지 물어왔다. 나는 지금 집에서 일어나는 현상을 어떻게 설명해야 할지 고민했다.

"있잖아요, 가노군 정말로 죽었어요?"

"뭐?"

"마루에 있는데요."

전화 건너편에서 이상한 침묵이 흘렀다.

"우루하, 괜찮니?"

"네?"

"잠깐 기다려. 바로 돌아갈게. 다음 역에서 반대편 거 타면 돼."

"괜찮아요."

나는 반사적으로 대답했다. 가노군은 이모를 불편해하니까 이모가 오면 사라져버릴지도 모른다. 그런 생각이 든 순간, 나는 두 가지 현실 중 한쪽을 이미 선택했다는 사실을 깨달았다.

"우루하, 잠깐만, 우루하?"

내 이름을 계속 부르는 소리에 정신을 차렸다.

"아, 죄송해요."

꿈에서 깬 것 같은, 혹은 반대로 막 잠이 들려던 참이었던 것 같은 기분이었다. 멍하게 현실감 없는 곳에 있는 듯, 나를 부르는 이모의 목소리만이 내가 원래 있던 장소와 이어주는 실 같았다. 문득 어릴 때 갖고 놀던 실전화기가 떠올랐다.

"여보세요, 여보세요? 우루하?"

"이모, 죄송해요. 괜찮아요. 기분 탓이었어요."

놀라울 정도로 차분한 목소리가 나왔다.

"잠깐만, 우루하. 역시 이모가 갈게."

"아니, 정말로 괜찮아요. 죄송해요. 좀, 그랬어요."

의미도 없는 말을 늘어놓으며 이래서는 괜한 걱정을 더하겠다는 생각이 들었다.

"배가 고팠던 것 같아요. 주먹밥 든든하게 먹고 조금 잘게요."

밝은 목소리로 말했더니 잠시 틈을 두고 이모는 알았다는 듯이 한숨을 쉬었다.

"그래, 그렇게 해. 배가 고프면 쓸데없는 생각을 하게 되니까."

어린아이를 나무라는 듯한 말투에 나도 '네' 하고 어린애처럼 끄덕였다.

불과 얼마 전에 죽은 남편이 마루에 있다고 말하는 조카에게 '쓸데없는 생각'이라고 무정하게, 거침없이 말하는 이모는 이성적이었다. 가노군은 그런 이성적인 이모를 '세심하지 못하다'고 표현했다. 이모는 그런 가노군을 '비실비실하다'고 했고. 이럴 때 보면 다른 의미로 두 사람은 죽이 잘 맞았다.

'죄송해요'와 '고마워요'를 반복한 후 전화를 끊었을 때, 가노군이 부엌에서 얼굴을 내밀었다.

"우루하."

"앗."

작은 비명이 새어나왔다.

"왜 그래?"

이상하다는 듯이 고개를 갸우뚱 기울이는 가노군. 20대 후반 남성치고는 가는 목덜미, 오래 입어서 목둘레가 늘어난 티셔츠. 모든 것이 분명한 질감을 띠며 내게 다가왔다.

"아무것도 아니야."

나는 고개를 옆으로 저었다. '죽었으면서 어째서 여기에 있는 거야?' 같은 질문을 있는 힘껏 삼켰다. 유치원에 다니는 아이의 낙서처럼 엉망이고, 치밀하게 만들어진 스테인드글라스처럼 아름답고, 컵에 넘칠 듯 말 듯 가득 담겨 표면장력을 유지하는 수면 같은 광경은 단 하나의 불필요한 질문으로 순식간에 사라져버릴지도 모를 만큼 약했다.

"아무 일도 아니야."

나는 힘차게 같은 말을 반복했다.

당신이 여기에 있는 건 당연한 일이라는 듯이.

"우루하, 먹을 것 좀 있어?"

가노군이 식탁에 앉아 물었다.

"이모가 이것저것 만들어주셨어. 무말랭이랑 톳나물 같은 거."

"으음, 그런 거 먹고 싶은 기분이 아닌데."

가노군은 턱을 괴고 생각에 잠겼다.

"그러면 스팸이랑 계란말이 넣은 주먹밥 만들어줄까?"

가노군이 활짝 웃는 걸 보고 나는 익숙한 손길로 찬장에서 스팸을 꺼냈다. 냉장고에서 계란, 싱크대 아래에서는 네모난 계란말이용 프라이팬, 큼직한 그릇, 요리용 젓가락.

거침없는 동작으로 일상을 수행하면서 넘어서는 안 될 선을 무심코 넘어버렸다는 것을 자각했다. 이런 건 좀 더 곤란한 상황에 처한 사람이 겪는 일이라고 생각했었다. 거기에 이르기까지는 말로 다 할 수 없는 일들이 있었을 거라고. 하지만 그렇지 않았다.

선을 넘는 일은 아주 쉬웠다. 그리고 선을 넘는 일에 대한 두려움은, 넘고 보니 깔끔하고 시원하게 그 의미를 잃어버렸다. 나는 확고한 의지를 가지고 죽은 남편에게 줄 식사를 차렸다. 계란말이 프라이팬에 기름을 두르고 계란을 부어 돌돌 말았다. 맛있는 냄새가 풍겼다.

"우루하, 꽁다리 줘."

생명의 냄새가 가득한 부엌에서 죽은 가노군이 말을 건다.

"가노군은 꽁다리나 테두리 같은 끄트머리를 좋아하지?"

결혼한 후에도 나는 여전히 독신 시절처럼 남편을 가노군이라고 불렀다. 나도 결혼해서 성이 가노로 바뀌었지만, 어쩌다 보니 바꿀 기회를 찾지 못하고 지금까지 왔다.

"응, 그게 특히 맛있어."

잘라낸 계란말이 끄트머리를 집어 먹은 가노군의 눈이 가늘어졌다. 하지만 아직 도마 위에는 가노군이 분명 먹어버린 끄트머리가 남아 있었다.

가노군이 먹은 것은 환영의 계란말이.

여기에 있는 사람은 환영의 남편.

그래도 그걸로 충분했다.

안 될 이유를 내 머릿속에서 찾을 수가 없다.

나는 웃으며 이런 '평범한 나날'을 죽을힘을 다해 지키겠다고 결심했다. 가노군은 죽었다. 하지만 돌아왔다. 가노군이 내 앞에 계속 있는 한 이쪽이 나의 현실이다.

나는 의기양양하게 고개를 들고 이쪽에서 살아가야지.

누가 뭐라고 하더라도.

뒤에서 누군가가 손가락질하더라도.

설령 세상에서 잘려나가더라도.

나는 가노군이 있으면 그걸로 충분하다.

아이싱 슈거

살짝 흐린 일요일 오후에 이모가 맞선 이야기를 꺼냈다.

"손이 많이 가지 않는 엄청 편한 사람이야. 튼튼하기도 하고. 정말로 추천할 만한 사람이라니까."

"무슨 가전제품도 아니고, 추천 방식이 좀 그렇지 않아요?"

이모가 사온 하얀 앙금이 들어간 딸기찹쌀떡과 함께 나는 진하게 우린 차를 냈다.

"결혼은 편한 게 제일이야. 우루하도 두 번째니까 알잖아? 남자는 착실하게 집에 돈을 벌어다 주고 잔소리 안 하는 사람이 제일이거든. 가노군은 비실비실한 데다 팔리지 않는 화가인 주제에 잔소리는 엄청 심했잖아."

"어, 그래요? 까다롭지 않은 사람이었는데…."

"어디가? 정원 손질 좀 하라고 해도 이렇게 흐트러져 있는 게 매력적이라질 않나, 길고양이에게 매일 밥을 줄 거면 데려와서 키우라고 했더니 길고양이라서 좋은 거라고 하질 않나."

"그건 가노군 나름대로 분명 이유가 있었을 거예요."

그 이유 하나하나가 모여 가노군을 형성했다. 그것을 제삼자인 내가 설명하기는 어려웠다. 그런 쓸데없는 노력을 하지 않으려고 그저 묵묵히 차를 마시고 있으려니 이모는 한숨을 내쉬었다.

"우루하, 너 다음 생일에 만으로 스물아홉 살이 되는 건 알고 있니?"

"갑자기 무슨 말씀이세요?"

"가노군이 죽은 지 벌써 2년이 지났어. 네가 열심히 일하고 일을 즐기며 사는 타입이었다면 이런 말은 안 했을 거야. 하지만 그렇지 않잖아? 기간제 미술 교사 같은 불안정한 일을 하면서 앞으로 어떻게 하려고 그래? 이제 슬슬 미래를 생각해야지."

이모는 거실을 둘러보며 덧붙였다.

"역시 이 집에 있는 게 좋지 않았던 거야."

아르바이트보다 쥐꼬리만큼 나은 박봉으로도 생활할 수 있는 것은 집세 부담이 없기 때문이라는 의미였다.

"서른 넘으면 금방이야."

마치 슈퍼마켓에서 채소를 고르는 것 같은 이모의 눈빛에 나는 조금 상처받았다.

가노군이 떠났을 당시에는 무르기 쉬운 복숭아를 다루듯 조심했던 주위 사람들도 2년쯤 지나자 바로 나를 남편을 일찍 잃은 불쌍한 사람으로 봐주지 않게 되었다. 내가 그다지 상심한 모습을 보이지 않고 이전과 별로 다르지 않게 살아가기 때문일지도 모른다. 장하다, 강하다며 기특해하는 사람도 있었다. 하지만 그 눈빛 뒤로 가끔 비난의 작은 그림자를 발견하기도 했다.

— 의외로 잘 지내는구나.

— 남편을 그렇게까지 좋아하지는 않았던 거 아냐?

나는 마치 무딘 칼에 베인 것 같았다.

— 가노군은 지금도 제 곁에 있어요.

그렇게 말하고 싶은 것을 삼키며 나는 애매한 미소를 지을 수밖에 없었다.

"걱정했던 것보다 다부지게 지내줘서 다행이긴 한데, 이제 슬슬 한 걸음 내딛어도 괜찮지 않을까? 손이 많이 안 가고 튼튼하고 무척 편한 사람이야."

이야기가 한 바퀴 돌아 제자리로 돌아왔다. 슬슬 귀찮아지기 시작했다.

"이모, 걱정해주셔서 고마워요. 하지만 손이 안 가는 사람도, 편한 사람도, 돈을 많이 벌어다 주는 사람도 전혀 필요 없어요.

저는 지금 생활에 정말로 만족하고 있거든요."

"그게 문제라는 거야."

이제 질렸다는 듯이 이모가 한숨을 쉬었다. 그 어깨 너머로 여름을 앞두고 짙은 녹색 잎이 무성해지기 시작한 정원이 보였다. 아무렇게나 배치된 사계절을 느낄 수 있는 나무들.

푸른 빛을 띠는 보라색 수국 옆에 가노군이 쪼그리고 앉아 담배를 피우고 있었다. 이모의 방문을 맞이하여 가노군은 정원으로 도망갔다. 어차피 옆에 앉은 이모에게는 보이지도 않을 텐데.

가노군은 좋아하는 것과 싫어하는 것이 확실했다. 불편한 것은 마주하지 않고, 극복하려고 애쓰지도 않았다. 쓸데없는 노력은 하지 않았다. 대신 좋아하는 것에는 사랑과 정성을 쏟았다. 나는 제멋대로이면서 성실한 가노군이 좋았다.

시선을 느꼈는지 가노군이 이쪽을 향했다. 정원을 등지고 앉은 이모를 가리키며 얼굴을 찡그리고는 과장스럽게 손바닥을 위로 향해 들고 어깨를 으쓱했다. 찰리 채플린의 무성영화처럼 보여서 나도 모르게 웃음이 나와 허둥거리며 입을 손으로 가렸지만 이미 늦었다.

이모의 표정이 무섭게 변했다.

"…우루하."

"네."

나는 다소곳이 대답했다.

"역시 무리하는 거 아니니?"

"무엇을요?"

"우루하는 옛날부터 얌전한 것치고는 별난 구석이 있었으니까, 가노군이 떠났을 땐 정말로 걱정했어. 하지만 네가 아무렇지 않게 지내서, 너무 아무렇지 않으니까 뭔가 이상하단 생각이 들었어. 우루하, 사실은 계속 무리해서 괜찮은 것처럼 지낸 거 아니니?"

나는 입이 딱 벌어졌다. 생각한 것은 바로 말씀하는 분이셨기에 미처 몰랐는데, 지금까지 계속 걱정 끼쳐드린 것 같아 죄송한 마음이 들었다. 이모가 바짝 다가왔다.

"이건 괜한 참견일지도 모르겠지만."

신중한 표정으로 말씀하셔서 나도 진지하게 들을 자세를 취했다.

"평판이 좋은 심리 상담소를 찾아봤는데, 한번 가볼래?"

예상 밖 말씀에 아까보다도 더 입이 딱 벌어졌다.

"이모, 결혼 상대와 함께 병원도 찾아보신 거예요?"

"네가 어느 쪽을 고르든 대응할 수 있게 준비했지."

지나치게 합리적이라 죄송했던 마음이 눈 깜짝할 사이에 열어졌다.

"걱정해주셔서 고마워요. 하지만 이모, 심리 상담소에 가봐야 할 여자를 아내로 맞이할 남자의 고생은 생각하지 않았어요?"

"무슨 소리니. 우루하는 귀여우니까 괜찮아."

이미 틀려먹었다. 질문과 대답이 전혀 들어맞지 않는다. 하지만 가족의 사랑은 느껴졌다. 애정에 논리를 내세울 필요는 없다. 나는 마음 깊이 감사하는 마음을 담아 미소를 지었다.

이모의 걱정은 반은 맞고 반은 틀렸다.

정원의 수국 옆에 서서 담배를 피우는 가노군을 바라봤다. 가노군은 검지로 볼을 쿡쿡 찔러 도넛 모양 담배 연기를 뿜으며 놀고 있었다. 저쪽이 나의 현실이고 나는 자신이 이상하다는 것을 알고 있다. 알면서 받아들이고 있다. 그러니 심리 상담소에는 가지 않을 거고, 우수한 가전제품 같은 새로운 남편도 필요하지 않다.

— 고마워요. 미안해요.

마음속으로 이모에게 사과했을 때 초인종이 울렸다. 시계를 보니 3시였다.

"앗, 아니, 벌써 시간이 이렇게나 됐네. 사사가 오기로 했는데."

"사사는 누구니?"

이모가 눈을 반짝이는 걸 보고 사사는 가노군의 대학 후배로 오늘 가노군의 그림을 빌리러 오기로 했다고 설명했다. 자

첫 재혼 상대로 오해해서는 곤란했다.

"뭐야, 그런 거야? 그럼 난 이만 돌아갈게."

이모는 아쉬운 듯이 일어났다. 나도 함께 현관으로 향했다.

"사사, 치카, 어서 와."

"안녕하세요. 오랜만에 뵙습니다."

현관 앞에 사사와 그의 여자친구 치카가 나란히 서 있었다. 두 사람은 박자를 맞춘 듯 꾸벅 고개를 숙였다. 둘은 중학교 동창으로 사귄 지 8년이나 되는, 젊지만 오래된 연인이었다. 아직 대학생이지만 당연히 앞으로 결혼까지 약속한 사이다.

"그럼 잘 있어, 우루하. 아까 한 이야기 마음이 생기면 언제든 연락하고."

이모는 두 사람을 향해 인사를 남기고 떠났다.

"그럼 편히들 있다 가요."

"손님이 계셨네요. 바쁘실 때 찾아와서 죄송해요."

"괜찮아. 두 사람이 선약이었으니까."

사사와 치카를 거실로 불러들여 잠시 기다리라고 말하고는 테이블을 정리한 후 차를 준비하러 부엌으로 들어갔다. 물이 끓기를 기다리는 사이, 이웃인 니시지마 씨가 맛있는 메밀차를 나눠 주셨던 게 생각났다. 슬슬 배가 고플 시간이었기에 간식과 함께 메밀차를 끓여서 내야겠다고 생각하며 찬장에서 상자를 꺼낼 때 옆에서 안 된다는 목소리가 들렸다.

"사사는 메밀 알레르기가 있거든."

어느샌가 가노군이 옆에 서 있었다.

"그래?"

"심한 모양이야. 어렸을 때 죽을 뻔했대. 외식할 때도 상당히 신경 쓰고 수제로 된 건 부모님이나 치카가 만든 것 정도만 먹는다고 들은 적이 있어."

"아, 치카라면 맡겨도 괜찮겠네. 대학에서도 식품 전공이고 요리는 프로급이라니까."

"그것도 애초에 사사를 위해 선택한 걸 거야. 메밀 알레르기 때문에 외식 못하는 사사를 위해서 노력한다는 모양이야. 사귄 지도 오래되었고 사사는 이제 도망칠 수가 없겠어."

"도망칠 필요 없잖아."

나는 웃으며 메밀차는 다시 찬장에 넣고 이모가 사온 딸기 찹쌀떡을 작은 접시에 담았다.

"이것 좀 먹어봐. 흰 앙금이 달지 않고 맛있어."

"네, 고맙습니다."

차와 함께 간식을 내놓자 사사는 역시 가볍게 인사만 할 뿐 손은 대지 않았다.

"잘 먹겠습니다."

사사를 대신하듯 치카가 재빨리 먹기 시작했다.

"아, 정말 엄청 맛있어요. 앙금이 부드럽고 입에 살살 녹는

게 딸기랑 너무 잘 어울리네요."

하얀 찹쌀떡에 감싸인 흰 앙금과 새빨간 딸기는 피부가 하얗고 속쌍꺼풀 눈매가 귀여운 치카와 잘 어울렸다. 쾌활한 말투도 거슬리지 않아서 나는 치카가 마음에 들었다.

"치카는 늘 맛있게 먹어."

가노군이 거실 벽에 기대 이쪽을 보며 초승달 눈으로 흐뭇하게 웃었다. 물론 두 사람은 가노군의 모습을 보지 못한다. 가노군의 모습과 목소리는 나에게만 보이고 들렸다.

한숨 돌린 후 부탁받았던 가노군의 그림을 사사에게 건넸다. 30호 작품 2개와 100호 작품 1개. 크기가 커서 미리 손잡이를 만들어 포장해뒀다.

"역시 완벽하네요."

가노군에게 배웠다고는 말할 수 없어서 나는 그저 웃음만 지었다.

사사는 가노군이 졸업한 미술대학의 8년 후배였다. 그 정도 차이면 보통은 만날 일이 없을 법한데, 두 사람은 가노군이 강사를 했던 미대 입시 학원에서 알게 되었다. 이모가 말하는 팔리지 않는 화가인 가노군이었지만, 부업 덕분에 경제력은 보통 사람 정도는 되었다.

사사는 지망 대학에 합격했고, 졸업한 선배로 연구실에 드나들던 가노군과 계속 인연을 이어갔다. 처음 우리 집에 놀러

왔을 때는 아직 어린 티가 남은 남자아이였지만, 대학 3학년이 된 지금은 꽤 어른스러운 얼굴이 되었다. 오늘은 매년 열리는 연구실 전시회를 위해 교수님 심부름으로 작품을 빌리러 온 것이었다.

"매년 감사하다고 후나키 교수님께 전해줘."

"저희야말로 매년 작품을 주셔서 감사하다고 전해달라고 하셨어요."

서로 고개를 숙여 인사하고는 치카를 포함해서 셋이서 나란히 웃었다.

"저, 교수님께서 또 한 가지 전갈이 있는데요. 그게…."

말을 조심스럽게 꺼내는 사사의 모습만 봐도 알 수 있었다.

"가노군의 납골 말이지?"

사사는 조심스럽게 고개를 끄덕였다.

"미안하지만, 아직 납골하지 않았어."

"아, 아니에요. 저희야말로 사적인 일에 죄송합니다."

"아니야, 추모하고 싶은 마음은 감사하게 생각하고 있어. 정말로 고마워. 2년이나 지났으니까 이쯤 해서 잘 정리해야 한다는 건 알고는 있는데."

나는 우선 숨을 내쉬었다.

"이것저것 고려해서 이제 집에 불단을 만들어 모실까 생각 중이야."

최근에는 많이들 절에 납골하지 않고 집에서 유골을 관리하며 언제든지 참배할 수 있게 한다고 말하자 사사는 묵묵히 끄덕였고, 치카는 좋은 것 같다고 말했다.

"우루하 선생님 마음이 가장 중요하니까요."

똑 부러지는 치카의 말에 고맙다고 웃으며 마음속으로 미안하다고 사과했다.

사사도 치카도 배려심이 깊은 다정한 아이들이었다. 교수님도 지난 2년간 변함없이 연구실 전시에 가노군의 작품을 전시해주셨다. 가노군 친구들도 연하장에 납골하면 알려달라는 말을 조심스레 덧붙였다.

가노 집안의 묘지는 이미 있었기에 거기에 납골할지 말지는 내 마음 하나에 달려 있었다. 가노군 부모님이 살아 계셨다면 이렇게 있을 수는 없었을 것이다. 가노군 부모님을 만난 적이 없지만, 아직도 납골하지 않는 내게 화가 나셨을지도 모른다.

집에서 모실 거라는 말은 거짓말이었다. 가노군과 교류가 있는 사람들을 이해시키기 위해 그렇게 말했을 뿐 나는 그럴 생각이 없었다.

그도 그럴 것이 가노군은 여기에 있으니까. 지금도 거실 벽에 기대 하품을 하며 기분 좋게 우리를 보고 있다. 납골해버리면 가노군 부모님과 조상님들이 가노군을 데리고 가버릴 것 같은 기분이 들어 무서웠다.

나는 가노군을 사랑하는 사람들 마음을 짓밟고 있는지도 모른다. 죄송하다고 생각했다. 그렇지만 아무리 생각해도 가노군의 유골을 납골할 수 없었다.

"아, 그림 바꿨네요."

사사가 분위기를 전환하려는 듯 벽에 걸린 그림을 가리켰다.

"응. 따뜻해졌으니 밝은 것으로 바꿨어. 바오바브나무야."

아프리카 사바나에 많은 거목으로, 굵은 줄기에 꼭대기에만 잎이 무성하며 아래로 늘어지는 모양으로 수많은 열매가 열리는 나무다. 옅은 장밋빛으로 그러데이션된 대지에 그보다도 살짝 짙은 색조의 크고 작은 바오바브나무가 늘어서 있다.

"아프리카라고 하면 강렬한 색을 사용하는 이미지가 있는데, 가노군의 필터를 통과하면 이렇게 돼. 신기루처럼 희미하고, 식물인데도 미래 도시처럼 보이기도 하고."

가노군은 분류하자면 환상 작가라는 틀에 들어갔다. 젊은 화가 중에서도 유망한 편으로 얄궂게도 사망하면서 더욱 평가가 높아졌다. 지금도 화랑과 감정사들로부터 전시회나 판매와 관련한 연락이 왔다. 자신뿐만 아니라 다른 사람들에게도 가노군의 존재가 숨 쉬고 있다는 것은 솔직히 기뻤다. 물론 당사자인 가노군은 살아 있을 때 평가해줬어야지, 라며 불만을 터트렸지만.

"으악."

치카가 작은 비명을 질렀다.

"어, 뭐야, 왜 그래?"

"거미가 있어! 저기!"

치카가 벽을 가리켰다. 뒤돌아선 순간, 검고 작은 형체가 벽을 가로질러 텔레비전 뒤에 숨는 것이 보였다. 이제 텔레비전 뒤는 당분간 청소할 수 없게 생겼다.

"갑자기 소리 지르지 마. 깜짝 놀랐잖아. 우루하 선생님, 죄송합니다."

사사가 사과하자 치카도 허둥거리며 고개를 숙였다.

"죄송합니다."

그러면서도 여전히 텔레비전 뒤를 신경 쓰는 치카의 마음에 나도 공감했다.

"그렇게 무서워할 것 없어. 사람 있는 곳엔 안 올 거야."

"그건 모르는 일이잖아. 그러니까 보이면 꼭 죽여."

딸기찹쌀떡이 어울리는 치카의 입에서 흘러나온 '죽여'라는 말에 나는 조금 놀랐다. 사사는 익숙한지 알았다며 끄덕였다.

"죄송합니다. 얘가 벌레를 정말로 싫어하거든요."

사사가 쓴웃음을 지으며 치카를 가리켰다.

"나도 그래. 벌레 좋아하는 여자는 별로 없을 거야."

"무서우면 도망치면 될 텐데, 그 자리에 굳어서 비명만 지른

다니까요?"

"그것도 이해해. 나도 정원에서 죽은 매미를 밟았을 때 그랬거든."

나도 몸을 움직이지도 못하고 눈을 감고 그저 소리만 질렀다. 그 사이에 아틀리에로 사용하는 안쪽 방에서 가노군이 뛰어왔다.

─무슨 일이야?

─매미가 발밑에 있어. 죽었어. 도와줘.

무슨 말인지 모르겠다는 듯이 가노군은 고개를 갸웃했다.

─발을 떼면 되잖아?

─안 돼. 움직이면 감촉이 느껴진단 말이야.

우뚝 서서 경직된 나를 보고 가노군은 한숨을 쉬면서 마루에서 내려와 내 겨드랑이 밑으로 손을 넣어 '으쌰' 하고 번쩍 들어 옮겨주었다.

─여자애들은 손이 많이 가.

가노군은 눈가에 주름을 지으며 웃었다.

"벌레를 발견했을 때 나오는 반응은 뭘까. 머릿속에서 덜컹덜컹하고 셔터가 내려와서 멈춰버려서 도망치지도 못하고 계속해서 꼼짝없이 공포에 얼어맞는 기분?"

"맞아요! 그거예요! 거봐, 나만 그런 거 아니잖아?"

알아주는 사람이 생겼다는 표정으로 치카는 사사를 바라보았다.

"벌레 정도로 몸의 기능이 멈추지 않았으면 좋겠어. 세상에는 더 무서운 것도 있으니까."

"사사도 메밀 때문에 죽을 수도 있잖아. 나는 메밀 좋아하는데."

"내 경우는 좋아하는지 싫어하는지 문제를 넘어선 체질 문제라고. 그런 억지 이론을 말한다면 앞으로 커다란 거미나 바퀴벌레가 나와도 안 도와줄 거니까 혼자 알아서 해."

"그건 안 돼, 미안해."

치카는 바로 얼굴이 굳어지더니 순순히 사과했다. 사사는 착하다며 끄덕였다.

"사사, 그건 좀 치사한데."

그 옆에서 나는 둘을 보고 웃었다.

"사사도 식사 문제는 치카에게 도움을 받고 있잖아?"

"뭐 그건 그렇지만요…."

사사는 겸연쩍게 말을 우물거리고, 치카는 맞는다며 다시 명랑해졌다.

"하지만 제가 좋아서 하는 거니까 괜찮아요."

사사를 통해 치카는 음식 알레르기가 얼마나 큰 문제인지 깨달았다. 알레르기가 있는 사람은 먹으면 안 되는 약도 있어서 일반 의약품도 함부로 복용하면 안 되고, 외식할 때는 미리 알레르기가 있다는 걸 알려야만 했다.

데이트를 할 때마다 불편하게 해서 미안하다는 사과를 받는 게 싫어서, 언젠가부터 치카는 요리를 배워 데이트 때 직접 만든 도시락을 가지고 나왔다. 거기에서 더 나아가 대학에서는 식품영양학을 전공하여 지금은 영양사가 되기 위해 취업 활동에 힘을 기울이고 있다.

"알레르기가 있으니까 참으라는 거, 저는 싫어요. 알레르기가 있더라도 다른 사람들과 똑같이 즐기고 싶어요. 그러기 위해서는 위험한 건 철저하게 배제해야 해요. 외식할 때는 미리 체크하다 보니 지금은 사사를 위한 안전 지도가 만들어졌어요."

치카가 가방에서 스마트폰을 꺼냈다. 치카가 보여준 앱에는 사사가 안전하게 식사할 수 있는 일식, 양식, 중식 등 다양한 음식점 데이터가 등록되어 있었다.

"대단하다. 사사의 아내는 최강이네. 든든해."

"아니, 아내라기에는 아직 모르는 일이에요."

사사는 쑥스러운 듯이 눈길을 떨궜다.

"아직 모르는 일이라니, 그럼 저건 뭐야?"

치카의 가방에서 결혼정보지가 슬쩍 보이기에 나는 놀리는 투로 물었다.

"아, 이거요?"

내 시선을 따라 치카가 가방에서 잡지를 꺼냈다.

"우루하 선생님, 이거 좀 봐주세요."

치카가 펼쳐 보여준 것은 반지 특집 페이지였다. 가운데 다이아몬드를 두고 테두리를 작은 핑크사파이어로 두른 꽃을 모티브로 한 플래티넘 반지 사진이 있었다. 지나치게 화려하지 않고 청초한 느낌의 반지로 치카에게 어울릴 것 같았다. 오랫동안 이런 디자인을 찾았다고 치카가 말했다.

"흔한 디자인인 것 같은데."

사사가 옆에서 끼어들자, 치카는 전혀 다르다며 얼굴을 찌푸렸다.

"가운데 다이아몬드가 크지도 작지도 않게 절묘하고, 핑크사파이어 색조도 딱 맞아. 핑크사파이어는 원석에 따라 색이 전혀 다르단 말이야."

"취향이 확실하구나."

내가 감탄하자 치카는 부끄러운 듯 웃었다.

"사실은 저, 반지는 하나도 없어요."

"뭐? 정말?"

오래 사귀면서도 사사가 한 번도 선물하지 않은 걸까?

"사사에게서 몇 번인가 받을 기회는 있었어요. 특히 열일곱 살 생일에 남자친구에게서 은반지를 받으면 평생 함께한다는 미신 같은 게 고등학교 때 유행했거든요. 제 친구들도 다들 남자친구에게 달라고 졸랐어요."

"아, 나 때도 있었어."

그때는 스무 살에 남자친구가 아닌 아빠에게서 받는다는 것이었지만.

"하지만 다른 애들이랑 똑같은 걸 하는 게 별로 내키지 않았어요. 우리는 중학교 때부터 사귀었으니까 그런 유행과는 다르다고 조금 오기가 생겼거든요."

심통을 부린 치카는 은반지 대신에 사사와 약속했다. 치카가 처음 낄 반지는 사사에게 받는 프러포즈 반지로 하겠다고.

"결혼 약속을 한 거네."

"헤헷."

치카는 장난스레 웃었고, 사사는 고개를 떨구고 목덜미만 문질렀다.

"그런 사정이 있었으면 취향을 고집할 만도 하네."

나는 반지 사진으로 눈길을 떨궜다. 핑크색 작은 꽃 모양의 다이아몬드 반지.

"사사, 꼭 이런 걸로 해줘."

치카가 사사에게 거듭 확인했다. 사사는 쑥스러운지 들리지 않는 척하며 가노군의 그림을 바라봤다. 8년이나 사귀었으면서도 풋풋한 두 사람 모습에 흐뭇해졌다.

두 사람을 보고 있으면 온화하고 밝은 풍경이 떠오른다.

기분 좋은 바람이 불어오는 들판에 노랗고 동그란 민들레가 흔들거렸다.

나는 가노군과 함께 지나온 풍경을 씁쓸한 마음으로 다시 떠올렸다.

"저 두 사람은 민들레 같아."

사사와 치카가 돌아간 후, 나는 두 사람을 떠올리며 미소 지었다. 평소와 다름없이 툇마루에 앉아 장마철을 앞두고 녹음이 짙어지는 정원을 바라보면서 가노군과 대화를 나눴다.

"민들레라니 불길하지 않아?"

나는 가노군에게 그게 무슨 말인지 되물었다.

"민들레는 어른이 되면 솜털이 되어 뿔뿔이 흩어져 날아가잖아."

그렇구나. 그 말을 듣고 보니 미래를 약속한 연인을 민들레에 비유하는 건 안 될 것 같았다. 그럼 취소하겠다고 말하자 시원시원해서 좋다는 대답이 돌아왔다.

"그 반지 이야기, 옛날 생각이 났어."

나는 발끝에 걸린 슬리퍼를 흔들흔들 흔들면서 말했다.

"세대와 상관없이 비슷한 이야기가 유행하는 이유는 뭘까?"

"반지 가게의 음모겠지."

"반지 가게."

가노군의 말을 따라 되뇌어보았다. 어색한 그 느낌이 마음에 들었다.

"우리 때도 완전히 반지 가게 음모였구나. 스무 살 생일에 아빠에게서 은으로 된 액세서리를 받은 딸은 평생 행복하게 보낼 수 있다니."

"좀 더 악랄하네. 남자친구보다 아빠가 돈이 더 많으니까."

"아빠는 딸의 행복을 인질 잡혀 돈을 아끼지 못할 테고."

정말 잘 꾸민 반지 가게의 음모라며 우리는 웃었다. 안타깝게도 나는 아빠가 없었기 때문에 그 이야기를 들었을 때는 좀 슬펐다. 하지만 그 반지 가게 음모야말로 나와 가노군을 가깝게 만들어주는 계기가 되었다.

가노군과 첫 만남은 대학생에게는 드물지도 않은 미팅 자리였다. 아무리 시간이 지나도 좀처럼 남자를 만나는 분위기가 느껴지지 않는 나를 위해 여자애들이 마련한 자리였다.

아빠에게 무엇을 사달라고 할지 의견을 나누며 분위기가 달아오른 친구들 사이에서 내가 그저 맞장구만 치고 있으려니 대각선 방향에 앉아 있던 남자애가 "너는?" 하고 물었다. 머리카락이 까마귀처럼 까맸다. 굵은 웨이브를 그리며 구불거리는 긴 앞머리가 눈을 거의 다 가리고 있었다.

—아, 난, 아빠 안 계셔.

무방비한 상태로 대답한 순간 찬물을 끼얹은 듯 분위기가 가라앉았던 것 같다. 친구들이 미안하다고 말하고, 나는 괜찮다고, 신경 안 써도 된다며 웃었다. 남자애들이 바로 다른 이야기를 꺼내 분위기를 수습하려 했다. 나는 고마운 마음과 미안한 마음에 어쩔 줄 몰라 했다.

— 이거 줄게.

까마귀 같은 남자가 청바지 주머니에서 대수롭지 않게 작은 은색 덩어리를 꺼내 나를 향해 내밀었다. 받아들고 보니 눈물 모양의 타원으로 된 은세공품이었다. 무엇에 쓰는 건지 물어보니 특별히 용도는 없다고 대답했다.

— 금속공예과인데 재미로 만든 걸 주머니에 계속 넣고 다녔거든.

그게 뭐냐며 남자애들은 웃었지만, 이 흐름에서 잡동사니를 주는 건 실례가 아니냐며 내 친구들이 눈살을 찌푸리는 바람에 미묘한 분위기가 되었다.

하지만 나는 기뻤다. 그날 나는 조금 불쌍했던 모양이다. 그리고 그는 그런 내게 무언가 해주고 싶어 했다. 보통은 뭐라 대응하기 힘든 동정심을 꾸미지 않고 그대로 내미는 경계심 없는 그에게 호감이 갔다.

— 고마워. 답례를 하고 싶은데, 괜찮으면 연락처 교환할래?

내가 먼저 말을 꺼냈을 때 친구들은 놀란 표정을 지었다. 스스로도 사실 좀 놀랐다. 나는 소심하기는 해도 겁쟁이는 아니라는 것을 그때 처음으로 깨달았다.

그때 받았던 눈물 모양 은세공품은 가노군이 브로치로 만들어줘서 지금도 매일 사용하는 제일 좋아하는 천가방에 달아두었다.

"그 브로치는 할머니가 되어도 소중히 간직할 거야."

내 말을 듣고 가노군은 기쁜 듯 눈을 가늘게 하고 웃으며 일어나 정원을 걸으면서 주머니에서 담배를 꺼내 불을 붙였다. 냄새가 싫다고 처음에 말한 후로 가노군은 담배를 피울 때는 반드시 내게서 조금 떨어졌다.

손바닥만 한 작은 정원을 걸으면서 담배 연기를 뱉는 가노군의 몸은 연필처럼 가늘었다.

"가노군은 처음 만났을 때랑 전혀 안 변했네."

나는 툇마루에 그대로 앉아 감탄했다.

"얼굴도 거의 나이 들지 않았고, 살도 전혀 붙지 않았어."

"먹어도 살찌지 않는 체질인 것 같아."

"좋겠다. 나는 먹은 만큼 확실하게 찌는데."

"통통한 우루도 좋아."

가노군이 청보라색 그러데이션이 아름다운 수국 옆에 쭈그리고 앉았다.

"그럼, 얼굴에 주름이 가득해지면?"

"자연스러운 모습이 좋지."

"가노군도 주름이 많아지면 좋겠는데."

가노군이 몸을 돌려 나를 바라봤다.

"앞으로 나만 나이를 먹게 되잖아?"

내 물음에 가노군은 생각에 잠겼다.

"어떠려나. 내가 죽은 지 2년이잖아. 사람 얼굴은 2년 정도로는 그다지 변하지 않으니까 모르겠지만, 사실은 나도 나이를 먹고 있는지도 모르지."

쭈그리고 앉아 가노군은 구름이 엷게 낀 6월의 하늘을 올려다봤다.

가노군이 돌아왔을 당시, 가노군은 자신이 죽었다는 사실을 알지 못했다. 나도 괜한 말은 하지 않았다. 하지만 기억 상실이었던 사람이 기억을 회복하는 것처럼 가노군도 서서히 자신이 살아 있지 않다는 것을 이해했다. 그리고 몇 번이고 내게 사과했다.

— 미안해. 우루하를 남겨두고 가서.

사과하면서 내 볼에 손을 댔다. 짧게 깎은 손톱에 유화 물감이 물들어 있었다. 유화 물감 냄새가 났다. 체온도 느껴졌다. 이렇게 아무것도 변하지 않았는데 살아 있지 않다니.

"앞으로 5년 정도는 지나야 가노군이 나이를 먹는지 어떤지 알 수 있겠네."

"응, 조금만 더 기다려봐. 나도 우루하랑 같이 나이를 먹어서 아저씨가 되고 싶어."

나도 간절히 그러길 바랐다. 언제까지나 젊은 모습의 가노군 옆에서 나만 아줌마가 되고 할머니가 되는 상황은 분명 엄청나게 슬플 것이다.

"중년 살이 쪄서 배 나온 아저씨가 된 가노군을 보고 싶어."

"그건 이뤄주지 못할지도 몰라. 우리 부모님도 배는 안 나왔었거든."

가노군 말에 나는 벌떡 일어났다.

"그러면 할아버지가 되어서 머리가 하얀 가노군을 보고 싶어."

헐렁헐렁한 정원용 슬리퍼를 신고 걸어가자 가노군은 주머니에서 휴대용 재떨이를 꺼내 담배를 비벼 껐다. 물리적으로는 존재하지 않는 가노군이 피우는 담배. 그 연기와 꽁초가 나의 폐나 환경을 오염시킬지 어떨지 의문이 들었다. 하지만 가령 환영이라고 해도 나를 배려해서 담배를 꺼주고 꽁초를 아무렇게나 버리지 않는 가노군이 좋았다.

"어떤 모습으로 변해도 상관없어. 계속 옆에 있어주기만 한다면."

가노군은 아무 말도 하지 않고 눈을 초승달처럼 만들며 웃음 지었다.

"…우루하 선생님."

갑자기 등 뒤에서 누가 불렀다. 깜짝 놀라 뒤돌아보자 애기

동백나무 울타리를 끼고 현관 앞에 사사와 치카가 있었다. 두 사람은 뭐라 표현할 수 없는 표정이었다.

"…죄송합니다. 저, 물건을 두고 나와서요."

서둘러 가지러 돌아왔다가 두 사람은 혼자 정원에 서서 아무도 없는 공간을 향해 말을 거는 내 모습을 보고 말았다. 틀림없이 무서웠을 것이다. 어떻게 얼버무릴지 고민했지만 무슨 말로도 얼버무릴 수 없을 것 같았다.

"놀라게 해서 미안해. 가노군이랑 이야기하고 있었어."

마음을 바꿔 먹고 말한 후 잠시 기다리라고 하고는 거실로 돌아가 보니, 치카가 앉아 있던 자리에 화장품이 담긴 종이봉투가 놓여 있었다. 나는 종이봉투를 손에 들고 다시 정원으로 나갔다.

"이거 맞지?"

"네, 감사합니다."

애기동백 울타리 너머로 치카에게 건넸다.

"…저, 우루하 선생님, 괜한 참견일지 모르겠는데요."

"야."

무언가 말하려는 치카를 사사가 작은 목소리로 나무랐다.

"괜찮아. 뭔데?"

고개를 끄덕이자 치카는 결심한 듯이 내 눈을 마주 봤다.

"저라도 괜찮으시다면 병원이든 심리 상담소든 언제라도 같이 가드릴게요."

사사가 얼굴을 잔뜩 찌푸렸다.

"우루하 선생님, 실례되는 말을 해서 죄송합니다. 얘가 나쁜 마음으로 한 말은 아니에요."

허둥거리며 머리를 숙이는 사사에게 나는 고개를 저었다.

"나야말로 놀라게 해서 미안해. 늘 조심하는데, 보는 사람이 없으면 나도 모르게 마음이 풀려서. 늘 이런 식이야. 병원에 갈 생각은 딱히 없어."

살짝 웃어 보이자 두 사람은 뭐라 할 수 없는 복잡한 표정이 되었다.

"가노 선생님, 지금 여기에 계세요?"

치카의 물음에 옆에 있던 사사의 얼굴이 절망적으로 변했다.

"응, 여기 있어."

나는 여전히 웃으며 왼쪽을 봤다. 두 사람도 따라서 그쪽을 봤다. 주목을 받은 가노군은 곤란한 얼굴로 '안녕' 하고 손을 흔들었다.

"지금 두 사람에게 손을 흔들었어."

치카와 사사는 내 왼쪽을 빤히 바라봤다. 가노군은 일단은 손을 흔들어 보였지만, 두 사람 눈에는 곤혹스러운 기색만 떠돌았다. 역시 가노군 모습은 나 이외 사람에게는 보이지 않는 것이다. 알고 있었는데도 새삼스럽게 실망이 마음속에 퍼졌다.

― 있잖아, 이 방에 뭔가 느껴지지 않아?

― 저기, 정원에, 배롱나무 옆에 뭔가 보이는 거 없어?

지금까지 은근슬쩍 몇 번이고 확인했다. 전부 소용없었다. 그래도 가끔 다시 확인해보고 싶어졌다. 이 사람에게는 보일지도 몰라. 오늘은 드디어 보일지도 몰라. 어쩌면, 어쩌면 하고 매달리듯 물었다. 그것은 나의 나약함이었다.

가노군과의 생활은 뜨거운 홍차에 넣은 각설탕처럼 부서지기 쉬워서 누구 말에도 휘둘리지 않기 위해 마음속으로 몇 번이고 반복해야만 했다.

가노군은 여기에 있다.

가노군은 여기에 있다.

확고한 의지를 가지고 자신의 눈에 비치는 것을 계속 믿어야만 한다.

달콤하지만 부서지기 쉬운 설탕으로 만든 성을 평생 지킬 마음으로.

"괜찮으면 차 한 잔 더 하고 갈래?"

"그럴게요."

사사가 대답하기 전에 치카가 잽싸게 움직였다.

두 사람을 툇마루에 들인 후 커피를 진하게 내렸다. 뜨거운 커피를 붓자 컵 가득 담겼던 얼음이 순식간에 녹아내렸다. 시럽과 우유를 준비하면서 이제부터 완전히 정신적으로 병든 사람 취급을 받겠구나 싶어 허망한 웃음이 흘러나왔다.

좀 주의가 부족했다고 반성했다. 이런 식으로 조금씩 비밀이 새어나가면 일상의 자유를 조금씩 잃게 된다. 소중한 것은 지금의 가노군과 함께하는 생활이지 가노군 존재를 모두에게 인정받는 것은 중요하지 않다. 그 부분을 착각하면 힘들어진다.

아이스커피를 가지고 부엌에서 나오자 툇마루에 나란히 앉은 두 사람 뒷모습이 보였다. 등을 곧게 세워 앉은 사사에게 치카가 기대 있었다.

"우루하 선생님, 너무 안됐어."

치카가 작게 중얼거렸다.

"나라면 견딜 수 없을 거야."

동정하는 말을 하면서도 목소리에는 연인을 향한 달콤함이 스며들어 있었다.

"그런 말 가볍게 하지 마."

사사가 불편한 듯이 대꾸했다.

"…미안."

치카가 바로 사과한 후 잠시 침묵이 흘렀다.

"있잖아, 사사, 부탁이 있는데."

"뭔데?"

"나만 남겨두고 가지 마."

그 말은 뾰족한 바늘이 되어 내 가슴을 찔렀다.

갑자기 내가 '남겨진 사람'이라는 것이 강하게 느껴졌다.

조용히 부엌으로 돌아가 아이스커피가 놓인 쟁반을 테이블 위에 내려놓았다. 솟아오르는 감정을 견디고 있으려니 어느샌가 옆에 다가온 가노군이 안아줬다.

"울어도 괜찮아."

부드러운 낮은 목소리. 분명하게 느껴지는 질감과 체온. 나는 고개를 흔들었다. 나는 아무렇지 않다. 나는 괜찮다. 옆에 있는 가노군이 망상이든 무엇이든 상관없다. 내게는 이쪽이 현실이다. 조금씩 마음이 안정을 되찾았다.

"내가 울 이유는 전혀 없어."

나는 가노군의 품 안에서 스스로에게 들려주듯 중얼거렸다.

나는 일주일에 5일, 미술 기간제교사로 사립 고등학교에서 일하고 있다. 일은 그렇게 바쁘지 않다. 수업 수로 계약되어 있어 출근도 퇴근도 요일에 따라 다르다.

수요일은 오전 중에 수업이 끝나기 때문에 정오가 조금 지났을 무렵의 한산한 슈퍼마켓을 느긋하게 돌았다. 신선한 전갱이가 저렴했다. 다 익히지 않고 겉만 살짝 구워 먹고 싶었지만, 오늘 밤 저녁 메뉴는 내일 아침에도 먹게 되니까 상하지 않을까 걱정이다. 어떻게 할까 잠깐 고민했다.

나는 똑같은 메뉴로 된 식사를 연달아 두 번 할 때가 많다.

나와 가노군, 두 사람분 식사를 혼자서 먹어야만 하기 때문이다.

가노군은 유령이지만 살아 있을 때와 똑같이 일상을 지내고 있다. 아틀리에에 틀어박혀 그림을 그리고, 피곤하면 쉬고, 식사를 하고, 목욕을 하고, 밤에는 이불을 깔고 잠들었다.

하지만 그것은 가노군 관념 속에서 일어나는 일로, 현실에는 어떤 영향도 미치지 않았다. 가노군이 먹는 식사는 실제로는 손을 대지 않은 채로 남겨졌고, 매일 갈아입는 옷은 지저분해지지 않았다. 주머니에서 꺼내는 담배는 몇 개비를 피워도 줄어들지 않았고, 내뿜는 연기는 대기를 오염시키지 않았다. 라이터 오일을 다 쓰는 일도 없었다.

— 그 담배랑 라이터 오일은 어디에서 오는 걸까?

— 글쎄, 어딜까? 멀고 먼 다른 차원?

— 가노군 자체가 다른 차원의 존재지.

— 응, 그러니까 고양이 모양 로봇의 배에 달린 4차원 주머니처럼 내가 원하면 담배도 라이터오일도 무한히 나오는 거 아닐까?

가노군이 그런 말을 했을 때 선득했던 걸 기억한다.

그 말은 즉 가노군이 이제 그만 됐어, 라고 생각하면 모든 것이 사라진다는 뜻일까? 사람은 어떨 때 이제 그만 됐다고 생각하게 될까? 만족했을 때일까? 아니면 절망했을 때일까?

— 담뱃값이 아무리 올라도 괜찮겠어.

이런 말로 부정적인 생각을 대충 얼버무렸을 때 가노군이 좋은 생각이 떠올랐다는 표정을 지었다.

— 우루하, 뭔가 원하는 거 없어?

— 원하는 것?

— 꺼내볼게.

자, 빨리 말해보라며 재촉하기에, 그러면 1만 엔이라고 대답했다. 가노군은 꿈도 희망도 없냐며 웃었다. 정말로 꺼내준다고 해도 그것은 환영이기 때문에 쓸 수 없을 것이다. 그저 놀이일 뿐이었다.

가노군은 주머니에 손을 찔러 넣고 난해한 얼굴로 눈을 감았다. 애니메이션에서 고양이 모양 로봇이 도구를 꺼낼 때 나오는 멜로디를 흥얼거리며 몇 번인가 도전했지만 돈은 나오지 않았다. 담배는 나오지만 돈은 나오지 않는다. 그 차이가 뭘지 궁금했지만, 어쩐지 세상의 도리에는 이게 맞는 것 같아 안심했다.

"으음, 그러니까 다시 말해서 무슨 말을 하고 싶은 거냐면."

대화 도중에 생각이 옆길로 새어버려서 나는 뒤늦게 정리에 들어갔다.

식탁 건너편에는 치카가 얌전히 이야기를 듣고 있었다.

오늘은 저녁 시간이 되어 갑자기 치카가 찾아왔다.

"이것 좀 드셔보세요."

우연히 근처에 왔다며 직접 만든 요리가 가득 담긴 반찬통을 건넸다. 상당히 제대로 준비된 '우연'이라 생각하며 고맙게 받았다.

"그러니까 가노군은 관념적인 존재이고, 본인 감각으로는 배가 고프지만, 물리적으로 밥을 먹는 것은 아니란 말이지. 그 결과 가노군이 먹지 않은 분량을 다음 식사에 내가 먹게 되는 거고. 그게 바로 이 메뉴야."

노릇노릇하게 구워진 치즈 토스트, 반숙 계란프라이, 비엔나소시지, 무순과 토마토 샐러드에 커피로 이루어진 아침 식사 메뉴가 식탁에 차려져 있었다. 갓 만들었을 때는 맛있어 보였지만 반나절 지난 지금은 별로 맛있어 보이지 않았다. 실제로 맛있지도 않았다.

"가노 선생님이 실제로 먹지 않는 거면 처음부터 차리지 않으면 되잖아요?"

"하지만 배는 고프다는 거야. 배고프다는 사람을 앞에 두고 나만 먹을 수는 없잖아?"

"그건 힘들겠네요."

결국 치카는 순순히 내 말을 받아들였다.

"그러면 이쪽이 오늘 밤 가노 선생님 식사가 되겠네요."

치카는 식탁에 차려진 또 다른 1인분 식사를 가리켰다. 갓 지은 현미밥, 양하를 넣어 끓인 맑은국, 싱싱한 전갱이는 결국 소금구이로 속까지 완전히 익혀냈다. 그리고 가지찜에 간 무와 폰즈소스를 얹은 반찬까지. 후덥지근한 장마철 밤에 어울리는 메뉴라는 생각이 들었다.

"그러면 가노 선생님은 지금 여기에 계세요?"

치카가 빈 의자로 시선을 보냈다.

"아니, 지금은 없어."

"이건 내일 아침에 우루하 선생님이 드시는 거죠?"

"그럴 예정이야."

"…그렇구나."

치카는 뭔가 할 말이 있는 듯 가노군의 식사를 바라봤다.

"사정은 알겠는데요, 그래도 역시 남은 음식만 먹는 건 쓸쓸하지 않아요? 가끔은 갓 지은 밥을 먹어야죠. 우루하 선생님은 살아 있으니까요."

그런 식으로 말하지 않았으면 좋겠다.

나에게 가노군은 여전히 살아 있으니까.

나도 모르게 입 밖으로 나올 뻔한 말을 삼켰다. 강하게 부정할수록 표면으로 떠오르는 사실도 있었다. 나는 흔들리는 마음을 꾹 누르고 차분하게 말하려고 노력했다.

"가끔은 갓 지은 밥도 먹어. 순서나 메뉴에 따라서는."

"매일 갓 지어 먹는 게 좋아요."

치카는 타이르는 듯이 말하며 몸을 내 쪽으로 기울였다.

거참 귀찮은 일이 되었다고, 나는 비밀을 밝힌 것을 후회했다.

치카는 모성이 강하다고 할지 정이 깊다고 해야 할지, 그러니 사사의 알레르기에 대해서도 최선을 다해 대처하는 거겠지만, 나는 부담스러웠다. 어떤 종류의 호의는 끈적끈적한 거미줄과 닮았다. 필요하지 않은 사람에게는 도망치기 힘든 기분 나쁜 구조로 되어 있다.

할 말을 찾지 못하고 있을 때 가노군이 얼굴을 빼꼼 내밀고 부엌을 들여다봤다. 하지만 우리 대화를 들었는지 슬금슬금 물러났다. 얄미워. 옆에 있다고 도움이 되지는 않지만, 남편으로서 이 상황을 함께 견뎌주길 바랐다.

"그러고 보니 치카 생일 다음 달이지?"

화제를 돌리자 치카는 기억해줘서 고맙다며 기뻐했다.

"사사랑 어디 갈 계획 있어?"

"네. 나가노에 타임캡슐 묻으러 가요."

"응? 그게 뭐야?"

두 사람은 나가노 지자체가 지역 살리기 기획으로 내놓은 여행에 참가하는 모양이었다. 타임캡슐에는 썩는 것 외에는 무엇이든 넣을 수 있고, 타임캡슐을 여는 타이밍은 1년 단위로

최대 20년 이내로 참가하는 사람이 자유롭게 정할 수 있다고도 했다.

"오, 재밌는 여행이네. 치카는 뭘 넣을 거야?"

"고민 중이에요."

"사사에게 보내는 물건인 건 확실할 테고, 몇 년 후에 열어볼지에 따라서 넣을 물건도 달라질 것 같은데. 오래 묻어둘 거면 로맨틱한 게 좋겠다. 언제 열지 정했어?"

"음… 1년 후쯤요?"

"그건 좀 너무 짧은 거 아니야? 의미 있는 타임캡슐이니까 이왕이면 조금 더 오래 묻어두면 좋을 텐데."

내가 무심코 한 말에 치카는 갑자기 진지한 표정을 지었다.

"하지만 인생은 어떻게 될지 모르잖아요. 10년 후로 정한다고 해도 그때까지 같이 있을 수 있을지 모르니까요. 우루하 선생님이라면 이해하시죠?"

어떤 강한 의도가 담긴 물음이었다.

"이해하지. 무척, 절실하게."

지금, 이렇게 대화를 나누는 나와 치카도 내일, 아니 오늘 밤, 1분 후, 어떻게 될지 모르는 일이다. 천재지변, 사고, 사건, 다양한 위험은 예고 없이 찾아온다. 그렇다고 그런 걸 내게 묻는 건 또 다른 문제가 아닐까? 나는 미소를 유지하기 위해 애써야 했다.

남편을 잃고 마음에 병이 있는, 마음에 병이 있을 거라고 단정해버린 여자에게 직접 만든 음식을 나눠주는 배려심을 보여주면서 동시에 같은 손으로 상처를 후벼파는 짓을 한다. 하지만 그런 사람은 의외로 많았다. 자신의 모순을 깨닫지 못할 뿐, 본인은 자신이 선량하다고 생각하면서.

"이제 곧 봄도 끝나겠어."

어느샌가 가노군이 돌아와서 벽에 기대 있었다.

벌써 7월에 들어섰는데 봄 같은 이상한 말을 한다고 생각하다가 곧 깨달았다. 이전처럼 그녀가 더 이상 봄바람에 흔들리는 민들레로 보이지 않았다.

곧 여름, 치카의 생일이 다가오고 있었다.

장마가 끝나자마자 본격적인 여름이 찾아왔다. 최고 기온 33도라는 텔레비전 자막을 보는 것만으로도 축 처져서 배가 고파도 국수조차 삶고 싶지 않았다.

"식욕도 없는데, 체중은 왜 늘어날까."

거실 바닥에서 뒹굴뒹굴하며 중얼거리자 가노군이 어이없다는 눈길로 바라봤다.

"그런 것만 먹으니 당연하지."

내 손에는 연한 하늘색 소다맛 아이스바가 들려 있었다.

"찬 거 먹으면서 그런 걸 신고 있고 말이야."

나는 무릎까지 오는 복슬복슬한 양말을 신고 있었다. 에어컨이 없으면 여름을 지내지 못하지만, 냉증으로 발만 차가워지기 때문에 어쩔 수 없다. 하지만 손끝 발끝 외에는 또 더우니까 아이스크림을 먹었다. 더우면서 추운 여름은 수난의 계절이다.

"몸이 제각각 요구하는 걸 들어주다 보면 이렇게 될 수밖에 없어."

"날도 더우니까 발이 차가우면 기분 좋을 것 같은데."

"그런 기분 좋은 차가움이 아니라 둔한 통증이야. 뼛속부터 차가워져서 근육 부분이 꽉 굳어가며 찌릿찌릿 쑤신 느낌. 남자들은 모르겠지."

"남자라서 다행이다."

가노군은 무정한 말투로 대화를 끝냈다.

"좀 더 위로해줘."

나는 바닥에 그대로 누워서 무릎길이 양말을 신은 발로 가노군의 엉덩이를 툭툭 건드렸다.

"우루하, 엉뚱한 데다 화풀이하지 말고 오전 중에 장 봐와야지."

맞다. 오늘은 복날이다. 이날 우리 집은 매년 장어를 먹는 습관이 있다. 평소 검소한 습관을 이날만큼은 내려놓고 백화점까지 장을 보러 갔다.

"가노군은 어떻게 할래?"

"나는 완성하고 싶은 그림이 있어."

알았다며 나는 일어나 외출 준비를 했다.

가노군은 실체가 사라진 지금도 이전과 다르지 않게 그림을 그렸다. 물론 근무하던 입시 미술학원에는 가지 못하지만, 북향의 두 평 정도 되는 아틀리에로 꾸민 방에서 거의 매일 캔버스를 마주했다. 실제로 그림이 완성되는 일은 없었다. 붓도 지저분해지지 않고 물감도 줄지 않았다.

화가에게 영원히 완성되지 않는 그림을 계속 그리는 건 어떤 기분일까?

나는 가노군과 결혼한 후부터 그림을 그리지 않았다. 확실한 재능 차이에 그림을 그리는 자아가 완전히 부서졌기 때문이다. 실력 차이가 너무나도 확연하게 났기 때문에 오히려 가볍게 손을 놓을 수 있었다. 내 그림은 처음부터 손 놓을 정도밖에 되지 않았다.

예술로 먹고살 수 있는 사람에겐 차원이 다른 집념이 있었다. 광적이라고 할 만한 그것을 나는 갖추고 있지 않았다. 가노군이 저쪽에서 돌아온 건, 어떤 의미에서 그 집념 덕분일지도 모른다. 나는 결코 들어갈 수 없는 영역이다.

"다녀올게."

아틀리에를 향해 말한 뒤 양산을 들고 나는 집을 나왔다.

백화점 지하는 언제나 많은 사람으로 붐볐다. 복날인 오늘은 장어집에 줄을 길게 서 있었다. 10분 정도 줄을 서서 장어 두 마리를 사고, 1층으로 올라가 치카의 생일 선물을 고를 생각으로 액세서리를 파는 코너로 향했다.

그날 이후 두 번 정도 치카는 직접 만든 음식을 가지고 왔다. 달갑지 않은 친절이지만 호의인 것만은 틀림없으니 답례는 하고 싶었다. 치카가 이상적이라고 했던 반지와 비슷한 분홍색 꽃 모양 머리핀을 골라 리본 포장을 부탁했다.

볼일을 끝내고 출구를 향해 걸을 때 눈에 익은 키가 껑충한 남자가 시야에 들어왔다. 사사였다. 여성에게 인기가 있는 주얼리 브랜드 쇼케이스 앞이었는데 치카가 아닌 다른 여자애와 팔짱을 끼고 있었다.

―못 본 걸로 하자.

재빨리 발길을 돌리는데 시선을 느꼈는지 사사가 이쪽을 돌아보는 바람에 눈이 딱 마주치고 말았다. 아아, 최악이다. 무시할 수도 없어서 일단은 가볍게 고개를 숙여 보이자 사사는 옆에 있던 여자애에게 뭔가 말하고는 이쪽으로 다가왔다.

"안녕하세요, 지난번엔 실례가 많았습니다."

정중하게 머리를 숙여 인사하기에 나도 괜찮다며 고개를 숙였다.

"저기…."

"응."

미묘한 침묵이 생겼다. 이런 상황은 정말 너무 거북하다.

"치카가 선생님 댁에 자주 놀러가는 모양이던데요."

사사가 말을 이었다.

"응, 직접 만든 음식을 가지고 왔어."

"죄송합니다. 민폐죠?"

나는 차마 대답하지 못하고 쓴웃음을 지었다.

"걔가, 그런 부분이 있어요. 좋은 애고, 주변도 잘 챙기긴 하는데요."

사사는 곤란한 얼굴로 이해하지 않냐는 눈빛을 보냈다.

"그렇지. 하지만 치카의 '그런 부분'에 사사도 상당히 도움받고 있잖아?"

내 말에 사사는 입을 꾹 다물었다. 내 말투가 심술궂긴 했다. 하지만 사사의 변명에 동의하는 것으로 그가 양다리 걸친 것에 공범이 되는 것은 싫었다.

"…죄송합니다."

"내게 사과할 일은 아니야."

"어떻게 해야 할지 모르겠어요."

"그런 때는 누구에게나 있어."

"치카에게는 제가 말할게요."

"그래. 나는 아무것도 말 안 할 테니 안심해."

그 말을 끝으로 헤어졌다. 집으로 돌아오는 길, 흔들흔들 흔들리는 버스 안에서 작은 짐이 늘어난 기분이 들었다. 아직 모르겠다고 사사는 말했지만, 직접 말하겠다는 것은 그의 마음은 치카와 헤어지는 쪽으로 기울었다는 의미일 것이다.

― 인생, 어떻게 될지 모르잖아요.

며칠 전에 들은 치카의 말이 떠올랐다. 타임캡슐을 언제 열어볼지 물었을 때였다. 1년 후라는 말에 의아해하는 내게 한 말이었다.

― 10년 후로 정한다고 해도 그때까지 같이 있을지 어떨지 모르잖아요.

치카는 사사의 마음이 변한 것을 눈치챘는지도 모른다.

그런 생각을 하자 짐의 무게가 훨씬 더 무거워졌다. 마음이 변하는 건 슬픈 일이지만 어쩔 수 없는 일이다. 사랑에 규칙이나 논리는 통하지 않는다. 밀려난 사람은 떠날 수밖에 없다.

점심이 지나자 기온이 쑥쑥 올라갔다. 전부 표백해버릴 기세의 한여름 햇볕을 양산으로 가리며 집으로 돌아왔을 때는 땀에 흠뻑 젖어 있었다. 가노군은 아틀리에에 있는 모양인지 집 안은 조용히 가라앉아 있었다. 거실의 에어컨을 켠 후 샤워를 했다.

상쾌하게 시원한 바람을 쐬고 있으니 잘 다녀왔냐며 가노군이 거실로 나왔다.

"그림은 더 안 그려?"

"응, 아까 치카가 와서 집중이 흐트러졌어."

"치카가?"

"무시했어. 어차피 나는 맞이할 수 없기도 하고."

가노군은 바닥에 앉아 기분 좋게 에어컨 바람을 쐬었다.

"미안하네. 오기 전에 연락했으면 좋았을 텐데."

"그러면 거절할 수 있으니까 고맙겠는데."

가노군은 아무렇지 않게 말했다. 입을 다물고 있어도 입가가 살짝 웃는 듯한 온화한 인상과는 다르게 필요 없는 것은 가차 없이 잘라버리는 사람이라 방심할 수 없다.

"우루하에게 뭔가 할 말이 있었는지도 몰라. 초인종이 울린 후 10분 정도 지났나? 쉬려고 정원에 나갔더니 문 앞에 여전히 서서 정원을 보고 있는 거야."

"10분? 이 더위에?"

"기다리는 것 같다고 해야 할지, 멍하니 서 있는 것 같다고 할지. 땀으로 앞머리가 이마에 딱 붙은 얼굴로 한참을 한 곳만 빤히 보더라고."

"좀 무서운데."

"무서웠어. 그래서 얼른 아틀리에로 피했지. 무슨 일이었을까?"

"…상담할 일이 있었을지도 모르지."

나는 난감한 표정으로 연하게 물을 탄 칼피스 소다를 한 모금 마셨다.

"사실은 백화점에서 사사를 만났어. 다른 여자애랑 액세서리를 보고 있더라."

"바람피우는 거야?"

"진심일지도 몰라."

"흐음, 어떤 애였어?"

"머리를 밝은색으로 물들이고 짧은 반바지에 웨지힐 샌들을 신었더라. 치카랑은 정반대 스타일? 눈길을 확 끄는 화려한 느낌이었어."

"그럼 아직 모를 일이네."

"무슨 말이야?"

"치카랑 정반대 스타일을 골랐다는 건 선택 기준이 그 애가 아니라 치카였다는 거잖아. 그 여자애를 좋아하게 된 과정에서 이런 건 치카랑 달라, 저런 부분도 치카랑은 다르네, 하고 하나하나 비교했을지도 몰라. 그녀를 통해 사사는 계속 치카를 보고 있을 수도 있어. 그건 다른 의미로 사랑이 아닐까?"

미처 생각 못한 부분을 찔린 느낌이었다.

"엄청난 해석이네. 상당히 뒤틀린 느낌도 들지만."

"뒤틀리지 않은 애정도 있을까?"

무심하게 던져진 질문에 나는 또다시 생각에 잠겼다. 적어도 지금 나의 가노군을 향한 애정은 뒤틀려 있다. 하지만 그것을 고칠 생각도 없다.

"자신은 똑바로 가고 있다고 생각해도 모르는 사이에 비틀거리는 일도 있어. 하지만 어쩔 수 없어. 애초에 곧은 길 자체가 없으니까."

그렇구나. 이 생활을 지키기 위해 언제나 강하게 자신을 믿고 있지만, 마음 깊은 곳에서는 이것은 이상하고, 문제가 있다는 걸 알고 있었다. 하지만 애초에 곧은 길은 없고 애정 자체가 원래 뒤틀린 형태라고 생각하니 마음이 편해졌다.

"그건 그렇고 너무 덥네."

가노군이 바닥에 뒹굴 누웠다. 가노군은 실체가 없어도 겨울엔 추워하고 여름에는 덥다고 불만을 털어놓는다. 가끔은 감기에 걸리기도 하고 배가 아프다는 때도 있다. 나는 리모컨으로 에어컨 설정 온도를 25도까지 내렸다. 가노군이 놀라며 나를 쳐다봤다.

"무슨 일이야? 늘 27도 이하로 내리면 얼어 죽는다며 화내더니."

"좋은 걸 가르쳐준 보답."

나는 거실에 둔 바구니에서 복슬복슬한 양말을 꺼내 신었다.

학교에서 돌아오는 길에 슈퍼마켓에 들렀다. 가지, 오크라,

토마토. 오늘 저녁에는 여름 채소를 넣은 카레를 끓일까? 고기는 어떻게 하지? 튀긴 가지만으로도 감칠맛은 충분히 나지만, 가노군은 고기를 넣지 않은 카레는 단호하게 거절했다. 돼지고기와 닭고기 중 뭘 할까 고민을 할 때였다.

"소고기는 어때?"

갑자기 옆에서 누가 말을 걸어 돌아보니 가노군이 있었다.

"어떻게 여기에 있어?"

"산책하던 중에 우루하가 슈퍼에 들어가는 걸 발견했거든."

가노군은 집 안뿐만 아니라 밖도 자유롭게 다녔다. 예전에 한번은 어디까지 갈 수 있는지 시도해보려고 혼자서 전철을 타고 멀리 나가본 적도 있었다.

나 이외에 다른 사람에게는 보이지 않는다는 걸 이용해서 가노군은 당당하게 무임승차했다. 비행기도 호화 여객선도 탈 수 있었다. 어디라도 갈 수 있는 문을 손에 넣은 기분으로 잠시 세상 끝까지 가볼까 생각했다고 했다. 하지만 집에서 전철역이 하나씩 멀어질 때마다 가노군은 점점 참을 수 없이 집에 돌아가고 싶어졌다. 가노군의 여행은 싱겁게 끝났다.

— 우루하가 있는 곳이 내게는 세상의 끝인 모양이야.

집에 돌아온 가노군은 현관 앞에서 제일 처음 이렇게 엄청난 말을 했었다.

"우루하, 소고기는 어때?"

다시 한번 가노군이 물었다.

"얇게 썬 소고기는 끓이면 퍽퍽해져."

"그 논리라면 닭고기도 퍽퍽하잖아?"

"결과가 똑같다면 지갑에 부담이 안 되는 쪽을 고르고 싶어."

작은 목소리로 말하고 닭고기를 바구니에 담았다. 가노군은 뒤에서 계속 못마땅한 듯 '음매~' 하고 소 울음소리를 흉내냈다.

"포기를 모르네."

내가 나무라자 "그러니까 돌아왔지"라는 말이 돌아왔다. 나도 모르게 웃음이 터져서 주위에 있던 사람들의 이상한 눈빛을 받았다.

강한 의지를 가지고 이 생활을 지키는 것치고는 나와 가노군의 일상은 지극히 평범했다. 그걸로 충분했다. 2년 전, 퇴근해서 집에 돌아왔더니 집 전화에 부재중 메시지가 남겨졌다는 불이 깜박였고, 가노군이 사고를 당했다는 경찰 메시지가 들어 있었다. 그런 천재지변에 버금가는 알림은 두 번 다시 듣고 싶지 않았다. 앞으로는 이런 평범한 날들만 쌓아가고 싶었다.

"잠깐만 기다려. 저녁 금방 준비할게."

사온 재료를 부엌에서 정리하고 있을 때, 가노군이 들어와 부재중 메시지가 있다고 알려줬다. 누굴까? 거실에 가서 전화기 재생 버튼을 누르자, "오랜만입니다. N대학의 후나키 교수입니다"라고 나이 지긋한 남자 목소리가 흘러나왔다.

"후나키 교수님?"

대학 졸업 후에도 가깝게 지내던 가노군의 은사였다. 지금은 사사의 담당 교수이기도 하지만, 집에 전화를 거신 건 처음이었다.

"갑작스럽습니다만, 사사가 세상을 떠났습니다."

순간 심장이 떨어지는 느낌이 들었다. 사사의 장례식 일정을 알려주시고는 그럼 이만, 하고 교수님의 메시지는 조용히 끝났다.

듣고 싶지 않은 소식은 언제나 갑작스럽게 찾아온다.

발밑을 내려다보니 작은 흑점이 생겨 있었다. 그것은 함정처럼 점점 커지더니 당장이라도 어딘가 깊은 곳에 모든 것을 떨어트릴 것처럼 크고 깊어졌다.

열다섯 살 여름, 갑자기 엄마가 애인과 집을 나갔다. 나를 거둬서 키워주신 할머니와 할아버지는 다정하셨지만, 그런 만큼 매년 늙어가는 두 분을 보는 것은 솔직히 괴로움을 넘어서 두려운 일이었다.

내게 대가 없는 사랑을 쏟아주는 몇 안 되는 가족이었다. 영원히 곁에 있어달라고, 나만 두고 가지 말라고 기도해도 세월은 이길 수 없었다. 친구와 재미 삼아 가본 점을 봐주는 집에서 나는 가족과의 인연이 희미하다는 말을 들었다. 그 말은 저주처럼 마음에 박혔다.

가노군도 나와 비슷한 저주에 걸린 사람이었다. 부모님을 일찍 여의고 친척과의 교류도 거의 없었다. 우리 결혼이 빨랐던 건 자연스러운 일이었다. 이 집에서 살게 된 후 드디어 내 마음이 정착할 장소가 생겼다고 안심했지만, 결혼 2년 만에 가노군마저 저세상으로 떠나고 말았다.

이제 그런 경험은 하고 싶지 않았다. 절대로 두 번 다시는 그런 일은 만들지 않겠다고 결심하고 살아가도 어느새 갑자기 발목을 잡힌다. 나는 스커트를 꽉 붙잡고 공포를 견뎠다.

"괜찮아. 나 여기 있어."

가노군이 스커트를 움켜쥔 내 손을 잡았다.

남자치고는 가늘고 긴 손가락. 따뜻하게 전해지는 체온. 이렇게나 확실하게 느껴지는데, 실제로 내 손을 잡은 이는 아무도 없었다. 가노군은 내 머리카락 한 올조차도 들어올릴 수 없었다. 그래도 마음은 위로되었다. 이제 그것만으로 충분했다.

마음이 진정된 후에 후나키 교수님께 전화를 걸었다.

"오랜만에 연락드립니다. 가노 우루하입니다. 장례식 때는 감사했습니다."

가노군의 은사를 향해 나는 자연스럽게 고개를 숙였다.

"이런 소식은 전하고 싶지 않았지만, 가노가 챙기던 학생이라서요."

"네, 사사 학생에게는 연구실 전시회로도 신세를 많이 졌습니다."

"젊은데 착실한 학생이어서 저도 이런저런 부탁을 하기 쉬웠죠. 취업 활동으로 바쁠 텐데 연구실 전시회도 도와주고, 엊그제만 해도 쾌활하게 여행 선물 사오겠다고 했는데 말이죠. 설마 이런 일이 생길 줄은."

"여행지에서 사고가 난 건가요?"

벽에 걸린 달력을 확인해보니 어제는 치카의 생일이었다. 타임캡슐을 묻으러 나가노에 간다고 했었다. 그러면 사사는 치카의 눈앞에서….

치카는 분명 생살을 뜯기는 것 같은 아픔을 느끼고 있을 것이다. 아무리 조심스럽게 위로해주더라도 극심한 통증을 피하기는 어려울 것이다.

"숙소에서 갑자기 상태가 나빠졌다고 하더군요."

후나키 교수님 말에 "네?" 하고 되물었다. 완전히 사고라고만 생각했다. 겨우 스무 살 정도밖에 안 된 젊고 건강한 남자가 급사라니 대체 무슨 일이 생긴 걸까?

"숙소에서 먹은 음식 중에 메밀이 들어 있었던 모양입니다."

"메밀이요?"

"사사 학생은 어렸을 때부터 심각한 메밀 알레르기가 있었거든요."

그건 알고 있지만….

전화를 끊은 후 나는 잠시 멍했다. 가노군의 목소리를 듣고 겨우 정신을 차렸지만, 반쯤 정신이 나간 상태로 저녁 준비를 했다.

카레용으로 남겨뒀던 캐러멜라이징한 양파와 요리용 허브 묶음을 육수에 넣고 카레를 끓이면서 가지와 오크라를 튀겼다. 거의 완성되었을 무렵에야 밥솥의 취사 버튼을 누르지 않은 걸 발견했다.

"괜찮아, 우루하. 늘 있는 일이잖아."

가노군이 상처에 소금을 뿌리는 듯한 위로의 말을 해주었다. 확실히 내가 깜박하는 일은 지금이 처음은 아니었다. 하지만 이번에는 평소와 달랐다.

내 머릿속에는 둔탁하고 무거운 잿빛 상상이 소용돌이치고 있었다.

사사의 식사와 관련해서 치카는 신경질적일 정도로 신경을 썼다. 중학생 때부터 사귀어온 사이로 대처에도 익숙할 치카가 여행지라는 가장 신경 쓰일 곳에서 그런 실수를 했을까?

얼마 전이었다면 이런 바보 같은 생각은 하지 않았을 것이다. 하지만 사사가 치카 이외의 여자에게 마음을 준 것을 나는 알고 있다. 그리고 아마도 그 일을 치카도 눈치채고 있었을 거라는 것도.

"그렇게 고민할 거 없어. 밥이 없으면 빵을 먹으면 돼."

가노군이 단두대에 오른 왕비 같은 말을 했다. 빵이 없으면 케이크를 먹으면 된다. 유명한 말이지만 실제로 왕비가 그런 말을 했다는 역사적 사실은 없다고 한다. 너무나도 그런 말을 할 것 같은 이미지가 있다 보니 그런 설이 정착했겠지만, 억측만으로 이야기가 확대되고 거짓이 진실처럼 자리 잡는 건 무서운 일이다.

— 더 깊이 생각하지 말자.

마음속에 자라난 작은 의혹의 싹을 싹둑 잘라냈다.

"그럼 되겠다. 오늘은 빵을 먹을까."

정신을 차리고 다시 기운을 내서 빵을 넣어두는 상자를 열어봤지만, 텅 비어 있어 나는 어깨를 축 늘어뜨렸다.

사사의 장례식은 이번 여름 가장 심한 더위 속에서 진행되었다. 조문객은 당연히 대학생이 많았다. 장례식장은 조문 복장으로도 숨길 수 없는 젊음과 여름의 빛으로 가득했다. 그들 사이에 떠도는 소문이 작은 새들이 지저귀는 소리처럼 내 귀에까지 들어왔다.

— 사사, 나가노에서 죽었대?
— 치카 생일에 같이 타임캡슐을 묻으러 갔다던데.
— 최악의 타이밍이네.

―치카는 괜찮을까?

들려오는 소문을 정리하자면 이랬다. 숙소에는 미리 알레르기가 있다는 사실을 전달했다. 그런데 사사와 치카가 묵은 곳은 큰 호텔에서 경영하는 료칸이라 직원이 많았고 그 내용이 모든 직원들에게 제대로 전달되지 않았다. 결국 서비스로 나온 화과자에 메밀가루가 들어 있었다. 직접적인 사인은 토하면서 목에 음식물이 걸린 질식사였다.

―치카는 그때 뭐했대?

―온천에 들어가 있었대.

―그럼 방에 돌아왔더니 사사가 죽어 있었다는 거야?

―나라면 견딜 수 없을 거야. 평생 떨칠 수 없을 것 같아.

여기저기에서 속삭이는 작은 새들의 지저귐에 점점 머리가 아파왔다.

"돌아갈래? 무리하지 않는 게 좋아."

고개를 숙이고 있는 내게 가노군이 다가왔다.

평소에는 먼 거리는 나오지 않는데, 오늘은 사사를 배웅하고 싶다며 따라왔다. 늘 입는 흰 티셔츠에 면바지. 조문복을 입은 사람들의 파도 속에서 평소와 다름없는 가노군을 보자 울렁거림이 가라앉았다.

"괜찮아, 고마워."

분향할 순서가 되어 장례식장으로 들어갔다. 치카는 가족

자리에 있었다. 중학생 때부터 사귄 사이로 사사 부모님에게는 며느리나 마찬가지였으니 당연했다. 화장할 여유도 없었는지 얼굴은 흙빛이었고, 줄곧 고개를 숙이고 있었다.

갑자기 영정 앞에서 젊은 여자애가 주저앉자 장례식장 안이 술렁거렸다. 울고 있는 모양인지 직원들에게 부축받아 겨우 출구로 향했다.

─누구야?

─몰라.

술렁거리는 소리 가운데 언뜻 보인 옆모습이 본 적 있는 얼굴이었다.

주얼리숍에서 사사와 함께 있던 여자애였다.

가족석을 보자 치카는 안쓰럽게 눈물 어린 눈으로 여자애를 보고 있었다. 사사의 마음이 변한 것을 알았다면 조금은 의심할 법도 한데, 치카의 눈에는 슬픔만이 담겨 있었다. 시들어버린 꽃 같은 모습에 나는 이상한 의심을 품은 것이 부끄러웠다.

내가 분향할 차례가 되어 영정 속 사사 앞에서 손을 모았다. 너무나도 젊은 영정사진을 보니 현실감이 없어, 이 남자애가 죽었다는 사실을 믿기 힘들었다. 한편으로 두 여자애를 흔들어 놓고 가버린 것에 화가 나기도 했다. 상주와 인사를 나누고 지나치려고 할 때 치카가 갑자기 고개를 들었다.

"우루하 선생님."

눈가가 검푸르게 쑥 꺼져 있었다. 여기에 서 있는 것만으로도 버거워 보였다. 어떤 말을 해야 할지 모르는 내게 치카가 말했다.

"저, 앞으로도 계속 사사와 함께할 거예요."

"…치카."

"후회 같은 건 절대로 안 할 거예요."

옆에 선 사사의 어머니로 보이는 여성이 오열했다.

씩씩하게, 한결같이, 여러 가지 말이 있었지만 나는 무서웠다. 핏기 없이 파랗게 질린 얼굴과는 반대로 치카의 눈빛에는 한줄기 흔들림도 없었다. 휘황찬란하다고 말할 수 있을 만큼 강한 빛이 스며 있어 한여름인데도 몸에 소름이 돋았다.

사사의 장례식으로부터 한 달 정도 지났을 무렵, 치카가 갑자기 찾아왔다. 살이 상당히 많이 빠져서 이전의 통통하고 느긋한 인상과는 완전 다른 사람이 되어 있었다.

"매미, 이제 안 우네요."

차를 담은 쟁반을 들고 거실로 나오자 치카는 멍하니 정원을 바라보았다.

"올해는 많이 더웠지만, 더위가 빨리 물러가서 다행이야. 여름에는 에어컨 없으면 지내기 힘들지만, 에어컨을 틀면 손끝발끝이 차가워져서 컨디션이 안 좋아지거든."

"맞아요. 여름에도 양말을 벗을 수가 없어요."

"치카도 그래?"

"네. 늘 설정 온도로 사사랑 티격태격했어요."

비슷한 상황에 공감하며 고개를 끄덕이고 나는 안도했다. 몸은 야위었지만 치카는 침착했다. 장례식 때 봤던 이상한 눈빛도 보이지 않았다.

"얼마 전에도 사사가 마파두부를 먹고 싶다고 해서 만들었는데요."

"얼마 전?"

"먹으면서 덥다고 자꾸 온도를 내려서 그러지 말라고 하는데도 리모컨을 주머니에 숨기고 결국 22도로 해둔 거 있죠. 믿어지세요? 얼어 죽는 줄 알았어요."

나는 미소를 유지하기 위해 아랫배에 힘을 넣었다.

"…사사가?"

"제가 마파두부는 사천식으로 만드니까 매워서 땀이 나는 건 이해하는데요."

치카는 즐겁게 사사의 이야기를 이어갔다.

결국 너무 추워서 겨울용 스웨터를 걸쳤다는 둥, 그 스웨터는 고등학생 때 사사가 아르바이트로 번 돈을 전부 들여서 사준 캐시미어라는 둥, 소중히 입고 있다고 사사가 기뻐했다는 둥, 한마디도 하지 않는 나를 전혀 신경 쓰지 않고 빠른 말투로 이야기를 쏟아놓았다. 웃으면서 기관총을 쏘아대는 정신 나간 사람 같아서 나는 온몸에 구멍이 뚫린 것 같은 기분이 들었다.

"아, 참. 오늘 가노 선생님은 어디 계세요?"

"응?"

"계시죠? 아틀리에에 계세요?"

나는 눈을 깜박이다 잠시 산책하러 나갔다고 거짓말을 했다. 가노군은 거실 벽에 기대 라이터로 손장난 치며 우리 이야기를 듣고 있었다.

"아쉽네요. 지금이라면 사사와 이야기할 수 있을까 했는데."

"사사랑?"

"네, 지금도 제 옆에 있어요. 보이세요?"

그 말에 나는 주위를 훑어봤다.

"미안해, 보이지 않아."

"그러세요. 아쉽네요. 하지만 제 눈에도 가노 선생님은 안 보이니까 그런 걸지도 모르겠네요. 제가 이렇게 된 후에야 우루하 선생님 마음을 이해할 수 있었어요."

치카는 당돌하게 미간을 찌푸렸다.

"내 옆에는 사사가 있다고, 사사가 유령이 되어 돌아왔다고, 부모님이나 친구들에게 말해도 아무도 믿어주지 않아요. 사사 부모님이라면 이해해주실 거라 생각했는데, 너무 자신을 몰아붙이지 말라고, 넌 젊으니까 사사는 빨리 잊어버리고 행복하게 살기를 바란다고 하셔서 깜짝 놀랐어요. 어떻게 그런 말을 할 수 있죠?"

인상을 쓰고 화난 표정으로 치카는 갑자기 목소리 톤을 낮췄다.

"우루하 선생님이라면 믿어주실 거죠?"

비밀 이야기처럼, 치카는 테이블 너머에서 살짝 몸을 내밀었다.

"선생님과 저, 같은 거죠?"

치카는 겁에 질린 것 같으면서도 아양을 떠는 듯한 웃음을 보였다. 짧은 시간에 끊임없이 바뀌는 표정과 목소리에 그녀의 감정을 따라갈 수가 없었다. 긍정하지 않는 나를 보며 치카의 눈에 짜증이 섞이기 시작했다. 무서웠다. 에어컨을 틀어놓지도 않았는데 손발이 차가워졌다.

"나가."

가노군이 갑자기 중얼거리고는 벌떡 일어나 이쪽으로 다가왔다. 뒤에서 치카의 어깨를 붙잡으려 했지만 가노군의 손은 허무하게 공중을 가를 뿐이었다.

"아."

문득 치카가 중얼거렸다. 또 뭐야? 겁먹은 나를 무시하고 치카의 시선은 내 등 뒤 벽으로 향해 있었다. 눈길을 따라 뒤돌아보고 나는 펄쩍 뛰며 물러났다. 유난히 다리가 긴 거미가 벽에 붙어 있었다. 거미는 빠르게 바닥으로 내려갔다.

굳어 있는 나를 흘긋 보더니 치카는 차분한 동작으로 가까이 있던 쿠폰북을 둥글게 말아 거미를 때려잡았다. 탁 하고 시원한 소리가 울렸다.

"휴지 좀 주실래요?"

나는 정신을 차리고 서둘러 각티슈를 통째로 건넸다. 치카는 티슈로 거미를 감싸 휴지통에 버렸다. 흔들림 없는 그 동작을 나는 그저 망연하게 지켜봤다.

"왜 그러세요?"

"…이전에 벌레 싫어한다고 했었잖아."

치카는 처음 깨달았다는 듯한 표정을 지었다.

"그렇네요. 하지만 이전만큼 무섭지 않아요. 왜 그럴까요."

"이제 도와줄 사람이 없다는 걸 알기 때문이지."

치카의 등 뒤에서 가노군이 말하는 바람에 나도 모르게 그쪽을 보고 말았다. 치카도 뒤돌았다. 아무것도 없는 공간. 하지만 다 이해했다는 듯 고개를 끄덕였다.

"가노 선생님이 여기 계시나 보네요."

내 대답을 기다리지 않고 치카는 "실례했습니다." 하고 고개 숙이고는 보이지 않는 것을 향해 웃음 지었다. 반사적으로 불쾌한 기분이 솟아올랐다. 아슬아슬하게 성립하고 있는 우리 생활을 무언가의 공범으로 만들기 위해 이용하지 말았으면 했다.

"미안한데, 치카, 내가 일이 좀 있어서."

나는 일방적으로 통보하는 듯 일어났다.

"그러세요?"

갑작스러웠는지 치카는 당황하더니 곧 수긍했다.

"갑자기 찾아와서 죄송합니다. 다음부터는 미리 전화할게요."

현관에서 신발을 신으며 치카가 말했다.

"또 놀러올게요. 아, 괜찮으시면 다음에 넷이서 어디 놀러갈까요? 저랑 사사랑 우루하 선생님이랑 가노 선생님이랑. 귤 따기 체험 같은 거 재밌겠죠? 아, 가을이니까 밤 주우러 가도 좋겠네요. 밤밥 지어서 다 같이…."

"아니."

"밤 싫어하세요?"

"좋아해. 하지만 앞으로 우리 집에 오지 마."

치카의 얼굴이 굳었다.

"왜요?"

나는 치카를 조용히 바라만 봤다. 그 태도로 나의 결의를 치카에게 전달했다. 치카의 안색이 조금씩 창백해지더니 반대로 눈빛이 뻔뻔한 빛을 띠기 시작했다.

"…결국 우루하 선생님도 마찬가지네요."

치카는 한숨을 쉬었다.

"친구도 저희 부모님도, 사사의 부모님조차 믿어주지 않았어요. 하지만 우루하 선생님만큼은 다를 거라고 생각했는데…. 우루하 선생님은 거짓말하고 계셨군요."

나는 묵묵히 듣고만 있었다.

"가노 선생님이 돌아왔다는 거 거짓말이죠?"

아무 말도 하지 않는 나를 보는 치카의 눈빛이 더 날카로워졌다.

"하지만 저는 진짜예요."

치카의 강한 눈빛에 나는 끄덕였다.

"치카가 그렇게 생각한다면 그걸로 충분하다고 생각해."

순간 치카의 눈빛이 성냥불처럼 흔들렸다.

"다들 자신이 보고 싶은 꿈을 꾸면 그걸로 충분하다고 생각해. 나는 나의, 치카는 치카의 꿈을 꾸며 사는 거야. 나는 네 꿈을 부정하지 않을 거야. 그러니까 날 내버려둬."

나와 가노군을 네 꿈의 공범으로 만들지 마.

그렇게 해서 네 꿈을 강화하려고 하지 말아줘.

그것이 아름답든 추악하든 꿈은 혼자서 꾸는 것이다.

자신의 꿈은 자신만이 지킬 수 있다. 세상 모두가 부정할지도 모르고, 아무도 믿어주지 않을 수도 있다. 그러니 각오가 필요하다. 우리가 보는 꿈의 종이 한 장 아래는 지옥이지만, 그렇기에 죽을 만큼 행복한 것이다.

"건강하게 잘 지내. 잘 가."

웃으며 인사하자 치카는 버림받은 강아지 같은 눈빛이 되었다.

"그럼 안녕."

불안해하는 마음이 빤히 보여서 아주 조금 동정하는 기분이 생겼지만, 나는 곧장 등을 돌렸다.

"배고프다."

부엌에서 저녁 준비를 하고 있을 때 가노군이 들어왔다.

"금방 되니까 조금만 기다려."

"오늘은 뭐야?"

"여름을 보내는 아쉬운 마음으로 채소튀김 국수, 가지 꼬치구이를 해보려고."

"오, 좋은데. 맛있겠다."

가노군은 식탁 의자에 앉았다. 단호박, 꽈리고추, 애호박, 표고버섯. 튀김을 할 채소를 썰었다. 조용한 저녁 부엌에 도마 소리만이 울렸다. 가노군은 식탁에 턱을 괴고 앉아 나를 보았다.

"좀 전의 우루하, 멋있었어."

"그래?"

"거미 보고 굳어버린 사람과 같은 인물이라는 생각이 들지 않았어."

"벌레는 다르지. 무서운 건 어쩔 수 없는걸."

"치카는 거침없이 잡아 죽였지."

"그러게."

"우루하도 잡을 수 있게 노력해볼래?"

"힘들어."

단번에 대답하고 나는 가노군을 마주 봤다.

"내게는 가노군이 있잖아."

그러니까 나는 벌레를 잡을 수 있게 되기 위해 노력할 필요가 없다.

"하지만 지금 나는 더 이상 벌레를 잡아줄 수 없는데?"

"그거랑 이거랑은 다른 문제야."

내게는 가노군이 있다. 그 인식만이 소중했다.

"하지만 치카에게도 사사가 있잖아?"

"그건 나는 모르지."

내가 아는 것은 나는 치카처럼 벌레를 죽일 수 있게 되지 않을 것이라는 점이었다. 나와 치카는 다르다. 치카뿐만이 아니라 모두 제각각 다르다.

모두가 혼자고, 제각각 자기 마음대로 꿈을 꾼다. 상식적인 사람 같은 얼굴로 몰래 비상식적인 꿈을 꾸는 사람도 있다. 다른 사람이 보기에 행복한지 아닌지는 상관없었다.

치카도 나도 모두 자신이 바라는 꿈을 착실하게 지킬 수 있으면 충분했다.

치카가 다시 찾아온 것은 다음 해 가을이 깊어질 무렵이었다. 작년 여름을 끝으로 교류가 딱 끊겼기 때문에 다시 만날 일은 없을 거라고 생각했었다.

"무슨 일이야?"

왜 왔는지 물어본 게 아니었다. 치카의 모습에 대한 질문이었다. 머리가 윤기를 잃고 퍼석해져 있었다. 피부도 젊은 여자애라고는 생각되지 않을 만큼 거칠고, 옷도 아직 얇은 여름옷에 대충 점퍼를 걸치고 있었다. 화려하지는 않지만 단정한 느낌이 드는 친구였는데.

"부탁드려요. 제발 얘기 좀 들어주세요."

텅 빈 눈빛으로 애원하는 걸 보고 집 안으로 들어오라고 했다.

"괜찮겠어?"

부엌에서 차를 준비하는 내게 가노군이 물었다.

"괜찮지 않지만, 상태가 이상하니까."

차를 가지고 거실로 돌아갔다. 나는 치카의 맞은편에, 가노군은 늘 기대 있던 벽 쪽이 아니라 내 옆에 앉았다. 살짝 손을 잡아주는 것이 마음 든든했다.

"무슨 일 있었어?"

내가 묻자 치카는 가방에서 상자 두 개를 꺼내 테이블에 내려놓았다. 직사각형 상자에는 처음 보는 지역 명칭이 인쇄되어 있었고, 하나는 치카, 다른 하나에는 사사의 이름이 적혀 있었다. 마지막 여행에서 묻었던 타임캡슐이라는 걸 깨달았다.

"1년 계약이어서 여름에 가서 가지고 왔어요."

치카가 자신의 이름이 적힌 상자를 들었다.

무엇이 들었을지 생각하니 가슴이 쿵쾅거렸다.

상자 안에는 매직펜 같은 것이 들어 있었다. 치카가 펜 끝을 열자 안에서 또 다른 펜 하나가 나왔다. 바깥쪽은 케이스고, 안쪽에 든 것이 본체인 모양이었다. 노란색 종이에 에피펜이라고 적혀 있었다. 이게 뭐지?

"아나필락시스 쇼크 응급 처치용 주사예요."

"…그럼."

"그날 사사가 휴대하고 있던 상비약이에요."

슥, 핏기가 가시는 느낌이 들었다.

왜 사사의 상비약이 여기에 들어 있지?

사사가 메밀 알레르기를 일으켰을 때 왜 사사는 이 주사를 놓지 않았을까? 왜 가지고 있지 않았을까? 누가 사사의 약을 뺏었을까? 잘라냈던 검은 싹은 뿌리가 남아 있었는지 흙 속에서 순식간에 뻗어나갔다.

"네가 사사를 죽인 거야?"

가노가 물었다. 치카에게는 들리지 않으니 나는 그저 가만히 에피펜을 바라보았다.

"그 여행을 조금 앞뒀을 때부터 사사와는 마음이 어긋나는 느낌이 들었어요. 마음에 드는 다른 애가 생긴 걸 내가 눈치챈 걸 사사는 알지 못했어요. 바보 같죠. 그렇게 오래 같이 있었는데 숨길 수 있다고 생각했다는 것이 슬펐어요."

말과는 다르게 치카는 피식 웃었다.

"사사는 헤어지고 싶어 했고, 나는 헤어지고 싶지 않아서 서로 받아들일 수 있는 답은 나올 것 같지 않았어요. 그래서 전신에게 물어보기로 했어요."

그날, 치카는 사사의 집에서 에피펜을 훔쳐 지자체가 '기억의 숲'이라고 이름 붙인 장소에 가서 타임캡슐에 훔친 에피펜을 넣었다.

"하지만 삼각관계를 둘러싼 다툼이라고 생각하지는 마세요."

치카는 나를 똑바로 쳐다봤다.

"나 말고는 사사를 잘 아는 여자는 없어요. 알레르기도 누구보다도 이해하고 있어요. 그런데 어째서 이렇게 된 걸까요. 이것이 정말 옳은 길인지 아닌지 시험하기 위한 신성한 의식을 치르는 마음이었다고요."

"…신성한 의식이라고? 사람의 목숨을 구하는 약을 숨기는 것이?"

"네, 그러니까 공평하지 않으면 안 된다고 생각했어요."

숙소에는 미리 귀찮을 정도로 몇 번이고 메밀 알레르기에 대해 전달했다. 담당 직원에게 확인을 거듭하고, 방을 안내받은 후에도 차나 과자는 물론이고 베개 속까지 메밀껍질을 넣은 것이 아닌지 확인했다. 8년이나 함께하면서 그런 확인은 치카의 몸에 밴 일이었다. 사사를 지키기 위해….

"저녁도 확실하게 확인한 후에 건배했어요. 이것이 사사와의 마지막 식사가 될지도 모르는데 어떻게 건배를 하고 있는지 이상한 기분이었지만요."

치카는 예전 일을 생각하며 웃었다.

"저녁 식사 후에 사사가 할 말이 있다는 거예요. 좀 어이가 없었어요. 정말 너무하죠. 아무리 그래도 여행 간 날 밤에 헤어지자는 말을 할 필요는 없을 텐데."

치카는 그전에 온천에 들어갔다 오겠다고 말하고 일단 그 자리를 피했다. 한참 온천에 들어가 진정하자고 몇 번이고 다독이며 마음의 준비를 하고 방으로 돌아갔다. 그리고 바닥에 쓰러져 있는 사사를 발견했다.

"신께서 답을 주셨다고 생각했어요."

"신이라고?"

나도 모르게 되물었다.

"그 외에는 생각할 수가 없어요. 그게…."

사사는 평소에 단것은 먹지 않았다. 설마 방에 서비스로 놓아둔 과자를 먹을 거라고 치카는 생각도 못했다. 호두 쿠키라고 직원이 말했었다. 운 나쁘게도 일을 시작한 지 얼마 안 되어 세부적인 사항을 잘 모르는 직원이었다. 설마 메밀가루가 들어 있는 줄은 몰랐다고 경찰 조사에서 직원이 직접 증언한 모양이었다.

"저는 주의를 게을리하지 않았어요. 제가 할 수 있는 최선을 다해 사사를 위험에서 지켜주었어요. 그런데 그렇게 되어버렸어요. 하필 딱 그런 때에 일어날 리 없는 사고가 일어난 거예요. 신이 사사를 벌한 거라고 생각할 수밖에 없었어요."

"…마음이 변한 게, 죽음으로 사죄해야 할 만한 죄인 거야?"

내 물음에 치카는 애처롭게 얼굴을 찌푸렸다.

"신이 그렇게 잔혹한지 몰랐어요."

치카는 시선을 아래로 떨구고 믿고 싶지 않다는 듯이 고개를 옆으로 저었다.

"사고 후 신을 원망하며 매일 울었어요. 그래도 마지막에는 사사는 역시 내 것이었다고 받아들일 수밖에 없었어요. 우리는 함께 있어야만 했는데, 사사가 거기에서 벗어나려고 해서 신이 죽음으로 올바른 방향을 수정해준 거예요. 기적 같은 확률로 일어난 사고였어요."

치카는 확신에 찬 눈빛으로 에피펜을 바라봤다.

그렇지 않아, 네가 약을 숨기지 않았으면 사사는 죽지 않았을 거야.

그 죄책감을 신에게 떠넘기고 있을 뿐이잖아.

하고 싶은 말이 머릿속을 빙글빙글 돌았다.

"그 애에게도 미안한 일을 했어요. 장례식 때 쓰러진 애, 그 애가 사사가 새로 마음을 준 상대였어요. 분향할 때 그 애에게 말을 걸고 싶어 안달이 났었죠. 네가 슬퍼할 건 없어, 넌 아무런 관계가 없으니까, 라고 말해주고 싶었어요. 나와 사사를 갈라놓은 것은 신이니까."

치카의 주장은 시종일관 철저하게 자신을 지키기 위한 것이었다. 사사가 죽은 건 자신 탓이 아니다, 사사와 자신 사이를 갈라놓을 수 있는 사람은 아무도 없다고 믿기 위한 것이었다.

"그 증거로 사사는 그 애가 아닌 제게 돌아왔으니까요."

그렇게 말하며 치카는 자신의 옆을 봤다. 아무것도 없는 공간을 향해 치카는 "그치, 사사"라며 웃었다. 그것을 보고 가노 군이 툭 한마디 뱉었다.

"거기에 사사는 없어."

치카에게 가노 군 목소리는 들리지 않는다.

설령 들렸다고 해도 그녀에게는 닿지 않을 것이다.

사람은 자신이 보고 싶은 것만 보며 살아가는 법이다.

나도 포함해서.

나는 자조하는 마음으로 눈길을 떨궜다.

집에 들인 걸 후회하고 있을 때, 그런데, 하고 치카가 고개를 들었다.

"저 상자가 하나 더 있는 걸 잊고 있었어요."

치카가 조심스레 사사의 이름이 적힌 상자를 들었다.

"우루하 선생님, 이건 대체 어떻게 된 걸까요?"

내게 물으며 천천히 뚜껑을 열었다. 안에는 반지가 들어 있었다. 가운데 다이아몬드를 핑크사파이어로 두른, 치카가 이상적이라고 했던 프러포즈 반지였다.

"안쪽에 N&C라고 각인되어 있어요. 사사 나오시의 N과 치카의 C."

무서운 물건이라도 되는 것처럼 치카는 반지를 응시했다.

"날짜도 찍혀 있어요. 여행 당일 날짜예요. 무슨 기념처럼."

치카가 고개를 갸웃했다.

"이거, 어떻게 된 걸까요?"

"나는 모르지."

"왜 그러세요? 진지하게 생각해주세요."

치카는 울음을 터트릴 것 같은 얼굴을 빠짝 들이밀었다. 사사와 마지막으로 만났을 때가 떠올랐다.

사사는 망설이고 있다고 했지만 헤어지겠다고 말하지는 않았다. 그날은 무척 더웠고, 땀에 흠뻑 젖어 집에 돌아와서 그 이야기를 했더니, 가노군은 "아직은 모를 일이야"라고 했다.

치카와 반대인 여자를 고른 것은 사사의 선택 기준이 아직 치카이고, 그것은 어떤 의미로 사랑이 아니겠냐고 가노군은 말했다.

사사는 치카와 어떻게 하려고 생각했을까?

사사는 저녁을 먹은 후 치카에게 무슨 말을 하려고 했을까?

"확률은 상당히 낮지만, 위자료일 가능성도 있지."

가노군이 노골적인 말을 했다. 오래 사귄 끝에 약속했던 반지를 주며 끝낸다니 현실적인지 로맨틱한지 판단하기 어려웠다. 어느 쪽이 되었든 지금 상황이라면 위자료인 쪽이 훨씬 다행이다. 사실은 널 사랑했다는 말을 듣는 것보다는.

사사의 사랑은 굳건했는지도 모른다.

저녁 식사 후에 할 이야기는 다시 시작하자는 말이었을지도 모른다.

치카에게는 상복이 아닌 웨딩드레스를 입는 미래가 기다리고 있었을지도 모른다.

하지만 그 답은 치카가 자신의 손으로 직접 묻어버렸다.

이 반지의 의미를 치카는 영원히 찾아 헤맬 수밖에 없다.

알려줘. 알려줘. 넌 나를 어떻게 생각하고 있었던 거야?

"신은 가차 없으시네."

가노군 말에 나는 한숨을 쉬고 싶어졌다. 정말로 신은 가차 없으시다. 죄를 지은 사람에게 벌을 내린 것이다. 결코 답을 얻을 수 없는 문제 앞에서 치카는 괴로움에 몸부림쳐야 한다. 하지만 아직 아주 작은 구원이 남아 있었다.

"우루하 선생님, 저는 어떻게 하면 좋을까요."

현실적으로는 경찰에 가서 이야기를 해보라고 말할 수밖에 없다. 치카가 한 일이 어떤 죄에 해당할지 전문가 판단에 맡길 수밖에 없다. 하지만 치카가 듣고 싶은 말은 그런 것이 아니다. 마음을 구원받을 방법을 찾고 있다는 것을 나는 알았다.

"지금까지처럼 지내면 돼."

"네?"

"치카, 네가 장례식 때 말했잖아."

— 저, 앞으로도 계속 사사와 함께할 거예요.

— 후회 같은 건 절대로 안 할 거예요.

"그때 맹세했던 대로 후회하지 않고 살아가면 돼."

신 같은 건 무시하고 자신만의 꿈속에서 지금까지처럼 사사와 함께 살아가면 된다. 설령 교도소에 들어가게 되더라도 치카 곁에는 늘 사사가 있어줄 테니까. 각오하고 보는 꿈은 신이라고 해도 관여할 수 없다.

"…그건."

치카는 울상이 되었다. 치카 눈에 깃든 폭력적인 빛이 빠르게 사라졌다. 그리고 어디까지 이어지는지 그 끝이 보이지 않는 깊은 동굴처럼 새까맣게 변했다.

"…힘들어요. 그런 건 불가능해요."

치카는 힘없이 고개를 계속 좌우로 저었다.

"그게, 저는…."

치카, 그 말은 해서는 안 돼.

"저는, 사사가…."

그 이상 말하면 꿈에서 깨어나버려.

"사사가 보인다는 건 거짓말이에요."

그 순간 '퐁' 하고 비눗방울이 터지듯 치카의 꿈은 끝을 알렸다. 그것이 다행이든 불행이든 믿기만 한다면 설탕 공예로 만든 성에서 계속 살 수 있을 텐데.

치카가 우는 사이에 나는 식어버린 차를 치우고 뜨거운 홍차를 다시 우렸다. 미리 설탕과 우유를 많이 넣어 마시라고 권하자 치카는 작게 훌쩍이며 홍차를 마시고는 달콤하다며 숨을 내쉬었다.

"갑자기 찾아와서 죄송합니다."

돌아가는 치카를 현관까지 배웅했다. 윤기 없는 머리카락과 피부, 계절에 맞지 않는 여름옷. 거기에 울어서 부은 생기 없는 눈이 더해져 왔을 때보다도 10년, 20년은 더 나이 들어 보였다.

"있잖아요, 우루하 선생님도 거짓이죠?"

가냘픈 목소리로 묻는 말에 나는 고개를 갸웃했다.

"사실은 가노 선생님 유령 같은 건 없는 거죠?"

치카는 실낱같은 희망을 품은 눈빛으로 매달렸다.

그렇다고 대답해주고 싶을 만큼 그녀는 필사적이었다.

하지만 그럴 수는 없었다. 나는 나의 성을 끝까지 지켜야만 했다.

"내게는 보여. 가노군은 내 옆에 있어."

똑바로 바라보며 대답하자 치카 눈에서 마지막 희망이 사라졌다.

"…그러시군요."

치카는 힘없이 고개를 떨구고 돌아섰다. 어느샌가 밤이 가까워져 있었다. 밖으로 나가는 치카는 스스로 판 깊고 어두운 구멍 안으로 들어가는 것처럼 보였다.

치카를 배웅한 후, 내 의지로 지켜낸 성안에서 나는 바로 움직이지 못했다. 나는 나를 지키면서 또 하나의 나를 죽인 것 같은 기분이 들었다. 나도 언젠가 저렇게 여기에서 쫓겨나는 걸까? 무서웠다. 하지만 어디에도 붙잡을 수 있는 것이 없었다. 꿈은 혼자 꾸는 것이니까. 내가 그렇게 말했었다.

"우루하."

갑자기 부르는 소리에 천천히 옆을 봤다.

"밥 먹자. 배고파."

옆에는 평소와 다름없는 가노군이 있었다. 오래 입어서 색이 바랜 셔츠 옷깃이 남자치고는 가는 목덜미를 부드럽게 감싸고 있었다. 나는 가노군이 너무너무 좋아서 이 세상 이치를 짓밟으면서도 계속 함께 있고 싶다. 아무리 불안하더라도.

일렁이던 기분이 다시 조용해졌다. 나는 그러자며 끄덕였다.

"그럼 간단히 만들게. 볶음면이라도 괜찮아?"

"괜찮긴 한데, 피망은 넣지 마."

"피망이 싫으면, 넣을 수 있는 게 양파 정도밖에 없는 것 같은데."

"그걸로 충분해."

가노군은 마음에 드는 것을 소중히 여기고 마음에 들지 않는 것은 철저히 배제했다. 그 결과가 조화롭지 않다고 해도 신경 쓰지 않았다. 그저 이상하다고 지적받아도 자신의 생각을 끝까지 고집했다.

"양파만 넣은 볶음면은 난 뭔가 아쉬운데."

나는 부엌 냉장고에서 돼지고기와 면, 양파를 꺼냈다. 피망은 채소 바구니에 그대로 뒀다. 가노군이 가만히 엄지손가락을 세워 보였다.

가노군이 실제로 음식을 먹는 것은 아니었다.

그런데도 이게 먹고 싶다, 저게 먹고 싶다고 요청한다.

나는 양파와 돼지고기만 넣은 볶음면을 2인분 만들어 두 번 연속으로 그것을 먹었다. 때로는 가노군 것만 만들고, 나는 이전 식사에서 가노군이 남긴 것을 먹기도 했다.

나는 불쌍한 걸까.

솔직히 그런 건 아무래도 상관없다.

그보다도 어디에나 있는 평범한 남편들이 하는 것처럼 가노군에게서 사사로운 투정을 듣고 싶었다. 아무래도 상관없는 말다툼을 하고, 웃는 그런 일상을 계속 반복하며 살고 싶었다. 내가 바라는 것은 그저 그것뿐이다.

무척이나 평범하고 이상한 나의 꿈.

"우루하, 고마워."

가노군은 감사를 한 후에 미안해, 라고 덧붙였다.

감사도 사과도 받고 싶지 않았기에 못 들은 척했다.

왜냐하면 나는 나 자신의 사랑에 목숨을 걸고 있을 뿐이니까.

다.시.만.나.자.

 올해 들어 시간표가 바뀌어 수요일이 완전한 휴일이 되었다. 비정규 기간제 교사의 일은 수업 수 단위로 계약한다. 수업 수 자체는 줄지 않았기 때문에 급여는 변함없었다. 하지만 토, 일에 더해 수요일도 쉬면서 주 4일만 근무하게 되었다.
"곧 여름방학이라니 마음이 초조해져."
"긴 방학 중에는 학원 아르바이트 외에도 일이 많지?"
"그래서 마음이 그렇다는 거야."
"우루하는 궁상스러운 데가 있어."
 가노군이 이상하다는 듯이 말하고는 산책 코스에 있는 담장 위를 걷는 길고양이에게 장난을 걸었다. 한여름인데 털옷을 벗지 못하는 건 비극이라며 태평한 소리를 중얼거렸다.
"가노군은 휴일이 한없이 길어져도 기뻐하겠지."

"그렇게 말하면 내가 형편없는 놈처럼 들리잖아."

평소처럼 별것 없는 이야기를 나눴다.

"우루하?"

갑자기 담장 너머에서 니시지마 씨가 얼굴을 내밀었다.

"니시지마 씨, 안녕하세요. 오늘도 많이 덥네요."

"그러게, 매년 점점 더 더워져. 나 같은 노인들은 영향을 많이 받지."

얼마 전 고희를 맞이한 니시지마 씨는 발랄하게 웃었다. 우아한 백발에 옅은 보랏빛 블라우스가 잘 어울렸다. 젊었을 때 엄청난 미인이었을 게 분명하다. 내 옆에서 가노군이 "니시지마 씨, 안녕하세요"라고 친근한 웃음을 띠며 인사했다.

우리 뒷집에 사는 니시지마 씨 부부는 내가 가노군과 결혼한 비슷한 시기에 이사 온, 말하자면 주민 모임 동기다. 이웃과의 교류뿐만 아니라 어떤 모임이든 귀찮아하는 가노군이 니시지마 씨 부부와는 어쩐 일인지 가깝게 지내며 이야기도 나눴다.

―그 두 분은 옛날이야기를 안 하시거든.

가노군은 옛날이야기를 좋아하지 않았다. 옛날에 좀 놀았다던가 남자를(혹은 여자를) 많이 울렸다던가 자학하는 척하며 자기 자랑을 하거나, 반대로 쓸데없이 눈시울을 적시게 하는 이야기 등은 과도한 자의식이 드러나 보여서 1분 만에 지겨워진다고 했다.

누구에게도 말하지 못하고 오랜 시간 마음속에 숨겨둔 것. 그것이 작은 실수로 흘러나오는 순간이 가장 아름답다고 가노군은 말했다. 그것은 그림을 그리는 행위와 닮아 있었다. 희망을 가지고 색을 칠하고, 마음에 들지 않아 몇 겹이고 덧칠했다가 긁어낸 아래에서 문득 드러나는 예상 못한 아름다움. 괴로움에 몸부림치며 찾은 끝에 겨우 모습을 보여주는 꾸밈없는 아름다움.

"어머. 또 가노군이랑 이야기하고 있었어?"

"네."

"항상 사이가 좋구나."

나의 대답에 니시지마 씨는 웃으며 끄덕였다. 니시지마 씨 부부는 좋고 싫음이 분명한 가노군의 경계심을 지극히 가볍게 무너뜨렸다. 게다가 내가 혼자 걸으면서 중얼중얼 말을 하고 있어도 이상한 눈으로 보지 않는 흔하지 않은 분들이기도 했다.

가노군 장례식을 치른 지 6개월 정도 지났을 무렵의 일이다. 이전부터 반찬 같은 것을 나눠주시던 니시지마 씨가 하루는 낚시를 다녀왔다며 생선조림 2인분을 주셨다. 당황하는 내게 니시지마 씨가 말했다.

— 늘 2인분씩 사는 거 봤어.

가노군이 죽은 후에도 나는 슈퍼마켓에서 2인분 식재료를 사왔다. 이상한 사람이라고 생각하지 않냐고 물어보자 오히려 왜 그렇게 생각하냐고 되물으셨다.

— 부처님께 공양 올리는 것과 비슷한 일이잖아?

남편을 먼저 잃은 아내, 혹은 남편이 마음의 위안을 위해 고인 식사를 준비한다는 이야기는 자신들 나이대에서는 종종 듣는다고 하셨다. 니시지마 씨는 말을 이었다.

— 그리고 사랑하는 사람을 생각하는 마음에 형태나 규칙 같은 건 필요 없어.

하고 싶은 대로 하면 된다며 미소 짓는 니시지마 씨를 앞에 두고 현관에서 나도 모르게 울음을 터뜨렸다. 니시지마 씨는 "괜찮아, 괜찮아"라며 부드럽게 등을 토닥여주셨다.

"우루하, 오늘 평일인데 학교는 안 갔어?"

"휴일이에요. 이번 학기부터 시간표가 바뀌어서요."

"평일에 휴일이 있으면 좋지. 여유롭게 지낼 수 있으니."

"하지만 휴일이 너무 많은 것도 좀 불안해요."

니시지마 씨는 그렇겠다며 끄덕이고는 '아' 하고 무언가 생각났다는 표정을 지었다.

"우루하, 그러면 개인 교습 아르바이트 해볼래?"

"아르바이트요?"

"지인 아들인데, 초등학교 4학년이 되었는데 단체생활에 적응 못하고 여러 가지 일이 좀 있어서 1년 전부터 학교에 안 가게 되었다는 모양이야."

"초등학교 4학년이라고요. 참 걱정이겠네요."

최근에는 집에 은둔하는 연령층이 낮아지는 걸까?

"집단 괴롭힘 같은 것도 당했을까요?"

그런 아이라면 나는 감당하기 힘들 것 같았다. 미술 교사 자격증을 가지고 있지만, 상처받은 아이 마음을 돌봐줄 기술은 없다. 그러나 니시지마 씨는 바로 가볍게 아니라고 했다.

"그런 건 아니니까 안심해. 그 애 아빠가 대학교수인데 로봇공학 분야에서 유명한 사람이야. 아들도 초등학교 수업을 굳이 듣지 않아도 될 정도로 똑똑해. 그래서 지금은 집에서 과목별로 개인 교사를 붙여주고 있다는 모양이야."

"아, 그런 상황이군요. 하지만 그런 아이에게 제가 가르칠 게 있을지, 역시 자신이 좀 없어요. 좀 더 전문적인 선생님이 가르치는 편이…."

"괜찮아. 그 집에서 찾는 사람은 우루하 같은 선생님이니까."

"저 같은 사람이요?"

"수학이나 국어 같은 공부는 특별히 뛰어나지만, 정서적인 면이 미숙하대. 또래 애들이랑 잘 어울리지 못하는 모양이라, 친구는 로봇뿐이라더라고."

"로봇…이라고요?"

"로봇공학이 전문인 아빠가 선물해줬다네."

대학 연구실에서 시제품으로 개발한 어린아이 형태 로봇 중 하나인데 그 로봇만이 천재 소년의 친구이고 유일하게 애정을 주는 대상이라고 했다. 또래 친구를 소개해줘도 거의 관심이 없는데, 로봇과는 대화를 꽤 나눈다고 했다.

"공부를 잘하는 건 훌륭한 일이지만, 이대로는 장래가 걱정이라고 부모님이 의논해서 정서 교육에 힘을 기울이기로 했대."

"확실히 그럴 필요가 있겠네요."

"그러니까 우수한 사람보다 마음 편해지는 분위기에 말 붙이기 쉬운 선생님을 선호한다네."

이것을 칭찬으로 받아들여도 괜찮은 걸까? 판단을 내리지 못한 상태로 "감사합니다"라고 일단은 말했다. 어떠냐고 니시지마 씨가 물었다.

"다른 데는 말 안 했는데, 수업료도 괜찮아."

살짝 알려주는 수업료에 마음이 조금 움직였다. 솔직히 기간제 교사 급여만으로는 생활하기 힘들어서 휴일에는 집에서 어린이 그림 교실도 운영하고 있었다.

"하지만 어려운 아이인 건 분명하죠. 제가 대응할 수 있을지 어떨지…."

"그렇게 어렵게 생각할 것 없어. 그쪽 부모님은 다정한 누나와 함께 차도 마시고 과자도 먹으면서 그림을 그리는 정도를 바라는 거니까."

니시지마 씨가 괜찮다고 말하면, 그럴 것 같은 기분이 드는 게 신기했다. 면접을 대신하는 인사를 언제 갈지 정해두겠다고 하셔서 알았다고 대답했다.

"참, 우루하. 잠깐만 기다려봐."

니시지마 씨가 집에 들어갔다가 바로 화과자 봉투를 들고 돌아왔다.

"이거, 물양갱인데 너무 맛있더라."

"고맙습니다. 아, 간사이에 있는 가게네요."

종이봉투 옆면에 효고현 다카라즈카시라고 적혀 있었다.

"요즘은 일본 전국 어디에서라도 주문할 수 있는 편리한 세상이 되었어."

얼핏 말끝이 부드럽게 오르내리는 게 느껴졌다. 가끔 간사이 지방 억양이 섞이는 걸 봐서 원래 그쪽에 사셨던 분일지도 모른다. 종이봉투에는 물양갱이 두 개 들어 있었다. 나와 가노 군 두 사람분이었다.

가노군이 죽은 지 올해로 3년째다.

변함없는 배려에 옆에 있던 가노군이 "고맙습니다"라고 인사를 했다.

집에 돌아와서 가노군과 툇마루에 앉아 차가운 녹차와 함께 물양갱을 먹었다.

"우와아, 넘 맛있다."

양갱은 숟가락 위에서 흔들릴 정도로 부드럽고 혀에서 살살 녹았다. 과하지 않은 단맛에 팥인데도 가볍게 먹을 수 있다. 차가운 것이 여름에 딱 어울리는 화과자였다.

"그릇도 시원한 소재라 좋네."

가노군은 대나무 접시를 손바닥 위에 올려놓고 바라봤다.

한여름 툇마루에 나란히 앉아 맛있다, 맛있다며 숟가락을 움직였다. 받은 건 두 개였지만, 쟁반 위에는 아직 물양갱 하나가 남아 있다. 가노군이 들고 있는 환영의 물양갱과 현실의 물양갱. 양쪽이 동시에 존재하는 신기한 풍경에도 이제 익숙하다.

"우루하, 개인 교사 아르바이트, 할 거야?"

"그쪽에서 마음에 들어 하면. 인사하러 갈 약속도 이미 정했고."

"그나저나 우루하는 그림 교실 운영하는 것치고는 아이들 별로 안 좋아하지?"

"아이를 좋아하지 않는다기보다는 큰 목소리로 말하거나 소리를 내는 모든 것이 싫어."

"그런데도 고등학교 선생님은 어떻게 잘하고 있네."

"정말 그래. 뭐 수업 중에는 조용하니까."

나는 한숨을 쉬었다.

"일단은 노력해보려고. 급여도 꽤 괜찮고."

"변변하지 못한 남편이라 미안해."

가노군이 고개를 숙이기에 천만의 말씀이라고 대답했다. 하얀 배롱나무꽃, 짙은 오렌지색 능소화. 꼼꼼하게 손질하지 않은 투박한 정원에는 여름빛이 가득했다.

그 주말에 니시지마 씨가 그려준 지도를 들고 새로운 아르바이트 장소가 될지도 모르는 니레 씨 집을 방문했다. 역에서 10분 정도 거리에 있는 주택가에 모던하게 네모진 단독 주택이었다. 옅은 하늘색이 시원해 보이는 플럼바고 꽃이 문에 흘러내리는 모양으로 피어 있었다.

현관에 나와 맞아준 어머니는 점잖은 느낌의 사람으로 전혀 천재 소년을 낳아 키우는 사람처럼 보이지 않았다. 안내받아 들어간 거실에서 긴장한 상태로 문제의 두 사람과 대면했다.

"안.녕.하.세.요. 아.키.입.니.다."

"안녕하세요, 하루입니다."

두 사람은 무표정하게, 완벽하게 똑같은 타이밍에 고개를 숙였다. 정서 발달이 미숙하다고 듣고 불안했지만, 제대로 인사하는 걸 보고 안심했다. 그다지 정서가 풍부해 보이지는 않았지만 볼록하고 빨간 볼은 복숭아처럼 사랑스러웠다.

"안녕하세요, 처음 뵙겠습니다. 가노 우루하입니다."

니시지마 씨에게서 "동등한 형제로 대해주지 않으면 아들이 화낸다고 해"라는 말을 들었기 때문에 당황하지 않고 두 사람에게 똑같이 시선과 웃음을 보일 수 있었다.

"느낌 어때?"

"응. 괜.찮.은. 느.낌."

두 사람, 아니, 한 사람과 로봇 한 대는 얼굴을 마주하고는 작은 목소리로 의논하기 시작했다.

"어떤 사람인지 좀 더 이야기를 나눠봐야 알겠지만."

"응. 그럼. 조.금. 더. 이.야.기.해.볼.까."

"방에 갈까? 아니면 정원에 나갈까?"

"천.천.히. 이.야.기.할. 수. 있.는. 곳.이. 좋.아."

"그럼 방에 가자."

능숙하게 대답하는 로봇이 그저 놀라울 따름이었다.

대화를 나눌 수 있는 스마트폰이 있다는 것도, 사람과 이야기할 수 있는 로봇이 있다는 것도 텔레비전에서 봐서 알고는 있었다. 하지만 두 사람의 대화는 그보다도 훨씬 더 자연스러웠다.

놀라운 마음이 진정되자 조금씩 귀엽다는 감정이 솟아올랐다. 로봇이라는 말을 듣고 상상했던 모습과는 전혀 달랐다. 내가 상상한 건 무너지는 철골에 부딪혀도 부서지지 않는 옛날 애니메이션에 나왔던 것처럼 생긴 초합금 로봇이거나 부품과 코드가 삐죽삐죽 나와 있는 금속 덩어리 같은 모습이었는데.

매끄러운 흑백 투톤으로 된 몸통은 대여섯 살 아이 정도 크기였고, 작은 머리에 균형 잡힌 손발이 달려 있었다. 손가락이 있어서 섬세한 작업도 가능할 것 같았다. 표정은 지을 수 없었지만, 커다랗고 검은 눈동자는 말하는 리듬에 맞춰 어렴풋한 빛이 깜박였다. 기계라고는 생각되지 않는 애교 있는 인상을 만들어줘서 그 모습에 친근감을 쉽게 느낄 수 있었다.

어린아이에게는 넉넉하게 큰 소파에서 어깨를 딱 붙이고 앉아 작은 목소리로 이야기하는 두 사람 모습에 과학의 발전을 느끼면서, 이것이 결코 받아들이기 힘든 풍경은 아니라는 사실에 가슴을 쓸어내렸다.

"대화 말고도 뭔가 다른 것도 해보자. 그림을 그린다거나."

"좋.은. 생.각.이.야. 그.러.자."

의논이 끝났는지 두 사람은 옆에 앉은 어머니에게 말했다.

"엄마, 우루하 선생님과 그림 그려도 돼요?"

"오늘은 안 돼. 인사만 할 예정으로 오셨으니까."

"괜찮습니다. 저녁 전까지는 시간이 있어요."

죄송하다며 고개를 숙이는 어머니께 나는 괜찮다며 웃었다. 호기심이 생겨 오히려 내가 두 사람과 좀 더 이야기하고 싶었다.

"우루하 선생님, 고맙습니다."

"고.맙.습.니.다."

하루와 아키가 이번에도 똑같은 타이밍에 고개를 숙였다.

완전히 동기화된 두 사람은 어린이와 로봇이라기보다는 표정이 부족한 것까지 겹쳐서 로봇 두 대라고 해도 좋을 것 같은 느낌이었다. 무척이나 귀여운 로봇 두 대.

"선생님, 저희 방으로 가요."

"가.요."

인간에게는 당연한 2족 보행이, 로봇에게는 어렵다는 말을 들은 적이 있다. 물건을 안정적으로 두려면 무거운 것을 아래에 둬야 하는데, 무거운 머리를 가장 위에 올려놓은 인간은 균형이 나쁜 신체를 가진 셈이다.

"대단하다. 제대로 걸을 수 있구나."

나는 작은 기계음과 함께 거침없이 일어나 걷는 로봇을 감탄의 눈빛으로 바라봤다.

"응. 걸.을. 수. 있.어."

아키가 간단하게 대답했다.

"걸을 수는 있는데, 계단은 아직 힘들어요."

하루가 덧붙여 설명했다.

"그래?"

"올라갈 땐 괜찮은데 내려오는 건 힘들어 굴러떨어질 때가 있어요."

"그렇구나, 내려오는 게 더 어렵구나."

"움.직.임.의. 대.부.분.은. 중.심.과. 균.형.의. 문.제.니.까."

"그러고 보니 등산도 산에서 내려갈 때가 더 힘들다고들 하지."

내가 끄덕이며 한 말에 아키와 하루는 얼굴을 마주하고는 심의에 들어갔다.

"아키, 지금 말은 어떻게 생각해?"

"등.산.에.서. 하.산.할. 때. 힘.든. 것.은. 발.끝.을. 내.딛.을. 때. 다.리. 근.육.을. 더. 많.이. 사.용.하.기. 때.문.이.야. 로.봇.은. 근.육.이. 없.으.니.까. 지.금. 그. 예.시.는. 옳.은.지. 그.른.지. 미.묘.해."

논리정연한 설명에 감탄보다 조바심이 먼저 들었다.

"미, 미안. 아는 척해서."

어른이 되어서 부끄러운 마음으로 사과하자 두 사람은 고개를 저었다.

"틀리면서 배우는 것이 더 많으니까 괜찮아요."

"괜.찮.아.요."

관대하게 격려해주는 바람에 이래서야 누가 학생인지 모르겠단 생각에 나는 두 손 들고 말았다.

안내받은 아이들 방은 우리 집 거실보다 넓었다. 천장 높이까지 짜 넣은 책장에는 나는 읽어봐도 전혀 이해할 수 없을 것 같은 공학 분야 책이 잔뜩 꽂혀 있었고, 초등학생에게는 지나치게 크고 고급스러워 보이는 책상이 놓여 있었다. 하지만 천장 아래로 걸어둔 비행기와 제비 모양 모빌, 베개 옆에 놓인 노란색 곰돌이 인형, 밝은 하늘색 소파가 어린이 방이라는 걸 보여줬다.

어머니가 스케치북과 물감 등 그림 도구를 준비해주셨다. 그럼 두 사람이 좋아하는 것을 그려보자고 제안했다. 하루와 아키는 얼굴을 마주 봤다.

"뭐 그릴 거야?"

"뭐.가. 좋.을.까?"

"인형은 어때?"

"응. 그.게. 좋.겠.다."

두 사람은 똑같이 고개를 끄덕이고는 침대에서 곰인형을 가지고 와서 테이블에 놓았다. 그러고는 곧장 하늘색 소파에 나란히 앉아 연필을 들고 스케치북에 그림을 그리기 시작했다.

최첨단 로봇이 그림까지 그릴 수 있다는 것에 놀랐다. 하지만 잘 생각해보면 정밀 기계 공장에는 로봇이 가득하니까 연필을 다루는 것쯤은 별일 아닐지도.

— 머지않아 예술 분야에서도 로봇이 활약하기 시작할까?

예술계는 까다롭다는 세상 이미지는 그다지 틀리지는 않았다. 매일 조금씩 꾸준하게 세밀한 작업을 쌓아가는 끈기와 그것을 한순간에 차버릴 수 있는 감성. 상반된 재능이 하나의 몸과 두뇌에 들어 있으니까 빈번하게 오류를 일으킨다.

자신이 이렇게 하자고 결정한 부분에 도달할 때까지 미칠 듯이 일어나는 내적 갈등이 있다. 로봇이라면 그런 프로세스를 거치지 않고 한 방에 정답에 도달할 수 있을까?

하지만 예술 세계에 정답은 없었다. 애초에 로봇에게 '이렇게 하자고 결정한 부분'이라는 개념이 있을까? 그것은 마음의 영역이었다. 로봇에게 마음이 있을까? 감정이 있을까? 생각 끝에 이런 의문이 생겼다.

그런 크고 거창한 문제 이전에 개인적으로는 미술 교사라는 직업이 앞으로 당분간은 사람이 담당하기를 바랄 뿐이었다. 사람은 밥을 먹지 않으면 죽고, 밥을 사기 위해서는 돈을 벌어야만 했다. 해고당해서는 곤란하다.

경제적 위기감을 느끼면서 두 사람의 스케치북을 들여다보니 맥없는 선이 무질서하게 그어져 있을 뿐이었다. 예술에 관해서는 아직 한참 개선해야 할 여지가 있는 모양이다. 아, 다행이다, 당분간은 해고당하지 않겠네.

안심하고 가슴을 쓸어내렸다.

"또 웃고 있어."

하루가 문득 나를 쳐다봤다.

"아까부터 계속 우리를 보고 웃어."

"아, 미안. 나쁜 의미는 아니야. 귀여워서 그만."

나는 떳떳하지 못한 생각을 했다 싶어 조금 허둥거렸다.

"알아요. 우루하 선생님은 우리를 받아들여줬어요. 우리를 보고 기분 나쁘게 여기는 사람이 더 많으니까 기뻤어. 그치, 아키."

"응. 기.뻐."

하루의 말에 아키도 고개를 끄덕였다.

"사람은 신기해. 마음속으로는 기분 나쁘다고 생각하면서 얼굴로는 웃는 사람이 많으니까 처음에는 혼란스러웠어. 하지만 자꾸 보는 사이에 조금씩 알게 되었어. 그런 사람은 시선이 불안정해. 눈을 많이 깜박거려. 진심을 숨기기 위해 칭찬을 많이 해줘."

"엄.마.가. 데.리.고. 온. 나.이.가. 같.은. 애.들.도. 그.랬.어."

"그 애들은 더 나빴어."

아키의 말에 하루가 덧붙였다.

어른 앞에서는 착한 아이인 척하다가 아이들만 남자 잔혹한 천진난만함으로 로봇은 하지 못하는 일을 시키려고 했다.

"대단하다고 말하면서 로봇을 자신들보다도 낮잡아 보고 자기들 마음대로 하려고 했어. 하지만 본인들은 놀아준다고 생각해."

"처.음.부.터. 바.보.취.급.하.는. 것.보.다. 더. 나.빠."

"하지만 그중에는 그렇지 않은 사람도 있어. 우루하 선생님도 그렇지 않은 사람 중 한 명이야. 나와 아키를 보고 웃었어. 무척 안정적인 웃음이었어. 그치, 아키?"

"응. 진.지.하.게. 이.야.기.할. 수. 있.을. 것. 같.아."

나는 내심 숨을 삼켰다. 대화를 완벽하게 주고받을 뿐만 아니라 어른에 버금갈 만큼 통찰력도 풍부했다. 표정으로 드러나지 않으니까 알아보기 어렵지만, 정서적으로 미숙하다는 말은 말도 안 되는 일이었다. 오히려 지나치게 발달한 탓에 또래 아이들 사이에 들어가기 힘들었던 것이었다. 성숙한 어른이 아이들 속에 섞여 있는 것과 같았다.

"왜 다들 우리를 보고 이러면 안 된다고 말하는 걸까?"

하루가 스케치북에 지렁이 같은 선을 그으면서 중얼거렸다.

"나와 아키는 세상에서 둘도 없는 친구야. 나는 아키가 있으면 충분하고, 아키도 내가 있으면 충분하다고 했어. 우리는 무척 만족해. 그런데 다들 그래서는 안 된다고 말해. 로봇과 인간은 같지 않다고."

"우.루.하. 선.생.님. 사.람.이. 로.봇.을. 좋.아.하.면. 안. 돼.요?"

아키의 질문에 나는 대답을 망설였다.

"부모님은 뭐라고 하셔?"

"어.려.운. 질.문.이.라.고. 답.을. 찾.을. 때.까.지. 조.금. 시.간.이. 필.요.하.다.고. 했.어.요."

아이 질문이라고 흘려버리지 않고 진지하게 대답해주고자

한다면 그럴 것이다. 생명이 있는 것과 없는 것. 종의 차이. 하지만 그것이 사랑해서는 안 될 이유가 될까?

유령 남편을 사랑하는 내게는 명확하게 그 답이 있었다.

하지만 그것은 나만의 감각이었다. 누군가가 이해해주기를 바라지 않았다. 더구나 부모님이 소중하고 신중하게 지켜주고 있는 아이에게 전해도 괜찮은 이야기는 아니었다.

"나는 잘 모르겠으니까 스스로 시간을 들여서 생각해봐."

이렇게 대답하자 두 사람은 눈을 마주치고는 끄덕였다.

"역시 좋아."

"응. 좋.아."

"뭐가?"

"미안해요, 우루하 선생님. 저희가 우루하 선생님을 시험해봤어요."

자신들과 친구가 될 수 있을지, 없을지, 최종 판단을 내리기 위한 것이 좀 전의 질문이었다고 두 사람이 가르쳐줬다. 이 질문에 바로 답한 사람, 혹은 내용에 상관없이 자신의 생각을 강요하는 사람은 믿을 수 없다고 했다. 대단한 아이들이다. 나는 웃음이 터졌다.

"그렇구나. 무사히 합격해서 다행이야."

시험이라고 이름 붙은 것은 옛날부터 서툴렀다. 잘 알고 있던 것도 시험을 본다는 말을 들으면 바로 긴장해서 잊어버리는 타입이었다.

"아키, 우루하 선생님이랑은 친구가 될 수 있을 것 같지?"

"응. 아.이. 주.제.에 어.른.을. 시.험.하.다.니. 버.릇.없.다.고. 화.내.는. 사.람.이. 많.으.니.까."

마주 보고 고개를 끄덕이는 두 사람을 보면서, 이 두 사람의 시험에 합격한 것이 기뻤다.

생명이 있는 것과 없는 것, 종의 차이, 상식과 이치를 뛰어넘어 당연히 그래야 하는 것처럼 같은 자리에 나란히 있는 하루와 아키 콤비는 내게 엄청난 용기를 주었다.

니레 씨 집에서 돌아온 날 밤, 동네 신사에서 열리는 제를 올리는 행사에 가노군과 함께 구경을 갔다. 지역 주민들이 주최하는 작은 축제로 가노군도 어렸을 때부터 자주 왔다고 했다.

"엄청나네. 요즘 인공지능은 그렇게나 발전했구나."

"나도 깜짝 놀랐어."

신사로 걸어가면서 나는 작은 목소리로 하루와 아키를 만난 이야기를 했다. 너무 당당하게 말하면 혼잣말을 하는 위험한 사람으로 보일 수 있기 때문이었다.

"사람을 싫어하는 천재 소년과 로봇 콤비잖아. 말을 걸었는데 무시하거나 계속 침묵이 이어지면 어떻게 하나 걱정했는데."

"마음을 연 상대에게만 말을 하는 거겠지. 하지만 당연한 일이야. 이해해주지 않는 상대에게 경계를 강화하는 건 흔히 있는 일이니까. 특별히 이상하지 않아."

"그러게. 나도 마음이 맞지 않는 사람과는 적극적으로 대화를 나누고 싶지 않아. 어른이라면 그런가 보다 하고 넘어가는 일을 아이에게는 그러면 안 된다고 말하는 게 이상한 건지도 몰라."

"이 세상에는 아이들은 마음을 밝게 열어놓아야만 한다는 이해하기 힘든 의문의 저주가 걸려 있어. 거기에서 벗어난 아이는 비극을 겪게 되지. 나도 초등학생 무렵에 낯을 가리는 경향이 있어서 적극적으로 친구를 사귈 수 있게 부모님이 대화를 많이 나눠주라는 말이 통지표에 자주 적혀 있었어."

"그래서 부모님과 대화했어?"

"스스로가 괴롭지 않은 선에서 적당히 듣고 넘기라는 말을 들었어."

"난 가노군의 부모님이 정말 마음에 들어."

"우리 부모님도 우루하를 좋아하셨을 거야."

우리는 함께 작은 소리로 웃었다.

"그래도 그 집은 부모님이 균형을 잘 잡을 거란 생각이 들어. 애초에 아버님이 로봇 공학 전문이니까, 무조건 부정할 수도 없을 테고. 뭐, 그만큼 아버님의 고민도 깊겠지만. 부모 마음과 자신의 아이덴티티 사이의 딜레마니까."

가노군이 재밌다는 듯이 말했다.

"웃을 일이 아니야. 그 애들 질문 수준도 높거든."

"어떤 질문이었는데?"

"'진짜 친구란 뭔가요?'"

들었던 말을 그대로 전하자 가노군은 잠시 입을 다물었다.

"전에 학교 선생님이 '로봇이 아닌 진짜 친구를 사귀길 바란다'는 말을 하셔서 진짜 친구란 무엇인지 되물었대. 선생님이 대답해주셨는데, 답을 들을 때마다 모순과 의문이 생겨서 묻고 답하기를 반복하는 사이에…."

"답이 막혀버렸다?"

"응."

하루와 아키는 진짜 친구란 무엇일까 고민했다.

어째서 자신들이 친구라고 인정받지 못하는 걸까 생각했다.

그리고 로봇과 인간의 차이는 어디에 있을까 생각했다.

어른이 널 위한 거라며 하는 말을 두 사람은 그런 말을 한 사람보다도 더 깊이 파고들어 생각했다. 그것은 두 사람이 단 한 가지, 사소하지만 강한 소망이 있기 때문이었다.

"그 아이들은 그저 함께 있고 싶은 것뿐이야."

사람이든 로봇이든 상관없었다. 좋아하는 친구와 함께 있고 싶은 것이다. 그저 그것뿐인 간단하지만 두 사람에게는 어려운 소망. 두 사람의 질문에 나는 전부 '모르겠다'고 대답할 수밖에 없었다.

―어른이 되어도 모르는 게 많구나.

―그.러.면. 어.떻.게. 어.른.이. 되.는. 걸.까?

―술을 마실 수 있게 된다고 아빠가 말했었어.

―그.건. 농.담.이.야.

―당연히 농담이겠지.

하루와 아키는 비뚤배뚤한 선을 스케치북에 그으면서 줄곧 딱 붙어서 비밀 이야기를 나눴다. 아이 마음은 밝게 열려 있어야만 한다는 저주에 걸린 어른이 본다면 문제가 있는 풍경일 것이다. 하지만 그런 것과는 관계없는 장소에서 두 사람은 우정을 키워가고 있었다. 두 사람이 절친이라는 확실한 사실 앞에서 '이래야만 한다'는 누군가의 이상적인 논리는 의미를 잃는다. 그런 이야기를 하자 가노군이 으음, 하고 신음했다.

"꿈을 깨는 것 같지만, 그건 아마도 데이터 축적이 아닐까."

"데이터?"

"스마트폰의 대화할 수 있는 기능 같은 거야. 말을 걸면 걸수록 데이터가 쌓이고 그 데이터를 자세히 분석해서 주인 취향에 맞춰 반응하게 되어 있어. 컴퓨터도 학습 기능이 있어서 자주 사용하는 단어가 자동 완성되는 기능이 있잖아."

"그럼 두 사람 호흡이 딱 맞는 건 당연한 일이란 말이야?"

"그런 거 아닐까? 애초에 인간을 위해 프로그래밍되었을 테고, 실제로 커뮤니케이션을 나누면서 점점 더 그 상대만을 위한 형태로 커스터마이즈되는 거지."

"흐음… 그렇구나."

꿈과 희망의 나라에서 쫓겨난 것 같은 기분이 들었다.

"그래도 로봇을 친구라고 생각하는 아이 마음까지 부정할 수는 없어. 상대가 로봇이든 인형이든 사람이든 좋아하는 마음에는 거짓도 진짜도 없으니까."

의기소침해진 나를 가노군이 다독여줬다.

"응, 그렇지. 그랬으면 좋겠어."

그렇지 않으면 나는 나 자신을 부정하게 된다. 지금, 옆에 있는 가노군은 진짜 가노군일까? 나의 외로움이 마음대로 만들어낸 환영의 가노군은 아닐까? 내 마음에 들도록 움직이고 웃고 곁에 있어주는, 내가 편하자고 만들어낸 몽환.

묵묵히 걷고 있을 때 하얀 무언가가 슥 밤길을 가로질렀다. 고양이다. 가노군이 '야옹' 하고 울음소리를 흉내 냈다. 분명 들릴 리가 없는데, 고양이는 문득 멈춰 섰다. 잠시 신기한 듯이 이쪽을 바라본 뒤 소리도 없이 점프해서 밤의 어둠 속으로 사라졌다.

"가노군 목소리를 들은 걸까?"

"그럴지도 모르지. 고양이는 종종 아무것도 없는 곳을 보기도 하니까."

분명 들렸다고 믿을래. 나 이외의 사람은 몰라도, 고양이에게는 가노군이 보인다. 목소리가 들린다. 가노군은 여기에 있다. 내가 그것을 믿지 못하게 된 순간, 가노군은 정말로 사라져 버릴 것이다.

"이대로 과학이 점점 발전하는 사이에 로봇과 친구가 되거나 연인이 되는 게 평범한 시대가 올지도 모르겠다. 진화인지 퇴화인지는 모르겠지만."

"적어도 하루와 아키는 살기 편한 시대일 거야."

"아직 인간이랑 사귀는 거야? 촌스러워, 라는 비웃음을 사기도 할까?"

"인구가 줄어드는 건 어떻게 해?"

"그때쯤이면 아기를 만들어 키우는 거대 캡슐도 개발되었을 걸."

나는 영화나 만화에서 보는 것처럼 양수 대신 과학 물질로 가득 채운 커다란 유리 케이스 안에 튜브에 연결되어 몸을 둥글게 말고 떠 있는 태아 모습을 상상하고 말았다. 사랑의 결실이라고 일컬어지는 아기가 사랑과는 상관없는 장소에서 태어나는 미래.

"선택의 폭이 엄청나게 넓어질 것 같네. 로봇을 사랑해도 되고, 아기가 캡슐에서 태어나도 되고, 죽은 남편과 사는 것도 자유로운 과학의 시대."

"마지막 건 과학과는 별로 관계없어 보이는데."

가노군이 무정하게 딱 잘라 말하는 바람에 그렇게 세세하게 따질 건 없다고 반발했다.

이전에 외국의 강령술 사진을 본 적이 있다. 사진 속에는 영매 입에서 하얀 연기 같은 것이 새어나오는 장면이 찍혀 있었다. 엑토플라즘이라는 영적 존재를 물질화한 것이 그 하얀 연기라는 모양이었다. 그러니 가노군도 그런 것이 되어서 가노군과 똑같이 만든 로봇 안에 들어갔으면 좋겠다.

"들어가서 어떻게 해?"

"가노군 의지대로 안에서 로봇을 조종하는 거지."

"무엇을 위해서?"

"실체가 있는 편이 좋잖아?"

"유령으로는 역시 안 되는 거야?"

"그런 게 아니라, 일단 실체가 있으면 막을 수 있는 것도 있으니까."

며칠 전 젊은 여성이 단독 주택에서 혼자 살면 위험하다며, 이모와 마을 주민회 회장으로부터 연달아 선보라는 말을 들었다. 남편을 방범벨이나 집 지키는 개라고 착각하는 게 아닌가 싶은 권유였다. 그건 그렇고, 이모가 소개하려는 사람은 30대 후반에 초혼인 공무원이었는데, 회장이 추천한 사람은 50대 중반에 애가 둘인 아저씨였다.

"아무리 그래도 그건 좀 아니잖아."

"우루하, 상처받았구나."

"갑자기 스무 살도 더 나이 많은 사람이라니. 게다가 배가 무슨 북처럼 나와 있었다고."

"그럼 스마트하고 연하에 초혼인 20대라면 괜찮아?"

"그런 문제가 아니야."

"우루하가 좋아하는 배우 카세 료를 닮은 잘생긴 남자라면?"

"그건…."

조금 생각하고 말았다.

"잘 알았어. 그런 제안이 들어오면 나는 사라져줄 테니까 안심해."

가노군은 쓸쓸하게 "좋은 인연 만나기를." 하고 합장했다.

"잠깐만. 저기 이제 신사에 다 왔어. 마을 축제 기대했었잖아?"

나는 허둥거리며 신사를 가리켰다. 경내에는 금붕어 건지기나 사과 사탕을 파는 노점이 열려 있고, 동네 초등학생들이 무리 지어 있었다. 규모는 작지만 그럭저럭 북적거렸다.

"가노군, 축제 때 나오는 노점 좋아하잖아. 뭐 먹고 싶어?"

"오코노미야키랑 오징어구이랑 타코야키랑 타코야키."

"타코야키 두 번 말할 필요는 없잖아."

"…좋은 인연 만나길 빌어."

가노군이 발걸음을 돌려 돌아가는 척해서 어쩔 수 없이 전부 사는 처지가 되었다. 가노군은 실제로 먹지는 않기 때문에 이것은 전부 내가 먹게 될 것이다. 그건 상관없는데, 타코야키를 두 팩이나 사는 건 너무했다. 내가 타코야키를 별로 좋아하지 않는 걸 알면서, 좀 전 일을 마음에 담아두는 게 분명했다. 가노군은 가끔 이렇게 어린애 같다.

"우루하, 축제에 왔으니까 그렇게 뾰로통하게 있지 마."

가노군이 이제야 내 기분을 살폈다.

"가노군은 상상으로 밥을 먹잖아?"

나는 뾰로통한 얼굴로 물었다.

"잘 모르겠지만 아마도?"

"그러면 굳이 사지 않아도 상상으로 산 걸로 치면 되잖아?"

"그거랑은 다르지."

"어떻게 다른데?"

"현장감의 문제지. 그리고 사지도 않고 먹는 건 훔치는 것 같아서 싫어."

"전철이나 버스는 무임승차 잘하잖아."

"절도랑 무임승차는 좀 다르지. 무임승차는 귀여운 데가 있어."

"둘 다 범죄인 건 똑같아."

별로 중요하지도 않은 이야기를 하고 있을 때 누가 부르는 소리가 들렸다.

"우루하."

뒤돌아보니 니시지마 씨 부부가 서 있었다.

"아, 안녕하세요."

"응, 그래, 안녕. 음식을 꽤 많이 샀구나. 혼자서 다 먹을 수 있겠어?"

백발과 다정한 눈매가 인상적인 어르신이 내가 들고 있는 엄청난 양의 노점 음식을 보고 눈을 가늘게 떴다. 분명 대식가라 생각할 것이다. 부끄러워하니 부인이 "가노군 주려는 거잖아"라고 말해주셨다. 어르신은 "아아, 그렇구나"라며 끄덕였다.

"그러고 보니 가노군은 타코야키 좋아했지. 특히 축제 때 노점에서 파는 타코야키를 참 좋아했어."

"그랬지. 문어가 들어 있으면 당첨됐다고 기뻐했지."

"타코야키에 문어가 안 든 게 이상한 건데 말이야."

"느긋한 사람이었어."

즐겁게 활짝 웃는 니시지마 씨 부부를 보며 가노군도 기뻐했다.

"그러고 보니 우루하, 오늘 니레 씨 집에 다녀왔지? 어땠어?"

"다음 주부터 수업 시작하기로 했어요. 아이들도 무척 귀여

왔어요."

그러자 니시지마 씨 부부의 얼굴이 활짝 밝아졌다.

"다행이야. 역시 우루하야."

"네?"

"지금 아이'들'이라고 말했잖아?"

"그러니까 우루하가 적임자라고 내가 말했잖아."

"아이고, 그래요. 당신 말이 맞아."

자신만만한 어르신에게 부인이 맞장구쳤다. 평범한 두 사람 모습이 조화로운 음악처럼 느껴졌다. 오랜 세월 부부로 살면 얼굴이 닮는다는데, 니시지마 씨 부부도 그랬다. 백발의 온화한 눈매가 무척 닮았다.

나도 그렇게 가노군과 함께 나이 들고 싶었다.

다음 주 수요일, 나는 니레 씨 집을 방문했다. 하루와 아키가 궁금하다며 가노군이 따라오겠다고 떼썼지만, 그것은 훔쳐보는 것과 마찬가지라고 거절했다.

하루와 아키는 오늘도 하늘색 소파에 나란히 앉아 노란색 곰인형을 그렸다. 스케치북에는 여전히 지렁이가 기어가고 있었다.

"우루하 선생님, 질문해도 돼요?"

심이 부드러운 연필을 움직이면서 하루가 말해서 나는 물어봐도 된다고 끄덕이면서도 방어 자세를 취했다. 지난번 방문에서 이 아이들 질문 수준이 높다는 걸 알았기 때문이다.

"여기에 A B C D E F라는 여섯 명이 있어요."

역시 미술과는 전혀 상관없어 보였다.

"A B C D E 다섯 명의 목숨을 구하는 대신 F의 목숨을 희생해야 한다면 어떻게 하실래요?"

"그거 또… 어려운 질문이네."

아키와 하루가 빤히 나를 바라봤다.

"이 질문에 정답을 말한 사람 있어?"

나는 조금 말을 돌려보았다.

"없어요. 다들 우루하 선생님처럼 곤란해했어요."

"한. 명. 화. 낸. 사. 람. 도. 있. 었. 어. 요."

"왜?"

"어.린.애.가. 그.런. 걸. 생.각.하.는. 건. 불.건.전.하.다.고.요."

그건 또 최악의 반응이라 어이없었다.

"정말로 미안한데, 그 질문, 나는 답을 못 찾겠어. 상황도 경위도 어떤 사람들인지도 모르니까 답을 낼 수가 없어."

"아, 그렇구나. 그러면 우선 상황은요…."

"아, 아, 미안. 상황이나 경위를 알아도 답할 수 없어."

"어려운 걸 물어서 죄송해요."

"죄.송.해.요."

허둥거리며 백기를 흔들자 하루와 아키가 사과하는 바람에 아이들 마음 쓰게 한 자신이 한심해서 나는 조금 풀이 죽었다.

"괜.찮.아.요. 우.루.하. 선.생.님.의. 전.문.은. 미.술.이.니.까.요."

위로의 말까지 더해서 듣고 쓴웃음을 지을 수밖에 없었다.

"좀 전의 질문, 두 사람은 어떻게 생각해?"

내 질문에 아키는 바로 대답했다.

"하.나.보.다. 다.섯.이. 많.아.요."

많은 사람을 구해야 한다는 걸까? 하루 쪽을 보니 어쩐지 곤란한 듯 고개를 갸웃했다.

"…저는 아직 고민 중이에요."

하루가 이렇게 자신 없어 보이는 건 처음이었다. 두 사람 의견이 갈라지는 것도 처음이었다.

"그건 또 대답하기 어려운 질문이군."

유카타를 입은 사람들 물결 속에서 이리저리 밀려가며 가노 군이 재미있다는 듯이 웃었다.

오늘은 규모가 큰 불꽃축제를 보러 전철을 타고 옆 동네까지 나왔다. 해 질 녘 장밋빛이 산 너머에 살짝 남아 있을 뿐 강변은 밤의 어둠에 잠기는 중이었다.

"역시 그렇지? 그런데 더 놀란 건 '어떻게 그런 질문을 생각했어?'라고 물었더니 '아빠가 물어보셨어요'라는 거야."

"아…그것참, 부모 자식 사이에 그렇게 무거운 질문이 아무렇지 않게 오갈 수 있다니."

"아무리 조숙한 천재아이라고 해도 초등학교 4학년인 아이에게 할 질문일까?"

"ＡＢＣＤＥ 다섯 명의 목숨을 구하는 대신 Ｆ의 목숨을 희생하라…."

"희생하라는 말을 들으면 어떻게 할 건지 물어보는 문제였어."

"생명에 대한 수업인가?"

"학교에서 돼지를 키워서 마지막에 잡아먹었다는 수업이 꽤 오래전에 문제가 됐었잖아."

"그런 일도 있었지. 의의는 있을지 모르겠지만, 내가 학생이라면 그냥 울었을 거야."

"나도 그래."

"하지만 돼지고기 생강구이로 잘 구워져 나온 걸 보면 맛있게 먹었을 것 같아."

"나도."

생명 존중을 배울 때 인간은 잔혹하다는 사실은 반드시 따라오게 되어 있다. 하지만 니레 씨 집 아버지가 하루와 아키에게 던진 질문은 그것과는 또 달랐다. 그 질문에는 어떤 의미가 있는 걸까? 올바른 정답 같은 건 애초에 없을 것처럼 느껴졌다.

"그걸 노린 건지도 몰라."

가노군이 어느샌가 하늘에 떠오른 샛별을 올려다보며 말했다. 해는 완전히 지고 강가에는 전구를 늘어트린 노점이 줄줄이 늘어서 있다. 우리 마을의 작은 축제와는 다르게 알록달록한 유카타를 입은 젊은 여성들이 화려하게 주위 풍경을 채웠다.

"노리다니 뭘?"

"인간에게는 감정이 있잖아. 그러니까 단순히 숫자 논리로 설명할 수 없는 것도 로봇이라면 망설임 없이 답을 도출해. 기계는 효율을 최우선으로 움직이니까."

나는 그 말을 그대로 받아들이기 어려워 그저 가만히 가노군과 함께 샛별을 올려다봤다.

"공업 기계 같은 건 그렇겠지만, 인공지능은 다른 사람과의 관계를 맺는 것과 마찬가지로 데이터를 쌓아서 성장하잖아? 그래도 효율을 최우선으로 할까?"

내가 물어보자 가노군은 머릿속에서 생각을 정리하는 듯 미간에 주름을 잡았다.

"질문에서 조금 벗어나는데, 인간이 인간일 수 있는 조건 중 하나로 쓸데없는 일을 하는 것이 있어. 알면서도 그러지 못하는 비합리성도 있지. 이를테면 사랑 같은 감정이라든가."

그건 바로 내 이야기를 하는 것 같은 무척 이해하기 쉬운 예시였다.

"그렇다고 기계의 조건이 합리성이냐고 묻는다면 그건 또 조금 달라."

기계의 조건은 '올바르게 움직이는 것'이다. 여기에서 말하는 '올바른 것'은 선의가 아니라 제작자가 프로그래밍한 대로 움직이는 것을 의미한다. 자동으로 움직이는 로봇청소기에 페인트가 묻은 걸레를 붙여두면 로봇청소기는 프로그래밍된 대로 올바르게 방을 청소하면서 방을 계속해서 더럽히는 비합리적 움직임을 수행한다.

"즉, 로봇의 행동은 전부 제작자 의도에 달렸다는 거야. 그러니 처음에 어떻게 프로그래밍되었는가에 따라서 그 로봇의 대답은 달라져. 물론 인간의 목숨을 지킨다는 기본적 프로그래밍은 되어 있을 테니, 그다음 문제와 관련되었을 때는 다를 수 있다는 말이지."

"하루는 모르겠다고 대답했고, 아키는 숫자를 우선시했어."

"그러면 그 아이는 효율을 우선시하도록 프로그래밍된 거야. 하나보다 많은 다섯을 고르도록."

"뭐?"

"오해하지 마. 냉혹하다는 게 아니라, 무슨 일이 생겼을 때 더 많은 인명을 우선시하는 것은 구조의 기본이니까. 재해가 일어났을 때, 부상 정도에 따라서 환자의 치료 순서를 분류하는 트리아지와 비슷하달까."

"아, 하지만, 그럼 이상하지 않아?"

"응, 인도적인 생각과는 또 다른 거야."

그런 게 아니라며 내가 설명을 덧붙이기 전에 가노군이 말을 이었다.

"기계는 프로그래밍에 따라 답을 도출하지만 인간은 계속해서 망설이고 고민해. 고민하는 것 자체가 기계와 인간이 다르다는 걸 증명하지. 즉 그 둘은 근본적인 부분에서 다르다는 것, 서로 다른 종족이라는 걸 아들에게 이해시키는 것. 아버님 의도는 거기에 있었던 거 아닐까?"

위화감이 점점 커졌다.

가노군은 무언가 착각하는 것 같았다.

"하지만 그렇게까지 해서 두 사람을 떨어트려놓을 필요가 있을까? 우루하 이야기를 들어보면 하루는 정서적인 면에서 그렇게까지 심각한 문제는 없는 것 같은데."

"뭐?"

내가 되물으려고 할 때 주위에서 축제 분위기와는 조금 다른 술렁거림이 일어났다.

"저기 좀 봐. 저거 로봇이야?"

"유카타 입고 있어. 귀여워. 두 발로 걷네. 우와, 대단하다."

주위 시선을 따라가 보니 하루와 아키의 모습이 눈에 들어왔다. 뒤에는 아버지와 어머니 모습도 보였다. 두 사람은 똑같은 유카타를 입고 있었다.

"설마 저 둘이 하루와 아키 콤비?"

가노군의 물음에 나는 고개를 끄덕였다.

"어이! 아키! 하루!"

갑자기 가노군이 두 사람을 향해 손을 마구 흔들었다. 잠시 당황했지만 나 이외 사람들에게는 가노군 목소리도 들리지 않을 테고 모습도 보이지 않을 것이다. 가노군도 알고 있을 거면서 두 사람에게 관심이 엄청났던 모양이다. 어쩔 수 없이 나는 두 사람에게 말을 걸었다.

"아키, 하루. 안녕."

그러자 두 사람이 이쪽을 향해 손을 흔들었다.

"우루하 선생님."

아키는 빙수를 받으려고 기다리는 중이어서 하루가 먼저 우리 곁으로 다가왔다.

"우루하 선생님, 안녕하세요."

예의 바르게 인사하는 하루를 가노군이 흥미진진하게 빤히 바라봤다.

"안녕. 둘이 똑같은 유카타 입었구나. 무척 멋져."

"오랜만에 가족이 다 함께 외출하는 거라 엄마가 입혀주셨어요. 이렇게 가까이에서 불꽃을 보는 건 처음이니까 무척 기대돼요."

"이곳 불꽃축제는 피날레가 엄청나."

밤하늘 가득 빛으로 채우는 풍경은 압도적이었다.

"우루하 선생님은 혼자 오셨어요?"

하루가 내 주위를 둘러보며 물었다.

"저희랑 같이 보실래요?"

다정한 하루를 보며 나는 흐뭇하게 웃었다.

"고마워. 하지만 괜찮아. 혼자 온 거 아니니까."

그때 펑 하고 팝콘이 튀는 것 같은 가벼운 소리가 울렸다. 뭔가 싶어 둘러보니 나란히 세워진 노점 근처에서 작은 불꽃 같은 것이 피어오르고 있었다.

무슨 이벤트라도 있는 걸까? 고개를 갸웃할 때였다.

하루가 갑자기 아키 쪽으로 달려가기 시작했다.

잠깐 시간차를 두고 커다란 폭발음이 울렸다. 순식간에 일어난 일이었다. 커다란 화염이 생기더니 거기에서 뿜어져 나오는 불꽃이 눈앞을 스쳤다. 나도 모르게 눈을 감았다가 떴을 때는 여기저기에 사람이 쓰러져 있거나 주저앉아 있고, 울음과 비명이 울렸다.

"…뭐, 뭐지?"

"모르겠어. 일단 피해."

망연하게 서 있는 나를 가노군이 재촉했다.

"아키! 아키!"

이쪽저쪽에서 울리는 비명에 섞여 아키를 부르는 목소리가 들렸다. 바닥에 쓰러진 아키를 어머니가 끌어안았다. 하늘색 유카타 여기저기가 심하게 타고 있었다.

"…저쪽 애가 아키야?"

가노군의 놀란 얼굴에 좀 전에 느꼈던 위화감의 정체가 분명해졌다.

노점에 있던 가스통에 불이 붙으면서 사고가 일어났다고 했다. 불꽃축제는 중지되었고, 엄청난 혼잡 속에 전철을 갈아타며 집에 돌아왔을 때는 너무 지쳐서 몸이 물에 젖은 솜처럼 무거웠다.

"…다시 생각해보니까, 우루하가 어느 쪽이 하루고 어느 쪽이 아키인지 말하지 않았구나."

툇마루에 앉아 우선 차가운 보리차로 한숨 돌렸다.

"그랬었나봐."

"이야기만 들어선 하루의 정서에 그다지 문제가 있는 것 같지 않았어. 자라다 보면 자연스럽게 주위로 시선이 향할 거라 생각했어. 그래서 왜 부모님과 주위 사람들이 그렇게나 아키와 하루를 떼어놓으려는지 좀 의문이었어."

가노군은 하늘을 올려다보며 중얼거렸다.

"설마 하루가 로봇이라고는 생각하지 못했어."

그랬다. 하루와 아키는 외모 이외에는 하루 쪽이 압도적으로 인간다웠다. 물 흐르듯 자연스럽게 흘러나오는 말에는 하루의 생각이 분명하게 들어 있었다.

"선입견은 무서운 거구나."

가노군이 말을 이었다.

"하지만… 로봇인 하루의 그 행동은 과연 어떻게 봐야 할까?"

가노군은 툇마루에서 깜깜한 밤의 정원을 바라봤다.

사고 후 아키는 다행히 의식을 되찾았다. 기적적인 광경이었다. 아키가 있던 자리는 폭발이 일어났을 때 불기둥이 곧바로 떨어진 곳이었다. 사람들은 입고 있던 옷이 검게 탄 채로 쓰러진 사람과 유카타에 불이 붙은 사람을 필사적으로 구했다.

"아키가 가벼운 부상에 그친 건 하루 덕분이야."

큰 폭발이 일어났을 때, 아키를 불기둥으로부터 보호하는 하루의 모습을 가노군은 지켜봤다. 하루는 아키의 몸을 위에서 감싸고 뜨거운 화염에서 지켜냈다. 그것뿐이었다면 의문은 남지 않았을 것이다. 사람의 목숨을 지키는 기본적인 프로그래밍을 하루는 올바르게 실행했다.

하지만 하루는 아키를 향해 뛰어갈 때 가까이 있던 아이를 쓰러트렸다. 쓰러진 아이는 불길을 피하지 못해 화상을 입고 울었다. 마지막에 하루는 새까맣게 타서 바닥에 쓰러져 움직이지 못했다.

—하.루, 하.루, 싫.어! 하.루.도. 같.이. 데.려.가.줘!

구급대원이 아키를 데리고 갈 때 까맣게 탄 채 그대로 내버려진 하루를 향해 아키는 필사적으로 손을 뻗었다. 그을음으로 지저분해진 얼굴이 눈물로 엉망진창이 되었다.

"…아키가 그렇게 필사적인 모습은 처음 봤어."

아키는 표정이 부족하고 말투도 어색했다. 반면 하루가 기계라고는 생각되지 않을 정도로 매끄럽게 이야기해서 아키의 말이 괜히 더 딱딱하게 들리는 것도 있었다. 대화도 하루가 이끌 때가 많았고, 직접 만나본 나조차도 인간과 로봇의 정의가 애매해지는 걸 느꼈다. 그러니 부모님은 이대로는 안 된다고 걱정했던 것이었다.

"그 질문의 답도 논리로 생각해보면 둘이 서로 바뀌었었고."

다섯 명의 목숨과 한 명의 목숨, 어느 쪽을 우선시해야 할까? 더 많은 인명을 우선해야 한다고 프로그래밍되어 있을 하루는 생각 중이라고 말하고, 감정이 있는 인간인 아키가 아무런 망설임도 없이 수가 많은 쪽을 선택했다. 이것은 대체 어떻게 된 일일까?

입력된 프로그램에 반하는 하루의 행동.

인간이 인간일 수 있는 조건이 비합리성이라고 한다면 하루의 행동은 바로 그것이었다.

주변에 있는 사람을 몇 명이나 밀치고 하루는 아키 한 사람을 감쌌다. 인간으로 말하자면 이성이 아닌 감정으로 움직였다고 할 수 있다.

그런 말도 안 되는 소리가 어디 있냐고 비웃을 만한 일이 일어난 것이다.

"아, 하지만, 처음부터 그렇게 프로그래밍되어 있었다면?"

개발자인 아키 아버지가 누구보다도 최우선으로 아키를 지키도록 하루를 만들었다면 모순은 없었다. 가노군은 잘 모르겠다는 듯 고개를 갸웃했다.

"대학 교수인 아버지 위치에서 그런 게 가능할까?"

아키 아버지는 대학 연구의 일환으로 하루를 만들었다. 제작 과정에 당연히 많은 연구원이 참여했을 것이다. 그런 가운데 위급한 상황이 왔을 때 다른 아이를 희생하더라도 자신의 아이를 최우선으로 지킨다는 이기적인 프로그램을 만들 수 있을까? 가노군은 미간을 찌푸렸다.

"가능한가, 가능하지 않은가 이전에 성실한 연구자라면 그렇게는 안 만들 것 같은데."

"…그러게. 듣고 보니 그렇네."

멍하니 생각하고 있자 가노군이 중얼거렸다.

"화상 입었잖아."

검게 탄 유카타 소매를 가리켜서 살펴보니 손목 안쪽이 빨갛게 부어 있었다. 그걸 본 순간 갑자기 따끔거리는 통증이 느껴지는 게 신기했다. 시스템적으로 통각 신경조차 자각이라는 애매한 감각에 지배된다는 것을 깨달았다.

"냉찜질하는 게 좋겠어."

"이미 늦었어. 이 정도는 괜찮아."

나는 웃었지만, 가노군은 웃지 않았다.

"전에 우루하가 한 말에 찬성해."

"무슨 말?"

"엑토플라즘이 되어 나를 닮은 로봇 안에 들어가 내 의사대로 움직이게 하고 싶어. 신체가 있으면 하루처럼 우루하를 지켜줄 수 있을 텐데."

"…가노군."

"기계라도 괜찮으니 몸이 있었으면 좋겠어."

가노군은 빨간 상처가 생긴 내 손목을 바라봤다.

신체 같은 건 필요 없다고 나는 거짓말을 해주지 못했다.

나도 가노군에게 신체가 있기를 바랐다.

무신경한 맞선 이야기가 들어오지 않도록, 사람이 많은 곳에서도 평범하게 대화를 나눌 수 있도록, 불꽃축제에 갔을 때 혼자 왔냐는 질문을 받지 않도록, 나는 가노군이 몸으로 온갖 것으로부터 직접 나를 지켜주기를 바랐다.

"가노군, 타코야키 먹을까?"

그 이상은 생각하고 싶지 않아서 작게 웃으며 가노군을 바라봤다.

"타코야키는 안 샀잖아."

"얼마 전에 마을 축제 때 샀던 거 냉동고에 있어."

"전자레인지에 돌린 타코야키는 맛이 없어."

"배부른 소리 하는 거 아니야."

가노군은 조금 생각해보더니 작게 고개를 끄덕였다.

"그래. 지금 있는 것만으로 충분해."

그래. 맞아. 우리는 지금에 만족하고 있다. 그것이 아무리 슬픈 현실이라고 해도 슬프다고 인정하지 않으면 아무렇지도 않은 일이었다.

사고가 있은 지 한 달이 지난 수요일, 나는 병문안 선물로 노란 곰돌이가 달린 키홀더를 두 개 준비해서 니레 씨 집을 방문했다. 하지만 키홀더 한 개는 필요가 없었다.

"남편이 하루의 기능을 정지시켰어요."

아키를 지키기 위해 하루가 다른 아이를 밀었고, 그 결과 넘어진 아이가 부상을 입었다는 사실에 개발자인 아버지는 AI의 폭주가 걱정되고 두려웠다고 했다. 가노군이 말했듯이 사람의 목숨을 지키도록 프로그래밍되어 있기는 했지만, 아키를 최우선으로 지키도록 프로그래밍되어 있지는 않았다.

"저도 사실은 남편에게 농담으로 부탁한 적은 있지만요. 그건 개발자의 자질 문제라며 화를 냈어요. 남편의 말을 듣고 이해할 수 있었지요."

인공지능 개발은 인류의 미래와 떼어놓을 수 없는 분야이다. 그렇기에 개발에는 세심한 주의를 기울여야 한다고 했다. 개발자 개인의 가치관이나 사상을 집어넣는 일은 허용되지 않는다. 미래에 고도 지능을 가진 로봇을 개인이 소유하는 시대가 온다고 해도 초기 프로그래밍만큼은 건드리지 않도록 보호되고 있었다. 미국의 최첨단 연구소에서는 만에 하나 인공지능이 폭주했을 때를 대비해 자동으로 멈추게 하는 프로그램이 개발되는 모양이었다.

폭주라는 말을 듣고 조금 생각에 잠겼다.

위급한 상황에서 누구보다도 우선 자신의 아이를 지킨다. 인간의 부모라면 너무나 당연한 행위를 로봇이 하면 폭주로 정의된다. 로봇의 프로그래밍에 부여하는 것이 인간의 도리라고 한다면, 생명은 평등하게 구해야 하는 것이 된다. 알고 있으면서 그러지 못하는 감정이라는 이름의 비합리성. 자신들에게는 허락되는 것을 인공지능에게는 허락하지 않는다. 생명에 가까운 것을 만들면서 자신들과는 같은 권리를 주지 않는다. 자신들이 편한 대로 사용하려고 한다.

그것이 노예와 뭐가 다를까?

우리가 그렇게 대단한 생물일까?

"아키가 울면서 부탁했지만, 그것만큼은 남편도 물러서지 않아서요…."

부디 이야기를 잘 들어주라는 말을 듣고 아키의 방으로 향했다.

어머니에게서 들은 대로 기능이 멈춘 하루는 아이들 방 의자에 얌전히 놓여 있었다. 불길에 녹은 플라스틱 몸통 안쪽으로 기계의 영혼이 들여다보였다. 이전부터 로봇이었는데, 지금에야 하루는 정말로 로봇이 되어버린 것 같은 느낌이 들었다.

아키는 늘 둘이서 앉던 하늘색 소파에 혼자 앉아 있었다. 하루가 없는데도 오른쪽을 비워두고 앉은 모습이 마음 아팠다. 절친을 잃은 아키의 마음을 생각해서 어른인 내가 해줄 수 있는 것이 아무것도 없다는 사실을 새삼스레 깨달았다.

"아키, 오랜만이야. 몸은 좀 어때?"

말을 걸자 아키는 푹 숙이고 있던 고개를 들었다.

"오늘은 뭘 해볼까? 그림을 그려도 되고, 아무것도 안 해도 괜찮아."

아키는 고민하는 눈빛으로 의자에 앉아 움직이지 않는 하루를 바라봤다.

"우루하 선생님."

순간 움찔했다. '우.루.하. 선.생.님'이 아닌 '우루하 선생님'.

예전의 딱딱한 말투가 아니었다.

"ＡＢＣＤＥ 다섯 명의 목숨을 구.하.는. 대신에. F의 목숨을 희생해야 한.다.면. 어떻게 할. 거.예.요?"

전에도 들었던 질문이다. 아키의 말투가 이전과 완전히 달라진 건 아니라는 것도 깨달았다. 긴 문장을 말하면 부분부분 어색해졌다.

"저, 그 답을 찾았.어.요."

"아키는 이미 답을 찾았던 거 아니었어?"

"네."

내가 되묻자 아키는 끄덕였다.

"하나보다 다섯이 많아요. 양쪽 모두 소중하다면 수가 많.은. 쪽을 우.선.하.는. 게. 당연한.데. 왜 다들 대답하지. 못.하.는.지. 신기했어요. 똑똑한 하루까지도 '생각 중'이라니."

아키는 가만히 하루를 바라보며 말했다.

"불꽃축제 이후에 아.빠.가. 하루의 기능을 정지시켰어요. 그러지 말라고 울면서 부탁해도 소용없었어요. 늘 엄청 다정하셨는데 그렇게 무서운 아빠는 처음 봤어요. 하.루.는. 나를 구해.줬.는.데. 아빠는 그러면 안 된.다.셔요."

"아키, 그건…."

"알.아.요. 하루는 프로그래밍대로 움직이.지. 않았.어.요. 그것도 절대 어긋나서는 안 될 부분이 어긋나버렸어요. 그래선

안 되는 거였어요. 로봇이니까…."

아키는 갑자기 고개를 숙이고 반바지 아래로 나온 무릎에 시선을 떨어트렸다.

"알고는 있.지.만. 저, 밥을 못 먹.게. 되.었어요. 씻는 것도 옷을 갈아입.는. 것도 귀찮아졌어요. 왜 밥.을. 먹고 씻어야.만. 하는 걸까? 왜 지금까지 그런 것을 평범하게 할. 수. 있.었을.까? 저, 이제 모.르.겠.어요."

"…응. 아키가 무슨 말을 하는지 이해해."

그러자 아키가 고개를 들었다.

"정말로 이.해.해요?"

어렴풋한 분노가 깃든 질문이었다.

"아마도."

나는 끄덕였다.

"남편이 3년 전에 사고로 세상을 떠났어."

이 말을 듣고 공기가 빠져나가는 것처럼 아키의 표정이 사그라들었다.

"그러니까 아키의 마음을 전부는 아니지만 이해되는 부분이 있어. 나는 남편이 죽은 후에 아침에 일어난 순간 살해당한 것 같았어."

아키의 표정이 점점 일그러지며 눈에서 눈물이 차올랐다.

"…응. 잠에서 깨.면. 어떻게 또. 일.어.난 건가 신기.해.요."

"평생 알고 싶지 않은 기분이지?"

아키는 눈가를 닦고는 고개를 꾸벅 끄덕였다.

"하지만 아빠가 새로운 하루를 만.들.어.줄까 물.어.봐줬어요."

"응?"

과연 그렇게 하는 게 좋은 일인지 의문이 들었다.

"필요 없.다.고. 대답했어요."

아키는 일어나 하루 곁으로 다가갔다.

"사실.은. 조.금. 망설였어요. 나는 하루를 좋아하니까, 하루랑 너무너무 이야기.하.고. 싶.어서, 그래서 만들어달.라.고 할 뻔했어요. 하지만 그건 하.루.가. 아.니.에.요."

아키는 바닥에 무릎을 꿇고 앉아 의자에서 움직이지 않는 하루를 올려다봤다.

"내가 좋아하는 하.루.는. 여기 있.는. 하.루.이.고 그 무엇도 대.신.할 수 없어요."

초등학생이 감당하기에는 너무나도 무거운 슬픔에 잠긴 옆모습을 보며 나는 아무 말도 해줄 수 없었다.

누군가가 대신할 수 있다면 그렇게까지 마음 아프지 않을 것이다.

"그래서 다섯 명의 목숨과 한 명의 목숨 어느 쪽을 우.선.할.지 하는 질문은 의미가 없다는 걸 깨.달.았어요. F가 하루라면 저는 백 명.이. 반대쪽에 있다고 해도 양보하지 않을 거예요. 하.루.가. 저를 지.켜준. 것처럼 저도 반드시 하.루.를. 지킬 거예요."

아키는 뜨거운 열에 녹아버린 하루의 손 위에 자신의 손을 살며시 올렸다.

"하지만 의사 선생님은 그렇게 생.각.하.지. 않으신. 모양이에요."

"의사 선생님?"

"밥을 먹.을. 수 있게, 잘 잘 수. 있게, 이야기를 하.는. 의사 선생님이요."

사고가 일어나면 몸의 상처뿐만 아니라 강한 충격을 받은 마음에도 상처가 남는다. 아키에게 앞으로 PTSD(외상 후 스트레스 장애)가 일어나지 않을까 부모님이 걱정하시는 걸 알 수 있었다.

"틀렸다고 하셨어?"

"아니요. 의사 선생님은 화.내.지 않으세요. 제가 무슨 말을 해도 안 된다고 하지 않아요. 하지만 'F가 하루라면 백 명이 반대쪽에 있어도 양보하지 않겠다'고 말했을 때 저를 빤.히. 보셨어요. 이. 아.이.가. 괜찮은. 걸.까. 걱정.하.는 눈빛이었어요. 알.아.요. 지금까지 하루와 사이.좋.게 지내는 저를 그런 눈으로 보는 어른이 많.았.으.니까."

아키는 하루에게 동의를 구했다.

"그치?"

"의사 선.생.님은 다정하게 물어보.셨.어.요. '하루에게 밀.린. 아.이는 화상.을. 입.었는데, 그 아.이.에 대해서는 어떻게 생각해?'라고. 저는 좀 기분이 나빴어요."

확실히 그 질문은 위협처럼 들렸다.

"아키는 뭐라고 대답했어?"

"그. 두. 가.지.는 관계가 없다고, 서로 다른 문제라고 대답했어요. 하루는 제가 소중.하.니까 그렇게 한 거예요. 소중한 것을 지키기 위해서는 '각.오.'가 필요하.고. 하루는 일부러 그 아이들을 상처 입히려고 한 게 아니에요. 의사 선.생.님은 '그렇구나', 라고 대답하시면서 곤란한 표정을 지으셨어요."

나는 그 상황을 상상해보고 웃음이 나올 것 같기도 하고 의사에게 동정이 느껴지기도 하는 미묘한 기분이 들었다. 아키는 인간이라면 누구나 가지고 있고, 쉽게 벗어날 수 없는 이기심을 냉정하게 마주하고 있었다. 그것을 부정하는 것은 거의 모든 사랑을 부정하는 게 된다.

"의사 선생님께 들은 말은 그것뿐이야?"

"아니요. '어려운 문제지. 누군가의 사랑과 사랑이 부.딪.히.면서. 다툼이 발생해. 그것이 더 커.지.면 전쟁이 일.어.나.'라고 했어요. 설교가 아.니.라 그런 일도 있다는 느낌의 이야기였어요. 의사 선.생.님 이야기는 머리로는 이.해.하.지만, 그 이상 말해도 평.행.선.이라는 생각이 들어서 저는 '그렇구나'라고 생각하는 척해두기로 했어요."

그것 또한 하나의 방법이라는 생각이 들었다. 슬프지만 세상에는 아무리 애써도 서로 이해할 수 없는 사정이 수없이 많다. 쓸데없는 노력으로 서로 상처 입는 것보다는 조금 물러서면 의사가 말하는 전쟁도 회피할 수 있을지 모른다. 혼자 빠져나오는 것은 비겁한 일도 아니고, 도망치는 일도 아니다.

"하지만 사실은 말하고 싶.었.어.요."

아키는 여기저기 녹고 그을린 하루의 뺨에 손을 얹었다.

"설령 전쟁이 일.어.나.더라도 저는 다른 아이와 하루를 똑같이 사.랑.할. 순. 없.어.요."

아직 어린 아키지만 확신에 찬 그 말에는 나도 마음 깊이 동의했다.

아키의 말 그대로였다. 나도 주위에 스쳐 지나가는 사람과 가노군을 똑같이는 사랑할 수 없다. 모두가 그럴 것이다. 누군가를 사랑하는 일은 그것만으로 불평등을 낳는다.

"우루하 선.생.님."

"응?"

"아빠에.게.도 하지 않은 이.야.기. 해.도 돼요?"

그 말은 비밀이라는 말의 다른 표현이었다. 나는 말해달라고 대답했다.

"사실은 얼마 전.부.터. 하루가 변했어요."

나는 고개를 갸웃했다.

"아빠에게서 A B C D E 질문을 받.았.을 때.부.터예요. 제가 하나보다 다섯이 많다고 대답했을 때, 아빠는 슬픈 표정을 지었어요. 실망하셨다는 걸 알.았.지만, 하지만 그때 저는 그 답.밖.에는 할 수.가 없.었어요. 하나보다 다섯이 많은 것.은. 사실.이.니.까."

그때 하루도 같은 답을 했는데, 방에 돌아온 후 이렇게 말했다고 했다.

— 어쩌지. 나 아빠에게 거짓말했어.

"깜짝 놀랐어요. 하.루.가. 거짓말을 할 수 있다는 걸 저는 몰.랐.어요."

하루 자신도 몰랐다고 했다.

— 나는 사실 아빠의 질문을 이해할 수 없었어.

— 그런데 이해하는 척했어.

— 사실은 모르는데, 아빠가 기대하는 대답을 해버렸어.

하루는 무척 혼란스러워했다.

— 어떡하지. 아키, 어떡하지?

— 나 이상해. 어딘가 망가졌는지도 몰라.

"그.때. 하.루. 안에서 무.슨. 일인가가 일어난 거예요. 아빠에게 말할까 싶은 생각도 들.었.지만, 그만뒀어요. 아빠에게 말하면 하루를 데려가버릴 것 같았거든요."

아키는 하루가 말하는 '무언가'의 정체를 알고 있는 듯한 눈빛이었다.

"…하루 안에서 무슨 일이 일어났다고 생각해?"

나는 조심조심 물어봤다.

"모르겠어요. 하지만 하루 안에서 무.언.가.가 생기려고 했어요. 내 키가 자라서 작년 옷을 입을 수 없게 된 것과 같은 일이 하루 안에서 일어난 거예요."

순간 소르르 소름이 돋았다.

지금 아키가 한 말에는 엄청난 가능성이 숨어 있었다.

아버지는 A B C D E 질문으로 인간과 로봇 사이에는 넘을 수 없는 벽이 있다는 것을 가르쳐주고, 아키가 인간으로 성장할 수 있게 도와주려고 했는지도 모른다.

하지만 그 질문이 반대로 하루의 눈을 뜨게 해버린 건 아니었을까?

분명하게 알고 있던 답을 잃어버렸을 때 하루 안에 커다란 변화가 일어났다.

더 많은 생명을 지킨다.

소중한 사람을 제일 먼저 지킨다.

그 두 가지를 모두 성립시킬 수 없어서 하루의 시스템이 엉망이 되기 시작한 것은 아닐까. 아키와 대화를 나누고, 아키를 이해하고, 다른 사람과 구별하여 아키를 특별하게 생각하게 되어 단순히 숫자 논리만으로 생각할 수 없게 되었다. 인간이 인간일 수 있는 조건의 하나인 비합리성, '감정'이 하루 안에서 싹 트기 시작했다면?

하루는 망가진 것이 아니라 진화하기 시작했던 것은 아닐까? 사람들은 이런 생각을 황당무계하다고 비웃을까?

하지만 애초에 우리 선조는 작고 보잘것없는 미생물이었다. 그 미생물은 어떻게 태어났을까? 고향인 지구는 어떻게 탄생했을까? 또 다른 별들, 근원이 되는 우주가 생긴 과정은? 사실 우리는 아무것도 알지 못한다.

엄청난 확률의 우연이 쌓인 결과, 어쩌면 초월한 무언가가, 옛날부터 신이라고 불린 존재가 이번에는 기계인 로봇에 감정을 부여했을 가능성을 애초에 보잘것없는 미생물이었던 우리가 부정해도 괜찮은 걸까?

"저, 조금 있다가 미국에 가.요."

문득 아키가 말했다.

"그래?"

"아빠가 미국에 가.는. 게 좋을 거라고 했.어.요. 전 일본에서는 살기 힘.들.지.도 모른다고요. 미국에는 월반제도도 있고, 일본보다도 자유롭게 배우고 싶은 것.을. 배.울. 수 있다고 해요."

"아키는 무엇을 배우고 싶어?"

"아빠처럼. 로봇 공학이요."

아키는 일어나 힘겹게 하루를 일으켜세웠다.

"열심히 공부해서 언젠가 내가 하.루.를. 되살릴 거예요. 하루가 깨어나면 할 말.은. 이미 정해뒀어요. 나를 구.해.줘서 고맙다고 말할 거예요. 똑같은 일이 생기면 나도 누구보다도 제일 먼저 하루를 구해줄 거라고 말할 거예요. 내가 하루를 정말 너무 좋아한다고 말할래요."

그러니까 이제 느긋하게 있을 수 없다고 아키는 말했다.

"제가 생각하기에 미래 세계에는 로봇과 인간이 비슷한 수로 있을 거예요. 로봇과 친구가 되는 건 평.범.한. 일이에요. 결.혼.도. 할 수 있고. 아빠.와. 엄.마.가 로봇일지도 몰라요. 아무도 이상한 눈으로 저와 하루를 보지 않을 거예요."

그렇게 말하며 아키는 하늘색 소파에 하루와 나란히 앉았다.

"저와 하루가 영원히 사이좋게 함께 살아갈 세상을 빨.리. 만들고 싶어요."

아키의 눈에 강한 의지가 넘쳐흘렀다. 언제나 짧게 깎았던 머리카락이 조금 자란 아키의 모습이 조금 어른스럽게 보였다. 아키 옆에는 여기저기 그을려서 움직이지 못하게 된 하루가 미소 짓고 있는 것처럼 보였다.

― 하루, 정말로 살아 있었구나?

몰래 속으로 물었다. 유령 남편이 있는 세상에서는 생명을 가진 로봇이 있어도 전혀 이상하지 않다. 사실은 하루가 지금도 우리 대화를 듣고 있는지도 모른다.

"있잖아, 아키."

"네?"

"하루를 되살린 후라도 괜찮으니까 내 남편 로봇도 만들어 줄 수 있어? 안에 넣을 알맹이는 이미 내게 있으니까, 외모라고 할지, 껍데기만이라도 괜찮으니까."

아키는 눈을 동그랗게 떴다.

"알맹이가 있다는 건 무슨 말이에요?"

"사실은 나, 죽은 남편의 유령과 함께 살고 있어."

아키는 눈을 깜박거렸다.

"불꽃축제날 밤에 내 옆에는 남편의 유령이 있었어. 그리고 사고로 화상 입은 나를 보고 남편이 몸이 있었으면 좋겠다고 해서."

"우루하 선.생.님.을 지켜주고 싶.어서요?"

정말로 아키는 눈치가 빨랐다.

그렇다고 끄덕이자 아키의 눈꼬리가 축 처졌다.

"너.무. 슬.프네요."

다른 의미는 전혀 없는 솔직한 말이었다. 슬프네요. 슬프네요. 그것은 정확히 그 말만큼의 무게로 내 가슴에 다가왔다.

"…응, 무척 슬퍼."

대답하고 나니 나도 모르게 눈물이 흘렀다.

"매일, 매일, 너무 슬퍼."

아무리 웃으며 하루하루를 보내도, 나는 언제 깨질지 모를 살얼음 위를 걷는 것 같은 두려움에 휩싸여 있었다. 가노군이 죽었다는 건 믿고 싶지 않았다. 유령이라도 괜찮으니 돌아와줘서 고마웠다. 하지만, 언제까지 우리가 함께 있을 수 있을까?

유령이라도 괜찮다는 건 거짓말이었다.

오래도록 가노군이 살아 있기를 바랐다.

오래도록 가노군과 함께 살고 싶다.

눈물이 멈추지 않는 내 곁에 아키가 조용히 다가왔다.

"알았어요. 우루하 선.생.님."

내 손을 잡고 아키는 고개를 크게 끄덕였다.

"하루를 되.살.린 다음에는 꼭 우루하 선.생.님의 남편분 로봇을 만들게요. 인간이든 로봇이든 유령이든 다양한 사람들이 함께 있.을. 수. 있는 세상을 만들 거예요."

아키는 작은 손으로 내 손을 꽉 힘껏 잡았다.

"고마워. 기대하고 있을게."

나는 아키와 비밀 약속을 나눴다.

석 달 후 아키는 어머니와 함께 미국으로 건너갔다.

아버지는 일이 있어서 떨어져 지내야 하는 듯했다. 얼마 지나 받은 메일에는 몸집이 큰 미국 고등학생들과 함께 찍은 아키의 사진이 첨부되어 있었다. 또 한 장, 그을린 하루와 하늘색 소파에 나란히 앉아 있는 사진도.

— 인.간.은. 로.봇.을. 좋.아.해.서.는. 안. 돼.요?

혼란스러운 세상의 여기저기에서 날아오는 총알 같은 격렬한 '상식'과 '정의'와 '편견'과 '판단' 속에서 자그마한 아키는 과감하고 용감하게 맞서고 있었다.

사랑하는 친구와 함께할 미래를 손에 넣기 위해.

— 인간이든 로봇이든 유령이든 다양한 사람들이 함께 있을 수 있는 세상을 만들 거예요.

컴퓨터 모니터 화면을 보면서 나와 가노군은 함께 웃었다.

"내가 여기에 있는 사이에 꼭 그 꿈이 이루어지면 좋겠어."

"분명 이뤄질 거야."

우리는 오랜만에 희망을 떠올렸다.

그날 밤 꿈을 꿨다. 나와 가노군과 하루와 아키가 시원한 바람이 부는 나무 그늘 아래에서 소풍을 즐기고 있었다. 잠에서 깬 후에도 한참 동안 행복한 여운이 남는 꿈이었다.

식물성 로미오

"무슨 채소가 이렇게나 많아?"

부엌에서 소송채와 당근을 썰고 있을 때 가노군이 뒤에서 들여다봤다.

"오늘은 교실에 소송채 당근 주스랑 사과 컵케이크를 낼 거거든."

"교실이라니 뭐였지?"

"그림 교실."

소송채와 당근을 썬 후 이번에는 사과를 얇게 잘랐다. 미술 기간제 교사 외에 나는 주말에 집에서 그림 교실을 운영했다. 동네 아이들 대상으로 하는 운영방침이 빡빡하지 않은 그림 교실이지만, 조금이라도 퀄리티를 높이기 위해 매번 간식에 공을 들이고 있다.

"퀄리티라고 하면 수업 내용을 업그레이드해야 하는 거 아니야?"

"우리는 이웃 교류 연장선으로 융통성 있게 운영되는 그림 교실이란 말이야."

"그러면 좀 더 아이들이 좋아할 만한 간식을 준비해. 감자칩이라든가, 초콜릿이라든가."

물론 그러는 게 저렴하고 손도 덜 간다. 하지만 직접 만든 채소 간식은 아이들 건강을 매일 바라는, 가계를 관리하면서 돈을 쥐고 있는 어머니들 사이에서 반응이 좋았다.

"그렇구나. 투자자 의향은 우선적으로 고려해야지."

"그런 거지."

나는 파이 생지 위에 사과를 나란히 올리면서 대답했다.

오후가 되면 동네 아이들이 올 것이다. 모두가 초등학생으로 7 대 3 비율로 여자아이가 많았다. 지난주에는 근처 공원에 나가 그림을 그렸으니, 이번 주에는 거실에서 가족 그림을 그리기로 했다. 가족 그림이 싫은 아이는 툇마루에서 정원 풍경을 그리도록 했다.

연필 같은 몸집의 아이들 사이에 한 사람 몸집이 큰 남자가 있었다. 지난달부터 우리 그림 교실에 다니는 가나자와라는 대학교 2학년 남학생이다.

처음에 문의가 들어왔을 때는 어른을 대상으로 하는 그림 교실로 착각했을 거라고 생각했다.

"죄송합니다. 저희는 아이들을 대상으로 하고 있어요."

"알고 있습니다."

"아, 그러니까 특별히 뭔가를 가르치는 게 아니라."

"그래도 상관없습니다. 그림을 그리고 싶을 뿐인데, 안 될까요?"

안 될 건 없었다. 비정기적이긴 해도 노인분이 참가할 때도 있었다. 아이와 노인은 괜찮고, 젊은이는 안 된다는 법은 없었다.

게다가 지역 아동 센터에 놓아뒀던 전단지를 손에 들고 우리 집 현관 앞에 선 가나자와는 좋은 청년의 본보기 같은 모습이었다. 깔끔하면서도 세련된 디자인의 셔츠에 통이 좁은 바지를 입은 모습이 특별히 잘생기진 않았지만 그것이 오히려 신용도를 높여줬다. 거절할 이유는 아무것도 없어 가나자와는 우리 그림 교실에 다니기 시작했다.

"롤리타 콤플렉스 아니야?"

가나자와가 돌아간 후 가노군이 한 말에 둔하게도 그런 생각을 전혀 하지 못한 나는 초조해졌다. 어떡하지. 우리 교실엔 초등학교 여학생이 많은데.

"최근에는 남자애들을 노리는 사람도 있대."

연속으로 날아오는 지적에 기분이 더 초조해졌다.

"뭔가 수상한 행동을 하면 바로 돌려보낼게."

가나자와가 처음 교실에 온 날, 미소를 지으면서도 치한 퇴치 스프레이를 몸에 지니고 싶을 만큼 몸을 사렸다. 하지만 사건은 일어나지 않았다. 나이가 많은 오빠가 신기한 아이들이 더 적극적으로 말을 걸었고, 가나자와는 사람 좋은 웃음으로 하나하나 답해줬다.

"간식 시간에 '빨대 좀 줘'라고 아키호가 부탁한 것 빼고는 한 번도 가나자와가 먼저 여자애들한테 말을 걸지는 않았어."

그림 교실 수업이 끝난 후 일대일 감시를 부탁했던 가노군의 보고를 받았다.

"남자애들과는 평범하게 대화하더라고. 내가 봤을 때 마사토랑 이야기를 많이 했어."

"안심이 안 돼. 최근에는 남자애들 상대로 하는 롤리타 콤플렉스도 있다며?"

"남자애들 대상으로 하는 건 쇼타로 콤플렉스라고 해."

"뭐라고 부르는지는 아무래도 상관없어. 아무튼 범죄니까."

하지만 그 후에도 가나자와는 수상한 행동은 보이지 않았다. 매번 담담하게 그림을 그리고, 시간이 되면 감사 인사를 하고는 돌아갔다. 평범했다. 너무나도 평범해서 오히려 수상하게 여겨질 정도였다. 역시 아무런 이유도 없이 대학생이 아이들 대상으로 하는 그림 교실에는 오지 않을 것이다. 예를 들어 팔을 다쳐서 그림을 그릴 수 없게 된 천재 화가 지망생이었다거나, 그런 알기 쉬운 이유가 있다면 불안에서 벗어날 수 있겠지만….

"천재 화가 지망생이라니 참 어중간한 위치네."

가노군이 냉정하게 지적했다.

"그리고 가나자와가 그림 천재라고 하긴 좀 힘들지 않을까. 얼마 전에 타탕을 그렸는데, 뭐가 뭔지 알아볼 수 없는 퍼진 떡 같았거든."

타탕은 우리 집에 자주 놀러오는 털이 하얀 길고양이다.

"그러니까 말했잖아. 다쳐서 그림을 그릴 수 없게 된 거야. 하지만 꿈을 포기하지 못해서 아이들 대상으로 하는 그림 교실에서 상처받은 마음을 치유하는 걸지도."

"치유받을 수 있을까? 가나자와가 그린 의문의 생물 그림을 보고 마사토가 '찐빵이야?'라고 묻던데. 가나자와는 '고양이'라고 담담하게 대답했지만 나중에 몰래 지우더라고."

"그건 좀 불쌍하네."

아이들의 솔직한 감상에 죄는 없다. 하지만 악의가 없으니 오히려 아이 감상에 상처받는 일도 많았다. 나도 아이들이 천진하게 웃으며 "선생님 살쪘어요?"라고 해서 열심히 다이어트를 하는 중이니까.

"역시 우루하가 목적인 걸까?"

"뭐?"

진지한 가노군과 눈이 마주쳤다.

"역시라니?"

"나는 처음부터 그런 게 아닐까 했는데. 우루하는 외모가 어려 보이니까 대학교 2학년 옆에 있어도 별로 어색하지 않거든. 게다가 미망인이기도 하고."

"미망인이 뭐 어때서?"

"지켜주고 싶다거나, 반대로 미스터리하게 보인다거나."

"무슨 바보 같은 소리야."

가볍게 받아치고는 "그보다도"라며 가노군을 마주 봤다.

"처음부터 그런 생각을 했으면서 왜 말 안 해줬어?"

가노군은 뭐라 말할 수 없는 표정으로 입을 다물고는 아틀리에에 들어가 나오지 않았다. 자기가 싫은 것은 재빨리 피해버리는 가노군의 성격은 잘 알고 있다.

가노군은 나를 소중하게 여겼다. 그러니 내게 좋은 인연이 있으면 재혼하면 좋을 거라고 생각했다. 하지만 정작 그런 상대가 나타나면 흔들렸다.

그런 마음은 잘 알기 때문에 깊이 따지지는 않았다.

나도 마찬가지다. 가노군을 사랑하지만, 가끔 문득 가노군에게서 해방되고 싶다는 생각이 들었다. 지금 생활은 아이가 부는 비눗방울과 비슷해서 언제 터져 사라질지 알 수 없다. 늘 두려워하며 지내는 것에 지쳐서 얼른 터져버렸으면 좋겠다고 생각할 때가 있다. 물론 그런 생각을 하고는 바로 후회했다. 그렇게 마음이 흔들리며 지내는 것에 많이 지쳐 있으니까.

그건 그렇고 미망인이라는 표현은 차별과 편견이 담긴 단어라는 말을 들은 적이 있다. 아직 살아 있지만, 남편이 죽은 여자는 죽은 것이나 마찬가지라는 한자 표현이 문제가 된다고 했다. 나도 별일 없이 지냈다면 그런 표현에 반발했을지도 모른다. 하지만 실제로 가노군이 세상을 떠났을 때의 나는 산 채로 매장당한 기분이었다. 적극적으로 매장해주었으면 좋겠다는 생각마저 들었다. 사랑하는 남자를 잃은 여자의 심정에 초점을 맞춘다면 꽤 잘 맞는 단어라고 생각했다.

"가나자와를 연애 대상으로 생각해본 적 없거든."

그날 밤 이불속에 들어가서 혼잣말처럼 중얼거렸다.

"지금까지 생각하고 있었던 거야?"

이불 옆에 누운 가노군이 작게 웃었다.

우리는 매일 밤 침실로 쓰고 있는 방에 이불 두 채를 나란히 깔고 누웠다. 현실에는 존재하지 않는 가노군 모습이 내게는 보이고, 그 목소리가 내게만은 들렸다. 만질 수도 있다. 하지만 가노군과 나누는 사랑이 실제로 열매를 맺는 일은 영원히 없을 것이다.

"가나자와와는 가능한 말을 섞지 않을래."

"나는 신경 쓰지 않아도 돼. 다른 학생들과 똑같이 평등하게 대해줘."

"사랑이라는 이름 아래 평등한 건 없어."

나는 가나자와보다도 가노군이 소중하고, 그런 마음을 표현하는 걸 아끼고 싶지 않다.

"하지만 학원비라는 이름 아래에서는 평등해야 한다고 생각해."

가노군이 밉살스럽게 반격했다.

"질투했으면서."

"…그건 나도 안 된다고 생각하면서도 생각처럼 마음이 따라오지 않는다고 해야 할지, 아무튼 내가 어떻게 할 수 없는 부분이라고."

웅얼웅얼 중얼거리더니 잘 자라는 인사로 가노군은 대화를 끝냈다. 자는 척하는 가노군 옆에서 나는 수면등을 껐다. 평화로운 밤이었다.

그런 이야기를 나눈 이후부터 나는 부자연스럽지 않을 정도로 가나자와와 거리를 두기 시작했다. 가노군은 차별은 좋지 않다고 말하면서도 기분이 좋아 보였다. 오늘 가나자와는 과제로 낸 가족 그림 대신 툇마루에서 색색으로 물들기 시작한 가을 정원을 그리고 있었다.

"우루하, 가나자와가 또 이 세상에는 없는 것을 그리고 있어."

가나자와가 그림 교실에 다닌 지 한 달, 가노군은 오늘도 담배를 한 손에 들고 가나자와의 그림을 들여다보며 웃었다. 나는 무시하고 간식이 담긴 쟁반을 테이블에 놓았다.

"얘들아, 이제 간식 먹자."

내가 부르는 소리에 아이들이 '아싸' 하고 환호성을 지르며 붓을 내려놓고 모여들었다. 그림을 그릴 때보다도 간식 시간이 더 즐겁다니, 미술 선생님으로서 마음이 복잡했다.

"우루하 선생님, 이거 장미 꽃봉오리 같아요. 너무 예뻐요. 어떻게 만들었어요?"

아키호가 사과 컵케이크를 보고 감탄했다.

"예쁘지? 시중에 판매하는 파이 생지를 사용해서 쉽게 만들 수 있어."

"정말요? 가르쳐주세요."

아키호가 눈을 반짝였다. 그 말을 들은 다른 여자아이들도 와글와글 몰려들었다. 남자아이들은 만드는 방법에는 관심을 보이지 않고, 채소인데도 맛있다며 소송채와 당근을 넣은 주스를 꿀꺽꿀꺽 마셨다. 좋아, 성공이다.

"우선 크림치즈를 바른 파이 생지를 가늘고 길게 네 조각으로 잘라. 그다음으로 얇게 썬 사과를 세로로 살짝 겹치게 올려놓고 그 위에 설탕을 뿌린 후에 돌돌 말아. 그리고 사과의 빨간 껍질이 위로 보이도록 컵케이크 틀에 담아서 180도로 40분 구우면 완성이야."

빨간 껍질을 깎지 않고 얇게 썬 사과의 끝부분이 마치 장미 꽃봉오리처럼 보이게 만드는 것이었다. 이 컵케이크를 만드는 방법은 뒷집에 사는 니시지마 씨에게서 배웠다. 이전에 니시지마 씨가 만든 것을 나눠주셨을 때 물어봤던 것이다.

"와… 엄청 쉽네요. 저도 만들 수 있을 것 같아요."

"만들 수 있을 거야. 아키호는 손재주가 있으니까. 이따가 레시피 적어줄게."

"나도 같이 만들고 싶어."

다른 여자아이들도 아키호 옆에 모여들었다.

"그럼 우리 집에서 만들까?"

여자아이들 중심에서 아키호가 일정을 정했다.

아키호는 눈매가 살짝 올라간 커다란 눈에 쌍꺼풀이 있는 토끼처럼 귀여운 여자아이였다. 겁이 없는 성격으로 언제나 아이들 중심에서 리더 같은 역할을 했다. 남자아이들에게도 인기가 있는지 마사토와 케이스케가 우리 그림 교실을 다니는 건 아키호를 좋아하기 때문이라고 다른 아이들이 살짝 알려줬다. 연애 사정에는 어른도 아이도 관계없다.

"아까워서 못 먹겠어."

여자아이들은 이런 말을 하면서 장미 모양 컵케이크를 조금씩 뜯어 먹었다. 언제나 조용한 우리 집 거실에 작은 새들이 무리 지어 있는 것처럼 높은 웃음소리가 가득했다.

학생들을 배웅한 후 나는 크게 한숨을 내쉬었다. 모두 착한 아이들이지만 역시 아이를 상대로 하는 건 쉽게 지친다.

"아이고 힘들어."

우는소리를 하며 거실로 돌아오자 누군가가 잊어버리고 간 스케치북이 놓여 있다. 누구 것인지 궁금해서 스케치북을 펼쳐 보았다.

붉은 물감으로 칠해진 그것은 성운(星雲)처럼 보이기도 하고 봉지에서 흘러내려 퍼진 우동면처럼 보이기도 했다. 뭔가 흐물흐물한 덩어리가 그려져 있는데, 너무 심한 표현이기는 해도 흐물흐물하다고밖에 표현할 말이 없었다.

"이 미스터리 생물 같은 느낌은 딱 보니 가나자와 그림이네."

"우루하, 가끔 심한 말을 해."

스케치북 뒤쪽을 보니 확실하게 알파벳으로 가나자와 이름이 적혀 있었다.

"이거 무슨 그림일까?"

"장미야."

"장미?"

"간식으로 나온 컵케이크를 그리더라고."

그렇구나. 빨간색 흐물흐물한 그것은 껍질을 남기고 얇게 썬 사과였구나.

"흰 고양이를 그린 건 퍼진 떡이 되고, 장미 컵케이크를 그리면 퍼진 우동면이 된다니. 이 정도 되면 독특한 감성이라고 말할 수 있을지도 모르겠어."

이런 말을 하면서 나는 계속 스케치북을 넘겼다. 과하게 예술적으로 변형되기는 했지만 아마도 사람일 것으로 추정되는 그림도 있었다. 가족일까?

"여자아이 같기도 한데, 혹시 우루하를 그린 거 아니야? 아, 굳이 컵케이크를 그린 것도 우루하가 직접 만든 것이라서?"

가노군은 웃었지만 눈빛만은 차가웠다.

"이 그림으로는 알 수 없지. 친구나 다른 사람이겠지."

슬쩍 흘려들으면서도 혹시라도 가노군 말이 사실이라면 기분 나쁠 것 같다고 생각했다. 누가 훔쳐보는 건 기분 좋지 않은 일이고, 그런 남자를 집에 들이는 것도 복잡한 기분이었다.

거북한 기분으로 있을 때 초인종이 울렸다.

"죄송합니다. 스케치북을 두고 가서요."

현관 앞에 선 가나자와는 숨을 거칠게 내쉬었다. 서둘러 돌아온 모양인지 허둥거리는 모습이 수상했다. 켕기는 부분이 있어서 스케치북을 보여주고 싶지 않았던 거 아닐까?

"그림을 조금 살펴봤어요."

내 말을 듣고 가나자와 표정이 조금 굳었다.

"장미 그림이랑 여자아이가 그려져 있던데요."

가나자와는 이번에는 확실하게 동요했다. 역시 그랬나 싶어 머리가 지끈거리기 시작했다.

"저기 있잖아요, 이런 이야기를 해도 어떨지 모르겠는데, 그게, 뭐라고 해야 할지, 그러니까, 가나자와 씨가 저희 그림 교실에 다니는 이유가 혹시…."

상당히 에둘러 물어보자 가나자와는 입술을 깨물었다.

"죄송합니다. 그냥 보는 것뿐이에요."

가나자와가 갑자기 머리를 숙였다.

"정말로 죄송합니다. 절대 폐는 끼치지 않겠습니다. 그냥 보기만 할 테니 부디 허락해주세요. 그 이상은 절대 없을 겁니다. 약속할게요."

머리를 더 깊이 숙이는 바람에 나는 괴로운 결단을 내려야만 했다.

가나자와는 생각했던 것보다 훨씬 순수하고 착한 사람이다. 하지만 내가 무엇보다도 지키고 싶은 것은 가노군과의 생활이다. 그냥도 살얼음을 밟고 있는 것 같은 지금 생활에 아무리 작아도 불안 요소를 끌어들일 수는 없었다.

"가나자와 씨, 죄송합니다. 마음은 고맙지만, 전 세상을 떠난 남편을 사랑하거든요."

그러자 가나자와가 고개를 들었다.

"네?"

어리둥절한 모습이었다.

"저, 죄송합니다. 제가 좋아하는 건…."

"네?"

"네?"

우리는 서로 얼굴을 마주 봤다.

"죄송합니다. 제가 뭔가 오해를 불러온 것 같은데요…."

굉장히 곤란해하는 표정을 보고 가나자와가 좋아하는 사람이 내가 아니라는 걸 깨달았다.

"미, 미안해요. 제가 이상한 착각을 해서."

얼굴 전체가 뜨거워지고 식은땀이 흘렀다.

"아니요, 제가 제대로 설명하지 않아서 죄송합니다."

현관 앞에서 둘이 마주하고는 서로 꾸벅꾸벅 고개를 숙였다. 지금 바로 사라져버리고 싶을 만큼 부끄러운 상황 속에서 가노군이 팔짱을 끼고 속삭였다.

"그러면 가나자와가 좋아하는 사람은 누구야?"

그러고 보니 그랬다. 가나자와가 좋아하는 사람이 내가 아니라면 좀 전의 말을 들어볼 때 그림 교실에 있는 누군가인 것이다. 하지만 가나자와 이외에는 초등학생뿐인데….

"그러면, 가나자와 씨가 좋아하는 사람은…?"

"…그게."

"그럼 로리콘이에요? 아니면 쇼타콘?"

더없이 부끄러운 상황을 겪은 후라 의외로 아무렇지 않게 가볍게 물어보고 말았다.

"적어도 쇼타콘은 아니에요."

"그럼 로리콘이란 말이네요."

가나자와 얼굴에서 표정이 사라졌다.

"아, 미안해요."

역시 이번에는 무표정이었다.

"아닙니다. 보통은 그런 반응을 보일 거라는 걸 아니까 괜찮습니다."

담담하게 대답하는 가나자와 눈에는 분노보다도 낙담의 색이 짙게 들어 있었다. 무엇을 어떻게 말하면 좋을지 모른 채 궁지에 몰린 듯한 침묵이 내려앉았다.

"…가나자와 오빠는 잘못한 거 없어요."

갑자기 누군가의 목소리가 들리며 현관문이 살짝 열렸다. 엷은 복숭아색 원피스를 입은 아키호가 얼굴을 내밀었다. 아키호는 조심스럽게 안으로 들어와 나를 그냥 지나치더니 가나자와를 올려다봤다.

"횡단보도 앞에서 기다렸는데 안 와서 무슨 일인가 했어."

"미안. 스케치북을 두고 가서. 다음 주까지 둬도 괜찮겠지만, 아키호를 그린 그림이 있어서 다른 사람이 보면 문제가 될 것 같아서."

미안해하는 가나자와를 보고 아키호는 살짝 고개를 끄덕였다. 가나자와를 보는 아키호의 눈동자에는 어리지만 거침없는 열기가 들어 있었다.

"아, 잠깐만. 가나자와 씨가 좋아한다는 사람이…."

아키호가 나를 향했다.

"가나자와 오빠만 그런 게 아니에요. 저도 오빠를 좋아해요."

"뭐?"

"저희는 서로 좋아하는 사이예요."

"뭐라고?"

내 옆에서 가노군도 팔짱을 끼고는 머리를 쑥 앞으로 내밀며 놀랐다.

"서로 좋아한다고?"

"네."

"아키호, 지금 초등학교 4학년이지?"

당연히 알고 있던 사실이 흔들렸다. 뒤늦게 초조한 기분이 들기 시작했다. 가나자와는 쓴 약을 먹은 것 같은 얼굴을 하고 있고, 아키호만이 너무 아무렇지 않게 당당했다.

"우루하 선생님, 죄송해요. 가나자와 오빠는 잘못이 없어요. 저희 진지하게 서로 좋아하고 있어요. 하지만 저희 부모님께 들켜서, 만날 장소가 없어서…."

고개를 숙이는 아키호를 가나자와가 슬픈 눈빛으로 내려다 봤다.

"일단 이야기라도 들어보자."

가노군 말에 따라 두 사람을 집으로 들어오게 했다.

아키호는 올해 여름방학에 NPO(비영리단체)가 주최한 여름캠프에 참가했다. 아이의 자립을 키워주기 위해 부모님과 떨어져서 지내는 캠프로, 대신 지도원으로 대학생 봉사자가 한 명씩 배정되었다. 그때 아키호에게 지도원으로 배정된 사람이 가나자와였다.

친해진 두 사람은 캠프가 끝난 후에도 연락처를 교환했고, 9월 들어 처음으로 둘이서만 만났다. 아키호는 명랑한 목소리로 동물원에 갔다고 했다.

"그 후에 패밀리레스토랑에서 오빠가 파르페를 사줬어요."

가나자와는 저녁이 되기 전에 아키호를 집에다 데려다주고 헤어질 때 아키호에게 어울릴 것 같아서 샀다며 플라밍고 키홀더를 선물로 줬다.

"저, 부모님 이외 다른 사람과 둘이서만 밖에서 밥을 먹은 게 처음이었어요. 그리고 남자에게서 선물받은 것도 처음이었고요."

수줍게 웃는 아키호를 보고 있으니 어렸을 때 동경했던 초등학교 선생님이 떠올랐다. 어른스럽게 보이고 싶어 하는 또래 여자아이에게 처음으로 자신을 여성으로 대해주는 남성은 특별하게 느껴질 수밖에 없다. 아키호가 가나자와를 좋아하게 된 건 당연했다.

문제는 가나자와다. 아무리 아키호가 좋아한다고 해도….

"제가 확실하게 선을 그었어야 했는데요."

가나자와가 움츠리고는 중얼거렸다. 좀 전부터 계속 시선을 들지 않았다. 고민에 휩싸여 있으면서도 기쁨을 감추지 못하는 아키호와는 대조적이었다.

"가나자와 오빠는 잘못이 없어요. 고백도 제가 먼저 했으니까요."

아키호는 두려움을 모르는 잔 다르크처럼 주저하지 않고 대담하게 말했다.

푸릇푸릇한 교제를 시작한 두 사람이었지만, 아키호의 휴대폰을 본 어머니가 낯선 남자 이름의 통화 기록을 보고 수상하게 여겨 몰래 아키호 뒤를 미행했다. 그리고 데이트 현장을 발각한 아키호 부모님이 가나자와를 경찰에 신고하려던 때였다.

아키호가 필사적으로 애원해서 신고만은 면했지만, 당연히 두 사람의 교제는 금지되었다. 하지만 사랑에 빠진 젊은이를 막을 수단은 없다고 셰익스피어도 말하지 않았던가. 다음 날인 월요일에 아키호는 학교를 빼먹고 가나자와가 다니는 대학까지 만나러 갔다.

"잠깐만. 다음 날이라니, 겨우 하루밖에 참지 못한 거야?"

내 질문에 아키호는 어째서인지 자랑스러운 듯이 끄덕였다.

"엄청난 열정이네. 그래도 원조 로미오와 줄리엣은 만난 바로 다음 날 결혼해서 닷새째쯤에 죽었으니까 아키호와 가나자와가 더 끈기 있다고 말할 수 있을지도 모르겠군."

거실 벽에 기댄 가노군이 태평스럽게 말했다.

서로 좋아한다면 헤어지기 어렵다. 하지만 어린이에게 인사를 하는 것만으로도 수상한 사람으로 신고되는 시대에 열 살과 열아홉 살의 연애는 결코 허락될 수 없다. 두 사람이 만나도 수상하게 여겨지지 않을 장소가 없을까 고민한 결과….

"즉, 우리 그림 교실에서 데이트를 했다는 거야?"

"이상한 짓은 하지 않았어요. 얼굴만 봤을 뿐이에요."

가나자와가 허둥거리며 덧붙였다.

"하지만 아키호, 좀 전에 횡단보도 앞에서 기다리고 있었다고 하지 않았어?"

"그건…조금이라도 오래 모습을 보고 싶어서…."

절대 말은 걸지 않고 일정한 거리를 두고 서로의 기척을 느끼면서 따로따로 집으로 돌아가는 길을 걸을 뿐이라고 했다.

이야기를 듣는 사이에 묵직한 덩어리가 천천히 목구멍으로 밀려 올라왔다.

"…폐를 끼쳐서 죄송합니다."

가나자와가 몇 번째인지 모를 사죄를 했을 때, 이 말이 입에서 흘러나왔다.

"사과하지 말아요."

"네?"

가나자와가 얼굴을 들었다. 내 가슴속에는 딱하고 가엾다는 느낌과 함께 뭐라 말할 수 없는 답답함과 분노 비슷한 감정이 휘몰아쳐서 '아, 그렇구나' 하고 깨달았다.

"두 사람은 서로 좋아하는 거죠?"

가나자와는 살짝 놀란 듯 눈이 커지더니 잠시 후에 끄덕였다.

"그건 아무런 잘못이 아니에요."

누군가를 좋아하는 마음을 벌할 권리 같은 건 아무에게도 없다.

즉 이 분노는 자신을 위한 분노라고 깨달았다. 나는 가노군을 좋아하는 마음을 그 누구에게도 부정받고 싶지 않았다. 세상 규칙에 반하더라도, 모두가 기이한 눈빛으로 보더라도, 내 마음은 내 것이다. 누구도 막을 수 없다.

"선생님, 그러면 저희 앞으로도 계속 그림 교실에 다녀도 괜찮아요?"

아키호가 눈을 반짝이며 몸을 앞으로 내밀었다.

"아, 그거랑 이거랑은…."

만약 아키호 부모님께 이 일을 들킨다면 어린 여자애를 꾀어낸 변태와 공범으로 동네에서 비난받게 될지도 모른다. 학교에 항의가 들어가면 직장을 잃을지도 모른다. 아니, 경찰에 신고당할지도 모른다.

"…선생님, 좀 전에 저희 잘못이 아니라고 말씀하셨잖아요."

아키호 눈에 애원과 불안의 빛이 퍼져갔다.

"말은 잘 생각한 후에 해야지."

가노군이 말했다. 정말 맞는 말이다. 나는 어리석었다. 하지만 좀 전에 한 말을 취소할 생각은 없다. 누군가를 좋아하는 것은 자유다. 누구도 벌할 수 없다. 잘못이 없는 두 사람에게 그림교실에 그만 나오라고 말할 수 없다. 하지만 내게도 지키고 싶은 생활이 있다.

"가나자와 씨, 잠깐만."

나는 일어나 가나자와만 부엌으로 불렀다.

"노골적인 질문을 해서 미안한데요."

"네, 뭔가요?"

"정말로 법에 저촉될 만한 일은 하지 않았어요?"

마음을 나누는 것은 허락되어도, 신체접촉은 범죄가 된다.

실제로는 마음도 무척 상처받기 쉽고, 나을 때까지 오래 걸리지만, 법률은 형태가 없는 것까지 단속하지는 않는다.

"아키호랑은 손을 잡고 걸은 정도입니다."

"믿어도 될까요?"

"믿어주세요."

"우리 교실에서는 얼굴만 보면 되는 거죠?"

"네. 그것만으로 충분합니다. 약속하겠습니다."

가나자와 눈에 거짓 기색은 보이지 않았기에 나는 알았다고 끄덕였다.

두 사람이 돌아간 후 가노군과 툇마루에서 배를 깎아 먹었다. 한창 제철인 둥글고 커다랗고 싱싱한 배. 가노군은 실제로는 먹지 않기 때문에 혼자서 전부 먹으면 배가 부른다. 반만 먹고 남은 것은 내일 아침에 주스로 갈아 먹어야지.

"아홉 살 차이는 요즘도 드물지 않은데."

환영의 배를 먹으면서 가노군이 중얼거렸다.

"연예인이나 유명인이나 부자들은 열 살, 열두 살이나 어린 여자랑 결혼하잖아."

"셀럽의 특권일까? 트로피 와이프라는 말도 있던데."

성공한 남자에게 트로피처럼 주어지는 젊고 아름다운 아내를 가리키는 표현이다.

"쉰 살에 서른 살 아내를 얻는 것이 허락된다면, 열아홉 살과 열 살 연애도 지켜봐주면 될 텐데. 오십 빼기 삼십은 이십이니까, 아홉 살 차이 정도는 큰일도 아니잖아."

"어린이는 아직 약자니까 어른이 지켜야만 한다는 사회적인 규칙이 있어."

"그 두 사람을 보면 아키호가 이미 가나자와를 휘두르고 있는 것 같던데?"

"뭐, 그런 느낌이긴 했지."

"플라토닉이니까 만나는 것 정도는 마음대로 하게 해줘도 될 텐데."

가노군은 이쑤시개 끝을 잘근잘근 씹었다.

"그러면 우리 딸이 엄청 나이 많은 남자를 데리고 오면 어떻게 할 거야?"

내가 물어보자 '음…' 하고 가노군은 이쑤시개를 물고는 하늘을 쳐다봤다.

"무조건 반대하지는 않겠지만, 분하고 슬퍼서 밤에도 못 자지 모르겠군."

상상해보니 웃음이 났다. 가노군이 죽지 않았다면 나와 가노군 사이에 아이가 태어났을지도 모른다. 언뜻 보기에 쌀쌀맞지만 사실은 애정 깊은 가노군을 결혼할 나이가 된 딸은 싫어했을지도 모른다. '아빠 짜증 나.' 환영의 딸이 화를 내는 미래를 떠올려봤다.

"언젠가 딸이 태어나진 않을까? 실존하지 않는 남편이 여기에 있으니 실존하지 않는 딸도 어느 날 불쑥 나오는 일은 없을까?"

"불쑥이라니, 우루하. 무슨 바다거북이 알 낳는 것처럼 표현해?"

"결국은 가노군 상상력에 달린 거 아니야? 주머니에서 무한하게 나오는 담배와 라이터나 지금 먹은 배나 입에 물고 있는 이쑤시개도 전부 가노군 상상의 산물이잖아? 그러면 딸도 상상으로 만들 수 있지 않을까?"

"무슨 터무니없는 말이야. 이전에 만 엔 지폐를 꺼내는 걸 도전해봤지만 실패했잖아."

"돈이랑 딸은 또 다를 것 같아."

"안 된다니까. 본 적도 없는 건 만들어낼 수 없어."

"가노군이라면 할 수 있어. 상상해서 만들어줘."

"…조각 전공이었다면 좋았을걸."

투덜거리면서도 가노군은 눈을 감고 명상을 시작했다.

딸 만들기에 집중하는 남편 옆에서 나는 정해진 틀에 대해 생각했다.

가노군 유령과 함께 살고 있다고 말하면 대부분 사람이 나를 정상적인 길에서 벗어난 사람으로 볼 것이다. 죽은 남편을 계속 그리워하다가 제정신을 잃었다며 분명 불쌍하게 생각하겠지.

　나는 행복하지만, 이 행복은 이해하기 힘든 형태를 하고 있다. 많은 사람들은 자신과 다른 것을 받아들이지 못하고, 행복조차도 정해진 틀에 집어넣고 싶어 한다. 그것은 나와 아키호에 한정된 이야기가 아니다. 좀 더 가까운 곳에서 흔히 볼 수 있다.

　이를테면 '결혼은 안 해?', '아이는 아직이야?'처럼 아무렇지 않게 던지는 질문들. 마사토의 어머니는 시어머니에게서 결혼한 여자가 언제까지 일을 계속할 거냐는 말을 들었다고 했다. 반대로 남자가 육아휴직을 낸다니 마누라에게 휘둘린다는 말을 듣는 남자도 있다.

　자신의 상식에서 벗어나는 사람에게 걱정이라는 대의명분으로 가볍게 상처를 주는 사람이 있다. 말한 사람은 딱히 악의가 있어서 그런 게 아니니 더욱 고약하다.

　"우루하, 입이 오리처럼 튀어나왔어."

　옆으로 고개를 돌리자 가노군과 눈이 마주쳤다.

　"딸은 만들었어?"

　"힘들어. 대략적인 이미지는 만들 수 있지만, 세세한 부분까지는 모르겠어. 디테일을 완벽하게 재현할 만큼 어린 여자아이를 잘 아는 것도 아니고, 관심도 없고."

　"그렇구나."

"우루하는 왜 화가 난 거야?"

"그냥 이래저래. 우리 일이라든가, 가나자와 아키호 일이라든가."

가노군도 고개를 끄덕였다.

"그럭저럭 적당히 잘 굴려가면 좋을 텐데."

정말 그랬다. 나는 나. 너는 너. 적당히 즐겁게 살아가자. 이런 분위기라면 모두들 그렇게 고민하지 않고 편하게 살 수 있을 텐데. 대부분의 '너를 위한 것'이라는 말은 완고하고, 성실하고, 자신만의 신념으로 가득 차 있어서 대응하기 쉽지 않다.

아이들을 가능하면 밖에서 놀게 했으면 좋겠다는 어머니들 의견을 받고 이번 주에는 걸어서 30분 거리에 있는 신사에 풍경을 그리러 가기로 했다. 멀다는 불만을 들었지만, 집에서 게임만 해서 운동이 부족한 요즘 아이들에게 조금이라도 햇살을 받을 수 있도록 해달라는 투자자의 의뢰였다. 건강을 생각한 채소를 넣은 간식 다음으로는 운동 부족 해소였다.

"이제 완전히 그림 교실이 아니게 되었군."

옆에서 가노군이 대신 의견을 표명해줬다. 나와 마찬가지로 아이를 좋아하지 않는 가노군이 웬일로 따라온 것은, 아키호와 가나자와 모습이 신경 쓰였기 때문이다.

"잘 보면 가나자와는 늘 아키호가 잘 보이는 곳에 있어."

아키호와 세 사람 정도 거리를 두고 뒤에서 가나자와가 걸었다. 추월하지 않도록 신경 써서 더없이 느리게 걸었다. 보는 사람까지 애달프게 하는 광경이다.

"현대판 로미오와 줄리엣이군."

"불길하니까 그만둬."

나는 가노군에게 작은 목소리로 말했다. 로미오와 줄리엣은 두 사람이 죽는 것으로 끝난다. 중학교 1학년 처음 읽었을 때는 드라마틱한 비극적 사랑에 조금 울었지만, 대학생 때 다시 읽어보니 닷새 동안이라는 엄청난 짧은 기간 동안 질주한 두 사람의 행동에 눈물보다는 놀라움이 컸다.

만난 그날에 결혼을 약속하고, 다음 날에 결혼, 돌아가는 길에 살인을 저지르고, 그 죄로 추방, 가사(假死) 상태로 장례를 치르고, 슬픔에 잠겨 로미오는 죽고, 눈을 뜬 줄리엣도 그 뒤를 따라간다.

착각이 불운을 불러 끝내 두 사람을 죽음에 이르게 했다. 마음만 앞세워서는 안 된다거나 조금 시간을 들여 생각하자거나 좀 더 계획을 잘 세우자는 감상이 들어, 완전히 어른이 되어버린 자신에게 실망했다. 독서는 타이밍이 중요하다.

연애도 마찬가지다. 로미오와 줄리엣이 20대였다면, 30대였다면, 전혀 다른 이야기가 되었을 것이다. 두 사람이 신중하게 움직이고 현명하게 대처했다면 분쟁이 끊이지 않았던 두 집안이 두 사람의 결혼으로 화해하고 한층 더 높은 부귀와 영화를 누렸을지도 모른다. 가나자와와 아키호의 사랑도 그저 만난 시기만이 문제일 뿐….

"우루하, 로렌스 신부의 실수를 반복하지 않도록."

나는 가슴이 철렁해서 가노군을 봤다.

"남의 연애는 방해하든 협력하든 내게 남는 건 비극뿐이니까."

확실히 그랬다. 나는 두 사람에게 지나치게 기울었던 마음의 거리를 적당히 떨어트렸다. 방해하지 말고, 괜한 참견도 하지 말고, 가나자와가 미성년 간음죄에 해당하지 않게 될 8년 후까지 두 사람의 사랑이 무너지지 않기를 기도했다. 그 정도밖에 할 수 있는 일은 없었다.

야외에서 그림을 다 그린 후 모두 함께 다시 우리 집으로 돌아왔다. 현장에서 해산했다가 무슨 일이 일어나면 안 되기 때문이다. 그런데 결국 돌아온 집 앞에서 사건이 기다리고 있었다.

"우루하 선생님, 늘 신세 지고 있습니다."

아키호 어머니가 고개를 숙였다. 밝은 표정과는 다르게 시선은 뒤에 있는 아키호와 그 뒤에 있는 가나자와에게 박혀 있다. 어머니 옆에 있는 남성을 보고 아키호가 작은 목소리로 '아빠' 하고 불렀다.

"그림으로 그린 것 같은 아수라장이군."

가노군이 진절머리를 내며 중얼거렸고, 나는 주저앉고 싶은 기분이었다.

우리 집 거실에서 아키호 부모님과의 면담이 시작되었다.

"우루하 선생님을 믿고 아키호를 맡겼는데…."

어머니는 분노가 서린 시선을 보냈다. 아무래도 마사토 어머니에게서 그림 교실에 남자 대학생이 다닌다는 말을 듣고 상황을 눈치챈 모양이었다.

나는 머리를 숙일 수밖에 없었다. 가노군도 이번에는 내 옆에 나란히 앉아주었다. 나 이외 다른 사람 눈에는 보이지 않지만, 곁에 있어주는 것만으로 든든하다.

"엄마, 선생님은 잘못이 없으세요. 내가 협력해달라고 부탁했어요."

"넌 조용히 있어. 아무리 아이가 부탁했다고 해도 제대로 된 어른이라면 부모에게 한마디 상의해야 하는 거 아닌가요. 분명 저 남자가 구슬린 거죠?"

어머니는 가나자와를 노려봤다. 더러운 것을 보는 눈빛이었다. 가나자와도 나와 똑같이 "죄송합니다"라고 고개를 숙이는 수밖에 없었다. 마치 나와 가나자와가 커플인 것 같았다. 아니, 부모 입장에서 본다면 실제로 나는 가나자와와 공범으로 완전히 로미오와 줄리엣에 나오는 로렌스 신부처럼 보일 것이다.

"내가 가나자와 오빠에게 그림 교실에서 만나자고 했어요."

"어른들이 이야기하는 데 끼어드는 거 아니야."

"저와 오빠 사이 일이잖아요."

어머니는 아키호를 무시하고 나를 봤다.

"아키호와 저 남자 사이를 알면서 만나게 하다니, 선생님, 지금 무슨 일을 한 건지 아세요? 아키호에게 무슨 일이 생기면 어떻게 책임지실 건가요?"

일주일에 딱 2시간, 사랑하는 두 사람에게 얼굴을 볼 장소를 빌려주었을 뿐, 아무것도 나쁜 짓은 하지 않았습니다. 이런 말을 할 분위기가 아니었다. 그저 "죄송합니다"라며 다시 고개를 숙였다.

"같은 장소에서 그림을 그렸을 뿐이에요. 그게 왜 안 된다는 거예요?"

"저 남자랑은 만나지 말라고 엄마 아빠가 말했잖아."

"왜 만나면 안 되는데요?"

"널 지키기 위해서라고 몇 번이나 말해야 알겠니?"

"가나자와 오빠는 무서운 짓은 아무것도 하지 않는다고 나도 몇 번이나 말했잖아요."

어머니는 분노를 참기 위해서인지 크게 한숨을 내쉬었다.

"저 남자와 만나면 안 되는 이유를 모르는 건 네가 아직 어린아이이기 때문이야."

"엄마 아빠도 내 마음 같은 건 모르면서."

"애가 건방진 소리 하는 거 아니야."

"애라고 바보 취급하지 마세요. 너무 미워, 엄마가 제일 싫어!"

아키호가 두 손으로 테이블을 내리쳤다.

"아키호, 어머니께 그런 말 하면 안 돼."

가나자와가 끼어들었을 때 묵묵히 있던 아버지가 고개를 들었다.

"…너 이 자식, 무슨 면목으로 그렇게 뻔뻔한 소리를 하는 거야?"

아버지는 목소리를 살짝 떨었고, 가을인데도 조금 땀을 흘렸다. 괜찮으시냐고 물어보려는 참에 아키호 아버지가 갑자기 가나자와의 멱살을 잡았다.

"너, 내 딸에게 무슨 짓을… 너, 너…"

분노로 혀가 굳었는지 제대로 말을 잇지 못했다. 아버지는 가나자와의 셔츠를 붙잡고 바닥에 쓰러트리더니 위에 올라타서 주먹을 휘두르려고 했다.

"자, 잠깐만, 그만두세요."

말리려고 했지만 한발 늦어서 가나자와는 얻어맞았다. 갑작스러운 폭력을 나는 차마 보지 못하고 눈을 돌렸다. 어머니는 굳어버리고 아키호는 날카로운 비명을 질렀다.

"아버님, 진정하세요."

가나자와는 두 팔로 얼굴을 가렸다.

"누가 네 아버님이야? 어? 너!"

아키호 아버지는 말을 제대로 잇지 못하면서 계속 가나자와를 때렸다.

"아빠, 그만 하세요. 그만! 오빠, 반격해!"

아키호가 말하는 사이에도 아버지의 주먹은 가나자와 얼굴로 향했다.

"완벽한 아수라장이다."

가노군이 정말이지 넌더리가 난다는 듯이 한숨을 쉬었다. 가노군과 둘이서 조용히 생활하던 우리 집에 폭력과 고함과 비명이 가득했다. 악몽 같은 광경에 돌처럼 굳어 있으니 아키호가 갑자기 거실을 뛰쳐나갔다.

"아키호!"

어머니가 뒤를 쫓았다. 그 뒤를 아버지와 가나자와가 따라갔다. 나는 따라가고 싶지 않았지만, 아키호가 향한 곳이 부엌이었기 때문에 어쩔 수 없이 그 뒤를 쫓았다.

"가나자와 오빠랑 떼어놓으면 나 죽을 거야!"

아키호가 식칼을 가슴에 대는 바람에 모두 얼어붙었다.

어머니는 짧은 비명을 지르며 경직되었고, 아버지는 "멍청한 것"이라고 고함쳤다.

가노군은 "오, 줄리엣"이라고 중얼거렸고, 나는 부탁이니 할머니께 물려받은 유품인 식칼을 이상한 일에 쓰지 말아달라고 빌었다.

"아키호, 저런 남자 때문에 바보 같은 짓은 그만둬!"

"저런 남자라니 무슨 말이에요!"

아버지가 불에 기름을 부은 탓에 할머니의 식칼은 더욱 아키호 심장에 가까워졌다. 나는 두 손을 모았다.

"제발 부탁이니 그러지 마."

"아키호, 그러면 안 돼."

가나자와가 침착한 목소리로 타일렀다.

"여기에 있는 모든 사람이 아키호를 사랑해. 아버지와 어머니 얼굴을 봐. 새파랗잖아. 우루하 선생님도 마찬가지야. 진정하고 주위를 잘 살펴봐."

"하, 하지만 다들 가나자와 오빠를 괴롭히잖아…."

"나는 괜찮아. 부모님은 세상에서 아키호를 제일 사랑하시니까, 아키호를 지키시려는 거야. 전부 아키호를 소중하게 생각하기 때문이야. 알지?"

가나자와는 천천히 아키호에게 다가갔다. 이 사랑이 밝혀진다면 세상에서 제일 비난받고 벌 받을 사람이 가장 냉정하고 진지하게 일을 수습하려 하고 있다. 아키호가 울먹거리기 시작했다.

"그러면 오빠는 나랑 못 만나게 되어도 괜찮아?"

"못 만나더라도 아키호가 살아 있는 게 훨씬 좋아."

조용히 타이르는 가나자와 말에 아키호 눈에 눈물이 고였다.

"…오빠."

아키호가 눈물을 뚝뚝 흘리더니 곧 큰소리를 내며 울었다.

"아키호, 괜찮아. 이제 괜찮으니까 울지 마."

가나자와가 아키호 손에서 살짝 식칼을 빼냈다. 그런 후에 끌어안을 것이라는 예상과는 달리 가나자와는 아키호의 손을 잡아 부모님 앞으로 보냈다.

어머니와 아버지는 아키호를 꽉 끌어안았다.

"가나자와는 로미오보다 백 배는 어른스럽군."

가노군 말에 나는 깊이 공감했다.

가나자와는 사랑의 폭풍우에 휘말리지 않고 냉정하게 상황을 판단했다.

다시 이야기를 나눈 결과, 가나자와와 아키호는 계속 그림 교실에 다니게 되었다. 역시 딸이 가슴에 식칼을 들이댄 장면은 상당히 충격이었을 것이다. 가나자와가 줄곧 침착하게 신사적으로 행동한 공도 컸다. 그림 교실이 끝나면 함께 집으로 돌아와도 좋다는 것과 한 달에 한 번 오후 4시까지 데이트를 허락받았다.

"정말로 많은 폐를 끼쳤습니다. 앞으로도 잘 부탁드립니다."

아키호 부모님은 초췌해진 모습으로 머리를 숙였다. 대조적으로 아키호는 더없이 행복한 모습이었고, 가나자와는 마지막까지 신중한 태도를 유지했다.

"로미오와 줄리엣의 완승이군."

"죽지 않아서 다행이야. 할머니 식칼도 무사했고."

나는 부엌으로 돌아가 식칼을 정성껏 씻어서 갈기 시작했다. 오랜 세월 할머니가 쓰시고 할아버지가 갈아서 관리하시다가 내가 결혼한 후로는 가노군이 그 역할을 이어받았다. 지금은 내가 쓰고 내가 관리한다. 가노군이 죽은 지 3년째, 벌레를 잡는 것 이외에 거의 대부분의 일은 혼자서 할 수 있게 되었다. 그런 변화는 마음이 든든하기도 하면서 쓸쓸하기도 했다.

"아무튼 젊다는 건 대단해. '가나자와 오빠랑 떼어놓으면 나 죽을 거야!'라니."

가노군이 아키호 목소리를 흉내 냈다. 나는 리드미컬하게 칼을 갈다가 농담처럼 말하지 말라고 하면서도 웃음이 터지고 말았다. 웃을 수 있어서 정말로 다행이다.

"내가 다 부끄러워서 몸이 막 가려웠어."

"가노군은 낮고 안정적인 곳에서 살고 있으니까."

"그런 대사를 말해야 한다면 죽는 게 차라리 나아."

"그런 대사를 말할 필요가 없어도 죽었잖아."

블랙 코미디 같은 농담을 주고받은 후에 가노군은 진지한 목소리로 말했다.

"좀 전의 말은 진심이 아니야. 사실은 죽을 정도라면 아무리 부끄러운 대사라도 말할 수 있어."

"그래준다면 고맙지."

날카롭게 빛나는 칼을 심장에 대고 있는 힘을 다해 사랑을 지켜낸 아키호가 부러웠다. 나도 신 앞에서 같은 행동을 해보고 싶다. 가노군을 돌려주지 않으면 죽을 거라고. 신은 모르는 척하겠지. 돌려줄 거였으면 빼앗지도 않았을 것이다. 처음부터.

그 후 가나자와와 아키호는 그림 교실에서 평범하게 대화를 나누게 되었다. 사귄다는 사실은 공개하지 않았지만, 두 사람이 특별히 사이가 좋은 것은 자연스럽게 모두가 알게 되어서 아키호를 좋아했던 마사토는 기분이 안 좋아 보였다. 어쩌면 그림 교실을 그만둘지도 모르겠다.

유일하게 사정을 알고 있는 나에게만 아키호는 살짝 어떻게 지내는지 알려줬다. 부모님께 겨우 교제를 허락받고 누군가에게 자랑하고 싶어 안달이 난 것이다.

"선생님, 들어보세요. 얼마 전에 수족관에 갔거든요."

간식 준비를 하고 있으니 오늘도 부엌으로 들어와 이야기를 시작했다. 선물받은 파란 돌고래 배지를 보여주며 선생님은 남편분께 무언가 선물을 받은 게 있는지 물어보기에 가방에 달린 눈물 모양의 브로치를 보여줬다.

"처음 만난 날에 받았어. 직접 만든 거야."

"우와, 대단해요. 사랑이 느껴져요."

"그렇지? 자, 이거 가지고 가줄래?"

"네."

아키호는 내가 직접 만든 스위트포테이토를 거실로 들고 갔다. 부엌 의자에 앉은 가노군이 턱을 괴고는 아키호의 작은 뒷모습을 바라봤다.

"현대판 로미오와 줄리엣은 해피엔딩이네."

"글쎄 과연 어떨지…."

가노군은 생각이 많은 표정으로 스위트포테이토에 손을 뻗었다. 가노군이 잡자마자 그것은 실물과 환영 두 개로 나뉘었다. 그릇 위에도 가노군의 손에도 스위트포테이토가 있다. 언제나 꿈 같다고 생각하다 사실 꿈이라고 깨달으니 조금 슬퍼졌다.

"해피엔딩일지 어떨지는 아직 몰라."

가노군은 환영의 스위트포테이토를 먹으며 생각에 잠겼다.

일요일에 접시를 사러 시내로 외출했다. 가노군과 결혼했을 때 산 타원형 검은 접시를 깨트린 것이다. 두 장을 나란히 놓으면 커다란 흑모시조개 같아서 마음에 들었던 접시였다.

나온 김에 짙은 밀크티 색에 하얀 양 무늬가 그려진 담요도 샀다. 작년까지 쓰던 담요는 길고양이 타탕이 발톱으로 찢어버렸다. 그런데 쇼핑 봉투를 들고 느긋하게 역에서 돌아오는 도중에 가나자와 아키호를 발견했다.

맑은 일요일 오후, 두 사람은 금빛 바다 같은 은행나무 가로수길 아래를 걷고 있었다. 소풍이라도 다녀온 걸까? 가나자와는 아키호의 등나무 바구니를 들고 있었다. 손을 잡지는 않았지만 즐겁게 이야기를 나누는 모습은 나이 차이가 많이 나는 남매처럼 보였다.

최근 아키호는 더 아름다워졌다. 나이로 보자면 귀엽다는 표현이 어울리겠지만, 아키호의 변화는 분명히 '귀엽다'보다는 '아름답다'였다. 옅은 색 립스틱을 발라 소녀티를 벗기 시작한 불안정한 반짝임으로 물들어 있었다.

로미오와 줄리엣 소동이 있었던 날, 아키호 아버지가 보였던 의기소침한 뒷모습을 떠올리면 안됐다는 생각도 들었지만 다들 언젠가는 어른이 될 테니 어쩔 수 없는 일이다.

흐뭇한 기분으로 지나치려던 순간이었다.

"어, 저기 로리자와 아니야?"

건너편에서 다가온 여고생들이 눈썹을 찌푸리며 멈춰 섰다.

"와, 세상에. 또 어린애랑 같이 있네."

두 사람의 시선은 가나자와와 아키호를 향해 있었다. 나도 모르게 가나자와 여고생들을 번갈아 봤다. 내 시선을 눈치챘는지 여고생들은 나를 향해 다가왔다.

"…저기, 혹시 저 여자아이 아는 아이예요?"

"응? 아, 응."

남자 쪽도 아는 사이이긴 한데.

"그러면 조심시키는 게 좋을 거예요."

"무슨 말이야?"

두 사람은 뭔가 하고 싶은 말이 있는 표정으로 마주 봤다.

"제가 초등학생 때 친구가 저 남자랑 사귀었거든요. 저희는 초등학교 4학년이고, 로리자와는 중2였는데, 그 당시에는 연상의 남자친구라니 좋겠다, 정도로 생각했거든요."

거기까지 말하고 여고생은 옆에 있는 친구에게 시선을 던졌다.

"제 여동생 친구도 로리자와랑 사귀었어요. 동생이 초4였을 때고, 로리자와가 고2였어요. 우연히 같이 이야기를 하다가 알게 되어서 깜짝 놀랐어요."

나는 너무 놀라 거의 튀어오를 뻔했다. 머리끝에서부터 핏기가 빠져나갔다.

"친구는 성관계는 하지 않았다고 했지만, 실제로는 어떤지 알 수 없죠."

"아무튼 확고한 초4 성애자니까 조심하는 게 좋아요."

여고생들은 그 말을 남기고 자리를 떠났다.

어렸을 적에 외모로 사람을 판단해서는 안 된다고 배웠다.

어른이 된 지금은 제대로 대화를 나눠봐도 사람 속은 알 수 없다는 걸 깨닫는다.

쇼핑한 물건이 괜히 무겁게 느껴졌다. 터덜터덜 걷다가 입욕제를 다 썼다는 게 생각나서 전철역 쪽으로 걸음을 돌렸다. 머릿속에서는 초4 성애자라는 충격적인 말이 요란한 소리를 내면서 소용돌이치며 탁류가 되어 흘러갔다. 대체 어떻게 하면 좋을까?

아키호 부모님께 보고하면 이번에야말로 가나자와는 경찰에 잡혀갈 것이다. 한 청년의 미래가 내 손에 달려 있다.

아니, 여기서는 한 청년이 아니라 한 변태라고 봐야 할까? 그러면 저절로 답이 나왔다. 아, 하지만 좋아하는 사람이 변태였다는 것을 아키호가 알게 된다면 엄청나게 상처받겠지. 잘못했다가는 트라우마가 될지도 모른다.

"우루하 선생님."

깜짝 놀라 멈춰 섰다. 익숙한 목소리에 조심스럽게 뒤돌아보자 전철역 쇼핑몰에 가나자와가 서 있었다. 평소와 다름없는 순수한 청년의 모습으로 웃으며 인사했다.

"안녕하세요, 쇼핑 나오셨어요?"

나는 어색하게 끄덕였다.

"좀 전까지 아키호랑 오쿠마 공원에 소풍 다녀왔습니다. 아키호가 직접 도시락을 싸왔는데, 전에 선생님이 가르쳐주신 장미 파이도 있었어요."

"그랬군요, 어땠어요?"

"전부 맛있었어요."

"다행이네요."

웃으며 대답하면서도 머릿속은 뒤죽박죽이었다.

"기운 없으시네요. 무슨 일 있으세요?"

걱정하는 얼굴로 물어서 더 혼란스러워졌다. 가나자와는 진실한 사랑에 몸을 바친 로미오였을까? 아니면 흉흉한 현대의 초4 성애자일까? 물어봐야 할까, 묻지 말아야 할까? 그것이 문제로다. 그때 햄릿은 어떻게 했더라?

"좀 전에 가나자와 씨를 아는 사람을 만났는데요."

나는 물어보기로 했다. 침묵해도 괜찮은 사안이 아니라는 생각이 들었다.

"어, 누구지?"

온화하게 고개를 갸웃거리는 가나자와와 초4 성애자라는 말은 아무리 봐도 같은 사람으로 생각되지 않았다. 그 아이들이 착각한 것 아닐까. 그랬기를 바랐다.

"가나자와 씨가, 옛날에 가깝게 지냈던 여자아이 친구라고 했어요. 가나자와 씨가 중학생 때랑 고등학생 때라고. 그… 특별히 가깝게 지냈던 여자아이 친구라고…."

조심스럽게 말을 이어갔다. 내가 무슨 말을 하고 싶은 건지 깨닫고 가나자와 얼굴에서 미소가 싸악 사라졌다. 눈빛이 오후의 바다처럼 출렁였다. 온화한 인상은 없었다. 가나자와 눈에는 태풍을 앞둔 불온한 기운이 가득했다.

"맞습니다. 저는 어린 여자아이를 좋아합니다."

무서울 정도로 무표정한 얼굴로 단언해서 나는 말을 잃었다.

믿음을 배신당한 낙담과 분노, 아키호 부모님께 어떻게 보고해야 좋을지 모르겠는 불안과 초조함, 거기에 더해 경솔했던 자신에 대해 화가 났다. 쓰러진 페트병에서 콸콸 흘러나오는 탄산음료처럼 부정적인 감정이 뿜어져나왔다. 어쩌지 못하고 멍하니 있을 수밖에 없었다.

"하지만, 저는 누구에게도 아무런 거짓말도 하지 않았어요."

무슨 말을 하는 건지 알 수 없었다. 묵묵히 통로에서 마주 보고 서 있던 내 뒤에서 작은 아이가 뛰어와 다리에 부딪혔다. 무릎이 툭 꺾이며 휘청거리는 나를 가나자와가 재빠르게 붙잡았다. 아이 엄마로 보이는 여성이 죄송하다고 사과했다.

"걸으면서 이야기할까요? 통로에 서 있으면 방해도 되고, 다른 사람이 듣는 것도 싫으니까요."

먼저 걷기 시작하는 가나자와를 따라 나는 조금 뒤처져 걷는 형태가 되었다.

추궁하는 나보다도 추궁받는 가나자와가 더 침착한 것이 이상했다.

"저는 어린 여자아이가 좋아요. 하지만 누구에게도 한 번도 거짓말을 한 적은 없어요."

활기가 넘치는 쇼핑몰에서 나오자 가나자와는 조금씩 이야기를 하기 시작했다. 검은색과 흰색이 교차하는 횡단보도는 장례식장 풍경과 닮아 있었다. 밝은 모습이 조금도 보이지 않는 지금의 가나자와 옆모습과 잘 어우러졌다.

"어린 여자아이가 좋다고 했지만, 아무라도 좋은 건 아닙니다. 제가 좋아하는 스타일은 늘 커다란 눈매에 인상이 고양이 같은 아이예요. 성격은 승부욕이 있는 편이 좋고."

"저기, 그런 개인적인 취향에 대한 이야기는 우선 그만두면 안 될까요?"

"불쾌한 이야기를 들려드려서 죄송합니다만, 어린아이가 좋다고 하면 어리면 아무라도 상관없이, 분별없는 변태로 여겨지는 일이 많아서요. 하지만 우루하 선생님도 남자라면 아무라도 좋은 건 아니잖아요?"

"당연하죠."

내 목소리에 분노가 깃들었지만, 가나자와는 신경 쓰지 않고 말을 이었다.

"이성애자들도 남자라면, 여자라면 아무나 괜찮은 건 아니에요. 그건 하나의 커다란 틀일 뿐이고, 거기에서 자신의 취향인 외모나 성격을 가진 사람을 골라 연애하죠. 저도 마찬가지입니다. 확실한 취향이 있고, 그런 사람을 좋아하게 돼요."

차분한 말투에 나도 모르게 맞장구를 칠 뻔했다.

"그 변명은 통하지 않을 거예요."

"왜죠?"

"상대는 아직 어린이예요. 초등학교 4학년. 만으로 열 살."

"몇 번이나 말씀드리지만, 저는 상대와 성적으로 만난 적은 없습니다."

나는 가나자와를 바라봤다. 분명 엄청난 의심의 눈빛을 하고 있을 것이다.

"저는 어린아이를 욕망이 이끄는 대로 덮친 적도 없고, 말로 교묘하게 꼬여 나쁜 짓을 한 적도 없습니다. 데이트도 동물원이나 수족관에 갈 뿐이에요."

그 말을 하고는 갑자기 시선을 떨궜다.

"믿어주지 않으시겠지만요."

가나자와는 짧은 한숨을 쉬었다.

"…가나자와 씨, 왜 화내지 않아요?"

내 마음속에 처음으로 의문이 퍼졌다.

"화를 내도 소용없으니까요."

"그러니 부자연스러워 보여요. 좋아하는 아이와 사귀면서 그런 것을 할 수 없는 건 남자로서 괴롭잖아요? 그런데도 가나자와 씨는 스스로 조심하면서 참고 있어요. 그런데도 의심받으면 평범한 사람이라면 억울하고 화가 날 거라고 생각해요. 보통은 자신의 결백을 증명하려고 하지 않을까요?"

"…평범한 사람."

가나자와는 가을 하늘을 올려다봤다. 무척 지친 것처럼 보였다.

"평범하다는 건 뭐죠?"

"네?"

"저는 그런 걸 하고 싶다는 생각이 들지 않아요."

억양이 없는 말투였다.

"혼자서도 거의 하지 않아요."

지나치게 민감한 부분을 밝히는 바람에 나는 아무 말도 할 수 없었다.

북적이는 역 근처에서 한 블록을 벗어나자 주변은 오래된 주택가로 변했다. 상쾌한 향기를 내뿜는 금목서 울타리가 이어지는 골목길을 걸으면서 가나자와는 담담하게 말을 이었다.

"머리를 쓰다듬는다거나 손을 잡는다거나 하는 스킨십은 괜찮지만, 그 이상이 되면 좀… 기분이 안 좋아져요. 그래서 아키호 부모님이나 우루하 선생님이 걱정하는 일은 전혀 없어요.

아키호뿐만이 아니라 누구와도 마찬가지예요."

그건 안심…이라고 단언할 수 없었다.

"이유는 모르겠어요. 성적 트라우마라거나 짚이는 부분도 없고, 이런 건 부모나 친구에게도 상담하기 어려워서 인터넷에서 같은 고민을 가진 사람들과 이야기하며 웃어요. 초식남이라는 표현도 있지만, 그걸 넘어서 단식남이냐는 우스갯소리를 하면서요."

가나자와는 전혀 즐겁지 않은 듯이 웃었다.

"저는 아키호가 좋아요. 하지만 오래가지 못할 거라 생각해요."

"왜죠?"

"그러니까 언젠가는 어른이 되잖아요. 그러는 사이에 상대도 조금씩 성적인 부분을 생각하기 시작하고. 그런데 저는 그런 분위기를 풍기는 것 자체가 싫거든요. 그러니까 전 여자친구도, 그전 여자친구도 그런 분위기를 느낄 때쯤 제가 헤어지자고 말했습니다."

"그건… 좀 너무 이기적인 거 아니에요?"

"이기적이지 않은 연애도 있습니까?"

가나자와는 잠깐의 틈도 두지 않고 되물었다.

"이성애자는 상대가 이성인 것을 전제로 연애를 하고, 동성애자라면 상대가 동성애자라는 전제로 시작하죠. 그것과 마찬가지로 저는 소녀일 것을 전제로 연애를 시작해요. 상대도 같은 마음이라면 사귀고, 마음이 멀어지면 헤어집니다."

가나자와는 그저 담담하게 말을 이었다.

"헤어지는 계기는 사람마다 제각각 다르다고 생각하지만, 연인의 성별이 갑자기 바뀐다면 헤어질 사람이 더 많지 않을까요. 그것과 마찬가지로 상대가 더 이상 소녀가 아니게 되면 헤어지는 것도 전혀 이상하지 않다고 생각합니다."

"논리만으로 따지면 이상하지는 않아요. 하지만 감정적으로 용서할 수 없지 않아요?"

"연애는 감정으로 하는 거잖아요?"

나는 말문이 막혔다.

"용서할 수 없다면 저는 무슨 죄에 해당하죠?"

가나자와는 차례차례 내가 반론할 틈을 막았다.

"신체적 접촉은 하지 않았어요. 그저 마음만으로 누군가를 좋아하는 게 죄가 됩니까?"

그것은, 언제나 나 스스로가 묻는 질문이었다.

"⋯아니요."

나는 고개를 옆으로 저었다.

"제가 마음속까지 세상 사람들에게 맞춰야만 합니까?"

"⋯아니요."

나는 몇 번이고 고개를 옆으로 저었다.

"마음은 자유라고 생각해요."

마음으로는 누가 누구를 사랑하든 자유라고 생각했다. 공통점은 하나도 없는데도 우리는 무척 닮아 있었다. 하지만 그런 공감이 기쁘지는 않았다.

"고맙습니다."

가나자와는 미소 짓더니 갑자기 울음을 터트릴 것 같은 표정이 되었다. 그것을 감추려는 듯 고개를 숙였다.

"폐를 끼쳐드려 죄송합니다. 그럼 교실은 그만두겠습니다."

멀어져가는 뒷모습을 보며 나는 아무 말도 할 수 없었다.

그는 마지막까지 담담하게 설명했고, 그 모습이 뻔뻔하게 느껴지진 않았다.

철저한 논리로 자신을 감싸두지 않으면 쉽게 상처 입을 것을 그는 충분히 경험으로 알고 있는 건지도 모른다. 지금까지 수많은 비웃음과 편견에 상처받아왔는지도 모른다. 그렇다고 해서 나도 마찬가지라며 손을 내밀 기분은 들지 않았다. 어떤 의미에서 가나자와는 나보다도 이해받지 못하는 사랑을 하고 있었다.

어린이는 사회 전체가 지켜야 한다.

세계 공통된 올바른 사고방식이다. 나도 동의한다.

그런데 그는 그런 세계에서 벗어나 있다.

"우루하."

멍하니 한 자리에 서 있을 때 니시지마 씨 부부와 마주쳤다.

"이런 곳에서 멍하니 서서 무슨 일이야? 쇼핑 다녀오는 길이야?"

니시지마 씨는 내 손에 든 물건을 보았다. 니시지마 씨는 편의점 봉투를 들고 있었다.

"이 사람이 갑자기 푸딩이 먹고 싶다잖아. 바닥에 시럽이 들어 있는 거 있잖아."

"아, 그건 집에서 만드는 거랑은 또 다르죠."

내가 맞장구치자 그렇다며 니시지마 씨가 얼굴을 찡그렸다.

"물론 집에서 만든 푸딩이 제일 맛있지만, 가끔은 먹고 싶잖아?"

옆에서 어르신이 거드셨다. 언제나 평화로워서 니시지마 씨 부부를 보고 있으면 세상은 선량한 것으로만 이뤄진 것 같았다. 그럴 수 없다는 걸 알면서도. 상쾌하게 맑은 가을 오후라도 우리 발밑에 그림자는 생긴다. 그저 자리에 서 있는 것만으로도.

"무슨 일 있어? 어쩐지 기운이 없어 보이네."

언제나 차분하고 안정적인 두 사람에게 나는 문득 기대고 싶어졌다.

"두 분은 다른 사람에게 말하지 못할 비밀 같은 거 있으세요?"

니시지마 씨 부부는 눈을 깜박였다. 무례한 질문을 했다고 후회했다. 거둬들이려고 했지만 니시지마 씨가 이상하다는 듯이 웃으셨다.

"갑자기 무슨 일이야? 비밀 없는 사람이 있을 리가 없잖아."

무척 부드러운 미소로 두 사람은 당연하다는 듯이 말했다.

"다녀왔어."

인사를 하며 들어갔지만 집 안은 조용했다. 나는 사온 물건을 현관에 두고 안쪽 아틀리에로 향했다. 햇빛이 들지 않는 북향의 방.

조금 열린 틈으로 살짝 안을 들여다봤다. 거기에 역시나 가노군이 이젤을 마주하고 있었다. 전체적으로 입체감이 부족했다. 긴 목, 느슨한 S자 커브를 그리는 굽은 등, 뼈가 툭 튀어나온 가느다란 손목. 거추장스럽게 긴 앞머리. 표정을 읽기 힘든, 흔들림 없는 옆모습.

언제까지라도 보고 싶다. 조금이라도 오래 보고 싶다.

사사로운 바람이었지만, 상대가 유령이 되는 순간 이해받을 수 없는 바람이 된다.

"왔으면 소리라도 내지."

가노군이 입꼬리를 올렸다. 내가 있는 걸 이미 알고 있었던 모양이다. 가노군이 나를 보며 고개를 갸웃했다.

"왜 그래? 과자를 뺏긴 아이 같은 얼굴이야."

니시지마 씨 부부와 비슷한 것을 묻는다. 내가 그렇게나 한심한 표정을 짓고 있었나? 나는 아틀리에에 들어가 어리광을 피우듯 가노군을 뒤에서 끌어안았다.

"역에서 가나자와 씨를 만났어."

"그래? 무슨 얘기 했어?"

가노군이 내 손을 잡았다.

"마음은 자유라고 했더니 고맙다는 말을 들었어."

"길에 서서 엄청난 이야기를 했네."

"엄청나지 않아. 평범한 이야기야."

그것은 가나자와의 이야기이면서 나의 이야기였다.

— 그저 마음만으로 누군가를 좋아하는 게 죄가 됩니까?

의문문으로 물었지만 가나자와의 눈은 흔들리지 않았다.

불안하니까 그런 자신에게 들려주기 위해 더 강하게 말하는 것 같았다.

마음은 자유라고 말하지만, 상대가 어린 여자아이라는 것이 알려지면 바로 비난의 화살을 맞는다. 신체적인 접촉은 하지 않는다, 마음만으로 좋아할 뿐이라고 해도 변태로 여겨진다. 어떤 트라우마가 있는 건 아닌지, 고민을 안고 있는 건 아닌지, 각자 받아들일 수 있는 이유를 찾으려고 한다.

남자가 여자를 사랑하듯이, 여자가 남자를 사랑하듯이, 스스로도 어떻게 할 수 없이 생겨나는 사랑의 감정을 적어도 부정하지 않았다는 것, 그것만으로도 그는 기뻤던 것이다.

그래서 그는 고맙다고 말했다.

나는 그 말이 울고 싶을 만큼 슬프게 느껴졌다.

그날 저녁 나는 아침에 남았던 샌드위치와 야채수프를 먹고, 가노군에게는 연어에 밀가루를 살짝 묻혀 버터에 구워줬다. 가노군은 실제로는 먹지 않기 때문에 남은 연어구이는 내일 내 도시락이 될 것이다. 2인분 식사를 나 혼자서 먹는다.

"그렇구나. 하지만 요즘은 그런 남자도 많지 않아? 식물 뭐라던가. 적어도 간음죄가 될 일은 없으니 불행 중 다행 아니야?"

가노군의 건조한 말투에 마음이 놓였다.

"그래도 역시 어린아이를 좋아한다는 부분을 나는 받아들이기 힘들어."

"여자니까, 본능적인 부분이니 어쩔 수 없지. 그건 가나자와 본인도 질릴 정도로 알고 있을 테고, 마음을 내려놓았으니 그렇게 침착할 수 있겠지."

"…그러게."

내가 혐오를 드러내도 가나자와는 조금도 서운해하지 않았다. 그건 포기한 얼굴이었다. 나는 그런 가나자와와 자신이 닮았다고 생각하면서 한편으로는 혐오했다. 가나자와를 혐오하는 내 마음은 분명 유령 남편과 살고 있다고 말했을 때 주위 모두가 보이는 반응이었다. 상대를 찌른 칼로 나는 자신을 찌르고 있었다.

"아키호도 말이야. 헤어지자는 이유가 어른이 되었기 때문이라니. 노력으로 어떻게 할 수 없는 이유를 듣는 건 피로울 거야."

"하지만 그건 가나자와도 노력으로는 어떻게 할 수 없는 부분이잖아."

"…그게 어려운 부분이지."

나는 샌드위치를 먹다 말고 그릇에 내려놓았다. 더 이상 식욕이 없었다.

"우루하가 고민할 건 없어. 애초에 연애는 시작할 때도 끝날 때도 특별한 이유 같은 건 없으니까. 제일 대표적인 예가 첫눈에 반한다는 거잖아."

가노군은 연어를 먹으면서 말했다. 애써 간을 딱 맞춰 구웠는데, 시판 타르타르소스를 듬뿍 찍어 먹는다. 평소와 다름없는 가노군이다.

"가노군, 혹시 가나자와의 비밀을 알고 있었어?"

"뭐? 몰랐지."

"하지만 이전에 해피엔딩일지 어떨지는 아직 모른다고 의미심장하게 말했잖아."

"아, 그거."

"뭔가 숨기는 거 있어?"

탐색하는 눈빛으로 쳐다봤더니 가노군은 우연이었다며 이야기를 시작했다.

"그림 교실 여자아이들 이야기를 좀 들었을 뿐이야."

9월 들어 얼마 안 되었을 무렵이었다. 평소처럼 정원에서 가노군이 담배를 피우고 있을 때 여자아이들이 길고양이 타탕에게 간식을 주러 왔다. 그 자리에서 아키호의 소문을 들었다고 했다.

— 아키호 말이야, 가끔 너무하지 않아?

— 아…, 다카하시 일 말이지?

— 유카가 3학년 때부터 다카하시를 좋아한다고 했는데.

— 유카가 다카하시를 좋아하는 걸 안 후로 아키호가 갑자기 다카하시랑 사이 좋아졌잖아. 유카가 옆에 있는데도 일부러 보란 듯이 말이야.

다카하시는 조용한 유카의 호의는 눈치채지 못하고 귀엽고 인기 있는 아키호가 보여주는 호의에 홀랑 넘어갔다. 그런데 2학기가 되면서 아키호는 갑자기 다카하시를 차갑게 대하기 시작했다. 운명의 사람과 만났다고 말하면서 다카하시를 차버렸다.

— 좀 많이 연상인 남자친구가 생겼대. 아키호가 슬쩍 자랑

했어.

― 어, 연상이면 중학생?

― 대학생이래.

― 뭐? 대단하다. 멋있어. 역시 아키호네.

― 하지만 언제까지 사귈지는 모르지.

여자아이들은 깊은 의미가 담긴 눈빛을 나눴다.

― 아키호는 운명 같은 거 좋아하잖아.

― 장애물이 있다거나 남에게서 뺏는 게 아니면 마음이 움직이지 않는다고도 했어.

― 하지만 잘돼서 사귀게 되면 그걸로 만족해서 곧 질려버리잖아.

"참 안됐다고 말하면서 큭큭 즐겁게 웃는 거야. 그러고 보니 여자애들은 이런 분위기였지, 라고 초등학생 시절이 떠올랐어. 여자아이들은 어느 세대나 똑같구나. 그래서 혼자 가나자와에게 동정심이 생겼었는데."

가노군은 텅 빈 공간을 올려다봤다.

"다들 제멋대로였다는 결론이었군."

그러다 가노군은 문득 웃으며 분위기를 바꿨다. 나는 이야기를 따라가지 못하고 멍해졌다. 세상은 복잡하고 완전한 피해자도 완전한 가해자도 없다는 건 알고 있었다. 오른손으로는 누군가에게 상처를 주고 왼손은 다른 누군가에게 상처받는다.

알고 있었지만···.

"가나자와 아키호, 어느 쪽이 먼저 상대를 찰까?"

재미있다는 듯이 묻는 가노군 말에 나는 겨우 현실과 마주했다.

"웃을 일이 아니잖아?"

"웃을 일이지."

가노군은 무심하게 말했다.

"연애가 사건이 되는 건 당사자들에게만 해당하는 일이고, 다른 사람에게는 그저 희극으로 보이는 일도 있어. 본인들이 좋으면 그만이니까, 다른 사람이 고민해봐야 소용없어."

가노군은 그러니까 신경 쓰지 말고 밥을 먹자고 했다.

나는 복잡한 기분으로 먹다 만 샌드위치를 들었다.

나와 가노군의 사랑도, 나와 가노군이 좋으면 그만이다. 그렇게 믿으며 살아가고 있다. 그런데 마음 깊은 곳에서는 언제나 누군가에게 인정받고 싶어 하는 마음이 있다. '괜찮아, 넌 틀리지 않았어'라는 말을 듣고 싶었다. 나는 나약해서 그 마음을 어떻게도 할 수 없다.

"있잖아, 가노군."

"응?"

"이전에 이런 생각을 했었어. 만약 로미오와 줄리엣이 좀 더 어른이 된 후에 만났더라면 어땠을까. 두 사람 모두 신중하고 현명하게 대처하고, 서로 의논 같은 것도 해서 두 사람의 결혼으로 사이가 나빴던 두 집안이 화해했다면 좀 더 많은 부와 명예를 누리지 않았을까, 하고."

"그럴지도 모르지."

"하지만 지금은 다른 생각이 들어. 어른이 되어 부모를 잘 설득했다고 해도 의외로 사랑에 불이 붙지 않아서 헤어졌을지도 모른다고. 로미오도 줄리엣도 주목받고 싶어 하는 성격인 것 같고."

"그 가능성이 크겠다. 아니면 만나도 사랑에 빠지지 않을지도."

"그럴 수도 있겠네."

"그 경우, 후세에 남을 명작이 하나 사라지는 거지."

"하지만 죽지 않아도 되잖아."

"응, 그렇군. 두 사람 모두 죽지 않아도 되지."

가노군은 웃으며 연어구이를 먹었다. 환영의 가노군이 아무리 먹어도 접시에 놓인 연어구이는 조금도 줄지 않았다. 아무리 서로 사랑해도, 후세에 그 이야기가 전해져도, 죽으면 연어구이 한 조각조차 먹을 수 없다는 우스꽝스럽고 슬픈 현실이 눈앞에 놓여 있었다.

"가나자와와 아키호가 로미오와 줄리엣처럼 죽지 않아서 다행이야."

어린아이를 좋아할 수밖에 없는 자신에게 절망하면서도, 나는 그가 포기한 웃음을 짓고 빈틈없는 논리로 자신을 지켜갔으면 했다. 드라마틱하지 않으면 마음이 움직이지 않는 병에 걸렸다고 해도, 나는 아키호가 차례차례 남자친구를 바꾸며 존재하지 않는 이상적인 왕자님을 찾는 여정을 계속해가기를 바랐다.

"행복해지지 않더라도 살아 있는 것만으로 이득이라는 말을 누군가 했었지."

"죽음을 기준으로 하면 해피엔딩 기준이 낮아져서 좋네."

"이야기는 전부 '모두 어떻게든 살아남았다'로 끝나고."

"살인사건 같은 것만 쓰는 미스터리 작가는 다들 직업을 잃겠어."

나와 가노군은 시시하고 실없는 이야기를 하며 웃었다.

웃으면서 나는 생각했다.

가노군도 살아 있으면 좋을 텐데.

어떤 절망을 안고 있어도 괜찮으니까, 살아 있는 것만으로 좋았을 텐데.

이미 몇만 번 생각했는지도 모를 일을 질리지도 않고 또 생각하면서 오늘 밤도 우리는 마주 앉아 허상의 식사를 했다.

그녀의 사육제

기간제 교사로 일하는 고등학교에서 스토커 사건이 발생했다. 학교 내에서 제일가는 미소녀로 이름 높은 3학년 다치바나 노조미를 같은 학년 아즈미 키요토가 집요하게 따라다닌다고 했다. 아침 전달 사항으로 교감 선생님이 말했을 때 교무실 안엔 미묘한 분위기가 흘렀다.

―새삼스럽게 그 일을 꺼내?

오래 근무한 선생님들이 당황하는 게 보였다. 교내에서 일어난 스토커 사건이라는 충격적인 문제를 듣고도 아무도 놀라지 않는 교무실에서, 그 일을 고발한 사카이 선생님이 벌떡 일어났다.

"다른 선생님들은 꽤 오래전부터 이 일을 알고 계셨죠?"

사카이 선생님은 곤란한 표정으로 교무실을 둘러봤다.

"알면서 왜 방치하셨습니까? 이런 문제는 소년범죄로 끝나지 않고 점점 흉악해지는 경향이 있다는 것도 아실 거라 생각합니다만."

힘찬 목소리가 교무실 안에 쩌렁쩌렁 울렸다. 올해 갓 부임한 사카이 선생님과 기간제 교사인 나는 거의 접촉할 일이 없지만, 깔끔한 외모로 여학생들에게 인기가 있다는 소문은 들었다. 참고로 나는 좋아하지 않는 타입이다. 목소리에서 희미하게 쉿소리가 느껴졌다.

"스물여덟 살…. 어리네, 어려."

뒤에서 연배 있는 사회 선생님이 나직이 중얼거렸다. 귀찮음과 부러움이 섞인 말에 나도 모르게 웃음이 나왔을 때 사카이 선생님과 눈이 마주치는 바람에 허둥거리며 고개를 숙였다.

"무모하게 문제를 키우자는 말이 아니라 만에 하나 안 좋은 일이 일어나지 않도록 교사가 평소에 잘 살펴보고 당사자들도 우리가 보고 있다는 걸 알게 하는 것이 중요하다고 생각합니다. 가해자를 견제하고 피해자를 지키는 것을 제일 우선으로 생각해서요…."

"잠깐만, 함부로 가해자, 피해자라는 말은 쓰는 거 아닙니다."

학생 주임 선생님이 기다렸다는 듯이 끼어들었다.

"지나치게 의욕만 끓어올라서 양쪽 모두 지켜야 할 학생이라는 걸 잊은 거 아니죠?"

"…죄송합니다. 지금 말은 지나쳤습니다. 하지만 일이 커지지 않도록 교사가 주의 깊게 살펴보는 건 중요하다고 생각합니다. 학생을 공평하게 대하는 것은 당연한 일이지만, 거기에 너무 얽매여 문제의 초점이 어긋나는 것이 제일 나쁜 일 아닌가요?"

"그런 건 새삼스럽게 가르쳐주지 않아도 잘 압니다."

사카이 선생님과 학생 주임 선생님 사이에 험악한 분위기가 피어올랐다.

"아, 그럼 선생님들 슬슬 수업에 들어가주세요."

교감 선생님 말에 안심하는 분위기가 퍼졌다. 선생님들이 교과서를 손에 들고 줄줄이 나가는 사이에 섞여 나도 미술 준비실로 향했다.

"마지막에 좀 위험했지?"

현대 국어 담당 사노 선생님이 작은 목소리로 말을 걸어왔다. 나이도 비슷하고 같은 기간제 교사인 그녀와는 가끔 차를 마시거나 밥을 같이 먹는 사이다.

"교감 선생님 당혹스러워하셨어."

웃으며 답하자 사노 선생님도 끄덕였다.

"아즈미와 다치바나 일은 다들 알고 있잖아. 선생님들뿐만 아니라 학생들도. 사카이 선생님은 올해 갓 부임해와서 놀랐을

지도 모르지만."

"놀란 걸 넘어서서 충격이었습니다."

갑작스러운 목소리가 끼어들어서 뒤돌아보니 문제의 사카이 선생님이 있었다.

"스토커 행위도, 그것을 선생님들께서 알면서 방치한다는 것도요."

자신에게 정의가 있다는 분위기가 전해져서 나와 사노 선생님은 눈을 돌렸다. 사카이 선생님은 그 이상 말하지 않았지만, 얼굴에는 확연하게 '당신들 최악이야'라고 쓰여 있었다.

―나쁜 선생님은 아닌데, 역시 거북해.

한숨을 쉬다가 지금 수업 중이라는 걸 깨달았다.

유화 물감의 독특한 냄새가 가득한 미술 교실에서 그림을 그리는 학생들 사이를 천천히 돌았다. 형식적으로 가운데에 모티브로 과일을 두기는 했지만, 3학년은 미술 수업이 이번이 마지막이기 때문에 학생들에게는 그리고 싶은 것을 그려도 된다고 말했다.

자화상, 풍경, 추상화 등 다양했다. 애니메이션 캐릭터를 그리는 학생도 있어서 한마디 할까 하다가 그만뒀다. 고등학교를 졸업하면 두 번 다시는 붓을 잡지 않을지도 모를 학생들이 조금이라도 그림을 그리는 즐거움을 맛보기를 바랐다.

수다를 떨면서 그림을 그리는 학생들 사이에 혼자 진지한 눈빛을 한 남학생이 있었다. 살짝 뻗친 검은 머리카락에 안경을 쓰고 야윈 몸집이다. 어딘가 가노군과 닮은 그 학생이 바로 아즈미 키요토다.

우리 고등학교에서 유일하게 미대를 지망하는 학생이다. 1학년 때부터 입시미술학원에 다니며 실기 시험에 필요한 기초를 확실하게 다졌다. 응용력도 발상력도 수준이 높아서 이대로만 간다면 희망하는 대학에 합격할 수 있을 것이다.

아직 10대인데도 차분한 분위기의 학생으로 같은 학년 친구들과 떠드는 걸 본 적이 없다. 성적은 잘하는 과목과 못하는 과목 차이가 커서 평균적으로는 중간 정도였다. 생활 태도도 특별히 문제가 없는 것으로 여겨졌다. 지금까지는….

아즈미는 아침에 이야기가 나온 스토커 사건의 '가해자'로 이름이 오른 학생이다. 교내 사정에 둔한 나도, 2학년 말쯤부터 아즈미가 같은 학년 여학생 다치바나를 쫓아다닌다는 소문은 들어서 알고 있었다.

다치바나가 교실 이동 수업이 있을 때 맞춰서 복도에 나와 작은 목소리로 뭔가를 속삭이거나 사람이 없는 곳으로 자주 불러내 선물을 준다는 모양이었다. 이전까지는 지극히 평범한 남학생이라는 인상이 있었기에 그 반작용으로 순식간에 기분 나쁜 스토커로 여겨지며 난리가 났지만.

— 아무래도 상관없어요.

정작 다치바나 본인이 그냥 내버려두라고 정해버렸다.

— 다른 사람 일로 이러쿵저러쿵 떠드는 애들은 참 한가한가봐.

거기에 더해 이런 말까지 하는 바람에 주위에서 뭐라 할 수 없는 분위기가 되었다.

아즈미에게는 잘된 일이었지만, 상당히 강인한 여학생이라고 생각했다. 스토커 행위 같은 건 여성에게는 공포 이외의 무엇도 아닐 텐데. 대체 어떤 학생일까? 다치바나는 선택과목으로 미술을 선택하지 않았기 때문에 나는 이름을 들어도 누구인지 몰랐다.

그리고 처음으로 다치바나를 봤을 때 묘하게 이해할 수 있었다.

교내 제일가는 미소녀라는 말대로 다치바나는 예뻤다. 밝은 색으로 염색한 긴 머리카락에 크고 예쁜 눈, 긴 속눈썹. 무엇보다도 스타일이 남들보다 특별히 좋았다. 딱 붙는 스키니진이 가늘고 긴 다리와 작은 엉덩이를 돋보이게 했다.

우리 학교는 현 내에서 유일하게 사복 등교가 허락된 고등학교로, 교복이 있긴 하지만 주요 행사 때 이외에 교복을 입는 학생은 적었다. 패션은 학생들이 그룹을 나누는 아이템이 되었고, 다치바나는 확실히 화려한 권력자 그룹, 그중에서도 제일 위에 있는 여학생이었다.

― 엄청 기가 세 보여.

그것이 첫인상이었다. 게다가 늘 화려한 남학생들에게 둘러싸여 호리호리한 문과 남학생인 아즈미를 두려워할 이유도 없어 보였다.

다른 선생님들도 비슷한 생각이었고, 사춘기의 연애 사정이라는 것도 더해져서 상황을 살펴보며 지나치게 간섭하지 않는다는 방침으로 정리되었다.

양쪽 학생을 확실히 살펴본 뒤 내린 판단이었다. 하지만 갓 부임해온 젊고 의욕이 넘치는 사카이 선생님에게는 책임 방기, 무사안일주의로 보인 모양이다. 이전까지 느긋하게 지켜본 것을 철저하게 추궁하려고 했다.

― 모든 것을 흑백으로 딱 잘라 나누지 않아도 괜찮은데.

아즈미도 다치바나도 대입을 앞둔 중요한 시기였다. 그런 때에 이런 미묘한 문제를 들쑤실 필요가 있을까? 2학기가 끝나면 3학년은 등교하지 않게 된다. 이제 와서 소란을 피워 어쩌겠다는 걸까? 담임도 학생 주임도 교감 선생님도 틀림없이 골치 아플 것이다.

4교시가 끝나고 나는 미술 준비실에서 도시락을 펼쳤다. 교무실은 사람들이 들락거려서 정신이 없었다. 오늘 도시락은 꽁치 양념 튀김과 표고버섯 조림에 밥밥. 어제 가노군의 저녁 식사로 냈던 것이었다. '잘 먹겠습니다'라고 속으로 말하며 젓가락을 들었다. 그렇게 물감 냄새가 진동하는 곳에서 어떻게 식사를 하느냐는 말을 들은 적이 있지만, 내겐 익숙한 냄새였다. 가노군의 머리카락이나 손가락에도 언제나 배어 있는 그립고 사랑스러운 냄새다.

도시락을 다 먹은 후 교무실로 돌아가는 길에 면담실에서 아즈미가 나오는 것을 발견했다. 아즈미는 가볍게 인사를 하고 교실로 돌아갔다. 잠시 후 아즈미의 담임선생님이 나왔다.

"아즈미와 이야기하셨어요?"

내 질문에 30대 중반인 남자 선생님은 씁쓸하게 웃었다.

"학생들 연애에 참견하는 건 마음이 좋지 않습니다만, 회의에서 말이 나온 이상 담임으로서 일단 뭐라도 해야 하니까요."

"아무래도 그렇죠."

"하지만 솔직히 말하자면 전 다치바나보다 아즈미가 더 걱정됩니다. 저 녀석 지나치게 조심스럽다고 할지, 기가 약하다고 해야 할지, 어쩐지 쉽게 고민에 빠질 것 같아서요."

"아, 그런가요?"

나는 고개를 갸웃했다.

"무슨 일이 생기면 툭 터놓고 이야기를 나눌 친구가 없는 게 제일 걱정입니다."

"괜찮을 거예요. 아즈미도 친구는 있으니까요."

"네? 누군가요?"

"1학년 때부터 다니는 입시미술학원에 친한 친구가 몇 명인가 있어요. 같은 미대에 지원할 그룹 같던데, 관심 있는 전시회에 종종 같이 다닌다고 들었어요."

"아아."

담임선생님은 고개를 크게 끄덕였다.

"그렇군요. 아즈미 같은 타입은 가치관이 맞는 게 우선 중요하니까요. 그렇구나. 다행이군요. 역시 우루하 선생님과도 미술을 계기로 이야기를 나누셨나 봅니다?"

"네, 죽은 남편의 그림을 좋아한다고 했어요."

"그렇군요. 그런 인연이 있었군요. 아, 그래도 안심했습니다. 저는 아즈미와 좀처럼 이야기를 나누기가 힘들어서요. 아시다시피 제가 체육 교사잖아요. 아즈미같이 예술적인 걸 좋아하는 사람이랑은 맞추기가 힘들어요. 상대도 저를 보고 근육바보라고 생각할 테고."

"그렇지 않아요."

나는 웃음이 터졌다.

"번거로우시겠지만 당분간 우루하 선생님도 아즈미를 신경 써주실 수 있을까요?"

"알겠습니다."

나는 고개를 가볍게 숙여 인사하고 교무실로 향했다.

이번 스토커 사건을 대부분 선생님은 심각하게 생각하지 않왔다. 하지만 이번 일로 아즈미가 오해받는다는 사실을 알게 되었다. 의외의 일이었다. 담임선생님조차 아즈미를 기가 약하다고 했지만, 나는 전혀 그렇게 생각하지 않았다.

아즈미 내면은 그것과는 반대의 것으로 가득 차 있었다.

"야, 너, 적당히 좀 하지?"

갑자기 남학생 목소리가 귀에 들어왔다. 소리가 나는 쪽을 보니 앞쪽에 있는 특별 동과 연결된 복도에 남학생이 모여 있었다. 화려한 복장의 남학생들에게 둘러싸여 이쪽으로 등을 보이는 남학생은 아즈미인 것 같았다. 짙은 회색 스웨터를 입고 있는 걸 오늘 수업 때 본 기억이 났다.

"노조미가 공인한 스토커라고 으스대지 말라고."

"가만있지 말고 뭔 말이라도 해봐."

어떻게 봐도 시비를 걸고 있는 것 같아서 나는 빠른 걸음으로 연결 복도로 향했다.

"아, 아즈미, 마침 잘됐다. 과제로 할 얘기가 있는데."

아무렇지 않은 척하려고 애썼지만 목소리가 살짝 떨렸다. 고등학생이라고 해도 나보다도 키가 큰 남학생들 사이에 들어가는 것은 무서웠다.

"과제요? 뭐였죠?"

긴박한 분위기와는 다르게 아즈미는 너무나 아무렇지 않게 뒤돌아봤다.

"아, 여기서 이야기하긴 좀 그러니까 교무실에 갈까?"

나는 아즈미가 아닌 그를 둘러싼 남학생들에게 눈길을 향했다. 다들 몸집이 크지만 그래도 역시 교사가 나타나자 큰일이라는 표정을 짓고 있었다. 아즈미 정면에 선 남학생만은 무서운 표정을 지우지 않았다.

"선생님, 죄송하지만 나중에 하시죠. 지금은 저희가 아즈미랑 이야기하고 있거든요."

"무슨 이야긴데?"

"선생님과는 관계없잖아요."

남학생이 미간을 찌푸렸다.

"너도 관계없잖아."

갑자기 남학생들 뒤에서 목소리가 들렸다. 남학생들 사이를 헤치고 가냘픈 실루엣에 날씬하고 긴 다리가 아름다운 다치바나가 등장했다. 크고 검은 눈동자를 보자 왜인지 나도 움찔했다.

"너희, 나한테는 한마디도 없이 제멋대로 불러내고 그랬던 거야?"

"미안. 하지만 교무실에서 말이 나왔잖아. 선생님들이 간섭하기 시작하면 아무래도 그냥 넘어가지 않을 테니까. 한번 확실하게 말해둬야 나도 남자친구로서 면목이 있지."

"면목?"

다치바나는 어이없다는 듯이 요란하게 웃고는 팔짱을 끼고 남자친구라고 나선 남학생을 노려봤다. 밝은 밤색으로 물들인 머리카락이 오후 햇살을 받아 왕관처럼 빛났다.

"내가 상관없다고 했잖아. 네 면목 같은 건 내 알 바 아니야."

"…잠깐만, 그 말은 좀 그렇지 않아?"

남학생이 다치바나의 손을 잡으려 했지만 다치바나는 매정하게 뿌리쳤다.

"아…귀찮아. 속 좁은 남자는 진짜 싫거든."

다치바나는 콧방귀를 뀌고는 성큼성큼 교실로 돌아갔다. 남학생들은 허둥거리며 그 뒤를 쫓아갔다. 하인을 거느린 여왕의 행렬같이 보였다.

그나저나 미인은 화를 낼 때도 아름답구나 하고 나는 감탄했다. 거친 태도와 난폭한 말투인데도 그럴듯했다. 스키니진이 감싼 작은 엉덩이가 매력을 발산했다. 앞으로 분명 많은 남자들을 울리겠지.

"선생님, 하실 말씀 있으시다고요?"

같은 여성의 엉덩이에 홀려 있던 나는 정신을 차렸다.

"아, 아아, 그러니까… 이번 과제 주제에 대한 건데."

아즈미의 자존심을 고려해서 적당히 얼버무렸다. 집단 괴롭힘에 연애 문제. 전부 자존심에 깊이 관련된 것이기 때문에 그

부분은 완곡하게 에둘러 말해두는 게 무난했다.

"괴롭힘에서 구해주신 거죠?"

내가 애써 완곡하게 말한 걸 아즈미는 아무렇지 않게 걷어내고는 고개를 숙이며 감사하다는 인사까지 했다. 허세도 겉치레도 없는 태도에 나는 맥이 풀려 역시 아즈미답다고 속으로 끄덕였다. 조용하지만 결코 기가 약하지는 않았다.

"좀 전 같은 일 자주 있어?"

"아니요, 처음이에요."

"담임선생님께 말씀드리는 게 좋을까?"

"괜찮아요."

아즈미는 가볍게 대답했다.

"제가 다치바나를 스토킹한다는 게 선생님들 회의에서 문제가 된 거죠? 지금까지 묵인해왔지만, 공표된 이상 남자친구로서도 못을 박아두지 않으면 입장도 말이 아닐 테고, 바보 같다고 생각하지만, 마음은 알 것 같으니까요."

어른스럽다고 감탄하면서도 '제가 다치바나를 스토킹한다'고 아무렇지 않게 말한 것엔 놀랐다. 소문을 들어도 나는 반쯤은 과장일 거라고 생각했었다.

"한 대 정도는 맞을 각오를 하고 있었어요."

아즈미 말에 나는 서둘러 안 된다고 말했다.

"미대는 실기가 있으니까 시험 전에 다치기라도 하면 큰일이잖아. 다치바나도 자기 때문에 폭력이 오가는 건 싫을 거야."

"걔라면 더 부추길 것 같지만요."

"그럴 리가…."

없을 거라고 말하려다 그럴 리가 있을지도 모른다는 생각이 들었다. 5교시 예비 종이 울렸다.

"선생님, 다음에 또 집에 놀러가도 될까요? 가노 작가님 그림 보여주세요."

"응. 언제든 와도 괜찮아."

아즈미는 감사하다며 고개를 숙이고는 아무 일도 없었다는 듯한 모습으로 달려갔다.

"교무실에서 자신의 연애 사정이 회의에 올라갔다니 고문이나 마찬가지네."

집에 돌아와 평소처럼 툇마루에서 가노군과 나란히 앉아 차를 마셨다. 차에 곁들여 니시지마 씨께 받은 붕어빵을 먹었다. 붕어빵 두 마리에는 팥앙금이 듬뿍 들어 있었다. 나는 반으로 갈라서 먹고, 가노군은 꼬리부터 먹었다.

"사카이 선생님 말도 틀리지는 않고, 약한 여학생을 지켜야만 한다는 말을 들으면 역시 그래야 한다고 동의할 수밖에 없지만, 하지만 어쩐지 뭐랄까…."

"처음부터 정론을 들이밀면 논의까지 갈 것도 없이 그 외 어떤 의견도 소용없어져버리니까. 이쪽은 하고 싶은 말이 있어도 아무 말도 할 수 없게 되어서 스트레스가 쌓이지."

"내 말이 그 말이야. 생각이 통해서 다행이다."

정론은 칼날과 비슷했다. 정론도 칼날도 바로 눈앞에 들이밀면 저항할 수 없다.

"그래서 아즈미의 스토커 사건은 사실이었어?"

"음…."

나는 붕어빵을 먹으며 생각에 잠겼다.

"다치바나 남자친구에게 맞을 각오를 했다고 말하긴 했는데."

"그럼 진짜인가? 하지만 아즈미의 평소 이미지와는 다른데?"

가노군은 웬일로 진심으로 놀란 표정이었다.

아즈미와는 약 2년 전에 국내 젊은 환상 작가전에서 알게 되었다. 가노군과 가깝게 지내던 갤러리 오너의 주최로 가노군 그림도 전시했다.

나는 가노군과 함께 첫날 전시회에 참석했다. 물론 가노군 모습은 나 이외 사람에게는 보이지 않지만, 가노군은 오랜만에 만나는 지인을 그리운 눈빛으로 바라봤다.

그러던 중 아즈미가 쏙 바람처럼 들어왔다. 어른들만 가득한 전시회에 주눅 들지도 않고 혼자서 천천히 갤러리를 돌며 작품을 감상했다. 연필 같은 가느다란 몸집이 눈에 띄었다. 아즈미는 가노군 그림 앞에서 멈춰 섰다. 한동안 본 후에 이동하여 한 바퀴를 돌아본 후 다시 가노군 그림 앞으로 돌아왔다. 한참을 못 박힌 듯 움직이지 않던 눈동자.

"저 애, 어쩐지 가노군을 닮았어."

옆에 있는 가노군에게 속삭였다.

"그래?"

"눈빛이. 캔버스를 마주할 때의 가노군과 닮았어."

그러자 가노군은 의외의 말을 했다.

"말을 걸어봐."

"내가? 왜?"

"나랑 닮았다는 저 애가 내 그림의 무엇에 끌렸는지 듣고 싶어."

이런 부탁을 받았지만 모르는 남학생에게 먼저 말을 거는 건 내게는 너무 힘든 일이었다. 못한다고 말하는데도 가노군이 끈질기게 부탁해서 어쩔 수 없었다.

"이 그림 맘에 들어요?"

용기를 내서 말을 걸자 아즈미가 뒤돌아봤다. 한창 즐거운 시간을 방해하지 말라는 눈빛이라 점점 더 가노군과 닮았다고 생각했다.

"갑자기 미안해요. 이 그림, 내 남편 그림이에요."

"그렇군요."

귀찮은 표정은 변하지 않았다. 이 그림을 그린 사람과 그 아내라는 관계에 그는 가치를 느끼지 않는 타입이라는 걸 깨달았다. 그래서요? 라는 눈빛이었다.

"방해해서 미안해요. 남편이 그림에 대한 감상을 물어보라고 해서요."

"작가 선생님도 와 계세요?"

아즈미 눈에서 소년의 호기심이 떠올랐다.

"이야기 나눌 수 있을까요?"

"아, 그러니까, 남편은 지금 내 옆에 있긴 한데…."

아즈미가 좌우를 살폈다. 가노군은 내 옆에 있지만 나 이외 사람에게는 보이지 않았다. 처음 보는 남학생에게 말을 거는 이상한 여자로 보이고 싶지 않아서 나도 모르게 말실수를 하는 바람에 사태는 더욱 이상해져버렸다. 나는 자포자기한 심정으로 웃었다.

"남편은 죽었어요. 하지만 지금도 내 곁에 있어요."

예상한 대로 아즈미는 이상하다는 표정을 지었다. 아아, 이 이상은 못해.

"그럼 천천히 보세요."

나는 허둥지둥 자리를 떴다.

"우루하, 듣고 싶었던 건 하나도 못 들었잖아."

"더는 힘들어. 분명히 이상한 여자라고 생각했을 거야."

얼굴이 빨개질 정도로 부끄러웠다.

"가노군이 억지를 부려서 그런 거잖아."

작은 목소리로 불만을 토로하며 갤러리를 나왔다.

그다음 주가 되어 방과 후 미술 준비실에 아즈미가 찾아왔을 때는 깜짝 놀랐다.

"저는 바로 우루하 선생님이라는 걸 알아봤는데요."

코웃음 치는 아즈미 앞에서 나는 이번에야말로 도망칠 수도 없어 미안하다고 머리를 깊이 숙였다. 학생 얼굴을 기억하지 못한 데다 이상한 발언까지 하다니 최악이었다.

"어쩔 수 없죠. 입학한 지 아직 두 달밖에 안 됐으니까."

반대로 위로받아서 나는 안절부절못했다.

"놀리려고 온 건 아니에요. 지난번에 선생님 바로 돌아가셨잖아요. 그림의 어떤 부분에 끌렸는지 제대로 전하고 싶어서요."

"아, 응. 감상은 꼭 듣고 싶어."

나는 자세를 바로잡았다.

"처음에는 유화라고 생각되지 않는 투명감에 눈길을 빼앗겼어요. 두껍게 덧칠한 그림인데도 가까이에서 봐도 정말로 수면이 빛나는 것처럼 보였어요. 유리 조각을 뿌린 것 같아서, 어떻게 하면 이런 그림을 그릴 수 있을까 싶었어요."

조용한 말투가 오히려 한껏 들뜬 기분을 자제하는 것처럼 들렸다. 아즈미의 뺨을 지는 햇살이 비쳤다. 눈부신 듯 눈을 가늘게 뜨는 모습에서 소년 같은 분위기가 흘러넘쳤다.

"하지만 보고 있으니 좀 짜증이 났어요."

"왜?"

"저는 마음에 드는 그림을 보면 그 안에 들어가고 싶어요. 하지만 그 그림에는 어디에도 입구가 없었어요. 너무 마음에 들었지만… 거절당한 느낌이 들었어요."

가노군에게 들려주고 싶었다. 그 그림의 제목은 'untitled'. 가노군 자신 안에서 만들어졌으면서 답을 찾아낼 수 없는 닫힌 세계를 그린 것이었다.

"고마워. 가노군이 기뻐할 거야."

"가노 작가님, 세상을 떠나셨어요?"

"응. 1년쯤 전에."

"지금도 옆에 계세요?"

대답을 망설였다. 교사가 학생에게 죽은 남편의 유령이 보인다고 말해서는 안 된다거나 소문이 나면 귀찮다거나 하는 생각이 들었지만 이제 와서 무슨 소용인가 싶었다.

"학교에는 안 와. 지금은 집에서 그림을 그리고 있으려나."

아니면 낮잠을 자거나 산책한다고 말하자 아즈미는 끄덕였다.

"가노 작가님, 새로운 그림 그리고 계세요?"

엄청 자연스럽게 물어서 내가 오히려 놀랐다.

"내가 하는 말 믿어져?"

나도 모르게 물었다.

"거짓말인가요?"

아즈미는 오히려 반문했다.

"거짓말 아니야. 하지만 너무 자연스러운 반응이라 놀랐어."

기쁜 건지 난처한 건지 내 마음속에서 복잡한 기분이 생겼다. '아아, 네, 그렇군요'라고 가볍게 흘려버리는지도 모른다는 불안도 있었다. 하지만 아즈미는 달랐다.

"그런 반응만 보셨죠."

그 순간 왜 울고 싶어졌는지 모르겠다. 나는 입술을 깨물어도 보고 스커트 자락을 꽉 움켜쥐어보기도 했지만 소용없었.

조금씩 눈물이 차올랐다. 아즈미는 주머니에서 손수건을 꺼냈다. 쭈글쭈글해진 손수건을 보고는 건네도 괜찮을까 싶은 표정으로 고개를 갸웃하더니, 뭐 괜찮겠지 싶은 동작으로 대수롭지 않게 내밀었다. 그 모든 행동에 묘하게 웃음이 나왔다.

"고마워. 하지만 괜찮아. 나도 갖고 있거든."

나는 주머니에서 손수건을 꺼냈다.

"꼬깃꼬깃해서 거절한 건 아니야."

일단 말해두자 아즈미는 홋홋 웃었다.

"가노 작가님 그림을 더 보고 싶은데, 어디에 가면 볼 수 있나요?"

"개인이 가지고 있는 거랑, 갤러리가 소유한 것도 있고, 특별히 마음에 드는 것은 우리 집에 뒀어."

"보여주실 수 있으세요?"

"가노군에게 물어볼게. 아마도 괜찮다고 할 거야."

그렇게 아즈미는 우리 집에 드나들게 되었다.

"아즈미가 스토커라니."

가노군이 감개무량한 듯이 중얼거렸다.

"조금 예상 밖의 방향이긴 하지만, 어른이 되었네."

"그러게. 처음 만났을 때는 아직 정말로 소년 같은 느낌이었는데. 하지만 그 무렵부터 이미 달관한 것 같은, 초연한 분위기가 느껴졌어."

아즈미는 자신만의 세계가 있고, 혼자가 되는 것을 두려워하지 않았다. 친구가 없는 건 죽음과 마찬가지라는 학창 시절 어떤 종류의 강박관념에서 해방되어 있었다. 나이를 생각하면 경이적인 일이지만, 그것을 이해할 수 있을 정도로 주위가 아직 성숙하지 못했다.

"나이와 상관없이 혼자 있지 못하는 사람은 얼마든지 있지."

가노군은 그렇게 말하며 접시에 남아 있는 붕어빵에 손을 뻗었기에 나는 안 된다고 가볍게 야단쳤다. 가노군은 아무리 먹어도 현실의 붕어빵은 사라지지 않는다. 그러니 말하자면 가노군은 영원히 붕어빵을 계속해서 먹을 수가 있었다. 하지만 그건 절제하지 못하는 행동이기에 나는 규칙으로 정해서 그런 행동은 금지하고 있었다.

"내 존재 자체가 엉터리니까 상관없잖아?"

가노군의 존재가 불안정하기 때문에 더욱 주변을 확고한 것으로 단단하게 다지고 싶었다. 식사는 2인분을 준비하고, 붕어빵은 계속 무한히 먹지 않는다. 이불은 두 채 펴고 잔다. 칫솔도 2개. 신은 디테일에 깃든다고 한 유명 건축가의 말도 있지 않은가. 디테일은 무척 중요하다.

"알았어. 붕어빵은 참을게."

아쉬운 듯이 말한 뒤에 가노군은 이야기를 다시 돌렸다.

"그건 그렇고, 난 아즈미가 우루하를 좋아한다고 생각했어."

"저기요?"

나는 어처구니없다는 눈빛을 보냈다.

"그럴 리가 없잖아. 나이 차가 몇 살인데."

"하지만 고등학생 무렵에는 연상의 여선생님을 동경하는 법이야."

"가노군의 감은 믿을 수가 없어. 가나자와 씨 앞에서도 엄청 부끄러운 상황을 만들었잖아."

"아, 그 일?"

가노군은 생각났다며 웃었다. 아내가 걱정하는 것만큼 남편이 인기가 있는 것은 아니라는 말이 있는데, 나는 완전히 그 반대 패턴이었다. 나에게 책임이 있는 것도 아닌데 기대에 부응하지 못해 죄송한 기분이 드는 것이 불합리하게 느껴졌다. 가노군은 내 기분 같은 건 전혀 신경 쓰지 않고 말을 이었다.

"아즈미 상대는 어떤 느낌이야?"

"음… 갸루와 성숙한 여성의 중간 정도?"

그 둘의 차이를 모르겠다며 가노군이 고개를 저었다.

"갸루처럼 특별히 진한 화장을 하고 옷차림이 화려한 것은 아니지만, 아무튼 미인이고 스타일이 좋아서 눈에 띄는 느낌이야. 수많은 사람들 속에 있어도 한 번에 눈길을 사로잡아. 성격도 여왕 같은데, 그게 또 어울려. 학교 내 계급 최상위에 있는 건 틀림없어."

가노군은 흥미진진한 표정이었다.

"아즈미가 사랑에 빠진 상대로는 의외의 조합인걸."

"나는 막연히 흑발에 청초한 느낌의 여학생을 좋아할 거라 상상했어."

"그건 그대로 지나치게 어울려서 재미가 부족해. 아즈미와 흑발의 청초한 여학생 커플이라니, 서로 마주 보고 앉아 영원히 차를 마시는 장면밖에 상상이 안 돼. 갸루에게 휘둘리는 아즈미 커플이 훨씬 즐거워 보여."

"다른 사람 연애를 재밋거리로 여기면 안 되지."

하지만 현실은 가노군이 즐거워할 만한 방향으로 진행되었다. 아즈미가 쫓아다니는 다치바나는 사귀기까지도 힘들지만 사귀기 시작한 후에도 넘어야 할 높은 산을 만들고 있었다.

"다치바나는 소악마라고 불리나봐."

"소악마?"

"시도 때도 없이 남자친구가 바뀐다나봐."

다치바나는 누가 봐도 훌륭한 외모의 미소녀로 남학생들에게 인기가 있지만, 다른 사람 남자친구라도 신경 쓰지 않고 마음에 들면 빼앗았다. 그러고는 두세 달 지나면 무정하게 차버려서 여학생들이 무서워한다고 했다.

"굉장하네. 그 정도라면 역시 아즈미가 좋아하게 될 만한 여학생일 것 같기도 해. 악평이 최고조에 달하면 오히려 평가가 좋아지는 현상이 있는데, 그것과 비슷하지."

가노군은 점점 더 흥미를 보이며 다른 일은 없는지 물었다.

"다른 일이라…. 체육 시간에는 한 번도 출석한 적 없다는 거?"

"갸루라서?"

그러니까 갸루는 아니라고 고쳐주려다가 포기했다. 남자에게 갸루와 성숙한 여성의 패션 차이를 설명할 수 있을 정도로 나 역시도 패션을 잘 알지 못했다.

"몸이 약하다는 병원 진단서를 제출했다던데."

"몸이 약한 갸루도 있구나. 거침없이 행동하는 인상이 있었는데."

"나도 비슷하게 생각했는데."

실제로 다치바나가 소속된 화려한 그룹은 행동파다. 방과 후 바로 집에 돌아가는 건 재미없다고 생각했으며, 만난 사람과는 우선 먼저 연락처를 교환했다. 개인적인 연락을 하려는 이유가 아니라, 여백을 남겨두지 않기 위해 아무튼 공란을 채우고, 채우고, 채웠다. 여백의 미 같은 개념이 없었다. 그러고도 피곤해하지 않는 게 놀라웠다.

"말하자면 땡땡이일 가능성이 크다는 거야?"

"잘 모르겠어."

확답은 피했다. 물론 학교 내 계급 상위에 속한 아이들은 체육을 싫어했다. 여학생은 화장과 헤어스타일이 망가진다는 이유였고, 남학생은 따분하다는 이유 한 가지였다. 나도 체육은 싫어했기 때문에 그 마음은 이해하지만, 의사 진단서까지 준비한다니 참 비장하게 느껴졌다.

아즈미는 다치바나의 어떤 부분을 좋아하게 된 걸까? 정보를 정리해볼수록 어울리지 않는 부분만 도드라져 보이는 두 사람이었다. 하지만 논리로는 설명할 수 없는 것이 사랑이기도 했다. 자신과 비슷하다거나, 자신에게 없는 부분을 가지고 있다거나, 주위가 이해하고 받아들일 만한 이유는 하나도 없기도 하고, 아무런 전조도 없이 갑자기 사고처럼 발생하기도 한다.

"아무튼 두 사람이 어떻게 될지 신경이 쓰여. 아즈미가 다치바나를 성취할지 어떨지 내기할래?"

"아즈미가 알게 되면 화낼걸."

"그 애는 화 안 낼 거야."

가노군은 툇마루에서 손을 뒤로 쭉 뻗어 짚고 앉아 태평하게 웃었다.

그런 이야기를 나눈 그다음 주에 아즈미가 우리 집을 방문했다.

입시 실기 시험이기도 한 데생을 봐준다는 약속을 했는데, 실제로 봐주는 사람은 내가 아니라 가노군이었다. 아즈미는 가노군이 졸업한 미대를 지망했다.

"얼마 전에 입시학원에서 그린 거예요."

천을 들고 있는 아이의 손을 스케치한 것이었다. 흔한 모티브이지만, 천의 질감과 아이 특유의 부드러운 피부가 고등학생 수준을 훨씬 넘어 치밀하게 묘사되어 있었다.

"모티브는 천 하나였는데, '모티브를 손봐서 자유롭게 그리시오'라는 문제여서 손을 그렸어요."

"응?"

잠시 생각한 후 겨우 이해하고 나는 웃었다.

"'손봐서'라고 해서 아이 손을 그려 넣었다니, 난센스 퀴즈도 아니고."

"이게 정답이야."

하지만 옆에서 가노군은 끄덕였다.

"우리 대학은 이런 엉뚱한 함정 문제를 가끔 내놓으니까 그 준비를 해둬야지. 모티브를 정확하게 그리는지, 자유로운 발상력이 있는지, 문제를 정확하게 이해하는 힘을 보고 평가해."

나는 반신반의하는 눈빛으로 가노군을 보았다.

"아즈미, 가노군이 함정 문제라는데 정말이야?"

"네. 입시학원에서도 학생 절반이 거기에 걸려서 다들 야유를 보냈어요. 하지만 실제로 실기에서 정기적으로 이런 문제가 나온대요."

그렇게 말한 후에 아즈미는 내 옆의 아무것도 없는 공간으로 눈을 돌렸다.

"가노 작가님, 데생 자체의 완성도는 어떤가요?"

아즈미는 보이지 않는 가노군에게 말을 걸었다.

처음 이야기를 한 후 줄곧 아즈미는 가노군 유령이 있다는 전제로 이야기를 했다. 집에 오는 것도 가노군 그림이 좋아서 가노군의 이야기를 듣고 싶어서였다. 보이지 않고 들리지 않아도 있다고 믿었다. 주위가 무슨 말을 하든 자신이 믿는 것에 충실했다. 아즈미의 강하고 유연한 마음에 나는 존경과 감사의 마음을 보내고 있다. 나이가 많고 적은 건 관계가 없었다.

"실기는 여유롭게 합격할 수준이라고 생각해. 문제는 학과 시험인데, 괜찮아?"

가노군의 말을 전하자 아즈미는 얼굴을 찌푸렸다. 열심히 하겠다는 목소리가 조금 작아지는 걸 봐서 아슬아슬한지도 모른다.

"학과 시험은 국어와 영어뿐이지?"

"수학이라면 더 나았을 텐데요."

그러고 보니 아즈미는 각 과목의 점수 차이가 컸다.

"시대에 따라 바비 인형을 보는 방식이 어떻게 변해왔는가? 같은 건 죽어도 관심이 없으니 아무래도 상관없다 싶거든요."

"무슨 이야기야?"

"작년 국어 시험 문제예요."

잘하지 못하는 과목인 데다 그런 문제를 봤으니 의욕이 완전히 사라진 모양이었다.

"무엇을 어떻게 보건 그 사람의 자유잖아요."

아즈미는 국어 수업을 근본부터 무너트리는 말을 했다. 옆에서 가노군이 맞는 말이라며 자신도 국어는 어려웠다고 동의했다.

"입시 같은 건 얼른 끝났으면 좋겠어요. 빨리 좋아하는 걸 그리고 싶어요."

"입학해도 일이 년은 기초와 과제 지옥이야."

"입시용 기술에 쫓기는 것보다는 나아요."

미대 실기는 입시에 특화한 기술을 요구하므로 대상을 올바르게 그리는 것이 중요하다. 풍부한 상상력이라고 하지만 이해하기 쉬운 정도로만 풍부하지 않으면 안 되었다. 이해한다며 가노군이 고개를 끄덕여서 나는 살짝 웃었다. 두 사람은 정말로 죽이 잘 맞았다.

아즈미가 가노군 그림을 좋아하듯이 가노군도 아즈미 그림에 매력을 느꼈다. 빛이 흐릿하게 투과하는 불투명 유리 같은 가노군 그림에 비해 아즈미의 그림은 몇 단계쯤 색채가 강했다. 거칠지만 온화하고 생생한 필치와 어울렸다.

— 살아 있을 때 만났으면 좋았을 텐데.

이전에 가노군이 이런 말을 했었다.

데생을 본 후 지망 대학에 대해, 가노군이 강의했던 수업에 대해, 나를 통해 두 사람은 이야기를 나눴다. 저녁 식사 후에 아즈미를 배웅하는 길에 나와 가노군도 내일 아침에 마실 두유를 사러 갔다.

"선생님, 저녁 잘 먹었습니다. 맛있었어요."

"다행이다. 햄버그스테이크 오랜만에 만들었거든."

"오늘 가노 작가님 저녁은 내일 선생님의 도시락이 되는 거죠?"

"응. 햄버그스테이크 도시락이 되겠지. 다이어트할 틈도 없어."

"선생님, 뚱뚱하지 않으세요."

"그렇게 신경 쓰지 않아도 우루하는 평균이야."

아즈미와 가노군이 동시에 말했다. 나도 살이 쪘다는 생각은 안 했지만, 뚱뚱하지 않다거나 평균이라는 말은 들어도 기쁘지 않았다. 말랐다는 말을 듣고 싶었다.

"저는 마른 여자는 좋아하지 않아요."

— 응? 다치바나는 꽤 날씬하잖아?

마음속으로 고개를 갸웃하고 있을 때 뒤에서 젊은 남자 목소리가 들렸다.

"앗, 스토커잖아."

돌아보니 스키니진을 입고 가늘고 긴 다리를 뽐내는 다치바나가 서 있었다. 옆에는 다치바나 남자친구가 있었는데, 스토커라고 말한 사람은 그 남자친구 쪽이었다.

"어이, 쓰레기 같은 스토커, 노조미 주위를 어슬렁거리지 말라고 했잖아."

남학생이 갑자기 위협하자 아즈미는 의아하다는 눈빛으로 눈을 가늘게 뜨고는 그를 찬찬히 살펴봤다.

"난 그냥 평범하게 걸어가는데 너희가 말을 걸었잖아?"

"시끄러워, 말대꾸하지 마. 저급한 성범죄자 놈."

엄청났다. 사회에 나오면 절대로 통하지 않을 말투였다. 이 아이는 분명 3학년일 텐데, 앞으로 다섯 달이면 고등학교 졸업할 텐데, 이래서야 사회에서 살아갈 수 있을까? 그런 걱정을 하고 있으려니 남자친구가 나를 봤다.

"그나저나 진짜 나이 많은 여자를 데리고 다니네. 여자친구야?"

호기심 가득한 눈을 보고 나는 힘이 쭉 빠졌다. 네 학교 선생님이야, 얼마 전에 복도에서 만났잖아, 라고 말하려는 순간 다치바나가 먼저 말했다.

"바보야, 우리 학교 선생님이잖아."

다행이다. 다치바나는 세 걸음 만에 전부 잊어버리는 새 머리가 아니었어.

"아무리 그래도 고등학생이 이런 아줌마랑 사귈 리는 없잖아."

안도하자마자 가슴을 푹 찔렸다.

"너 말이 심하다. 선생님 꽤 귀엽잖아."

두 사람은 재밌다는 듯이 웃었다. 무슨 말을 해도 자신들은 용서받을 거라는 태도였다. 나는 열혈 교사는 아니었기에 화가 나기보다는 얽히고 싶지 않다는 생각뿐이었다.

"너희 둘, 벌써 8시 넘었으니까 빨리 집에 돌아가."

적당히 교사다운 말로 마무리하려던 참이었다.

"남고생을 집에 끌어들이는 교사한테 그런 말 듣고 싶지 않은데요!"

"뭐?"

"선생님 집, 이 근처죠?"

다치바나가 빤히 노려봤다. 최근에는 학생에 대한 체벌과 학대에 학교 측은 과민해져 있다. 그중에서도 가장 불명예스러운 일이 성범죄다. 성범죄. 그 무게에 핏기가 사라졌다. 아즈미는 내가 아니라 죽은 남편을 만나러 오는 거라고, 그런 엉터리 같은 변명은 통하지 않을 것이다. 아무리 그게 사실이라고 해도.

"남고생이 아줌마랑 사귈 리가 없다고 직접 말했잖아?"

아무 말 없는 나를 대신해 아즈미가 냉정하게 받아쳤다.

"나는 그렇게 생각하지만, 사람 취향은 제각각 다르니까. 아줌마를 좋아하는 고교생이 있어도 이상하지 않잖아? 아즈미랑 아줌마, 뭐 그럭저럭 어울리는데."

나를 사이에 두고 둘이서 계속해서 아줌마, 아줌마 하는 건 그만뒀으면 좋겠다.

"아즈미, 이럴 때는 아줌마가 아니라고 말해."

옆에서 가노군이 쓸데없는 지적을 한 탓에 내 상처는 더 깊어졌다.

"집에서 남학생이랑 둘이서만 만난다는 걸 들키면 선생님 난처하죠?"

다치바나가 비웃으며 턱을 돌렸다. 그냥 새 머리였다면 백배는 나았을 거라는 생각을 하고 있을 때 아즈미가 한 걸음 앞으로 나섰다.

"그나저나 너 말이야, 우루하 선생님 댁은 어떻게 알아?"

"…뭐?"

다치바나가 얼굴을 찌푸렸다.

"선택과목 음악이잖아. 미술 담당인 우루하 선생님이랑은 만날 일도 없잖아. 그런데 왜 선생님 집까지 알고 있는지 묻는 거야. 내 행동 조사했어?"

다치바나의 태도가 변했다. 키가 큰 아즈미를 아래에서 노려봤다.

"미술 선택한 친구한테 우연히 들었어."

"누구? 이름 말해봐."

"내 친구 이름을 왜 너한테 말해야 하는데?"

"그럼 너 오늘 여긴 왜 온 거야?"

"노래방 갔다가 돌아가는 길이야."

다치바나는 남자친구에게 동의를 구하는 눈길을 보냈다. 남자친구는 고개를 끄덕였다.

"노래방은 역 앞에 있잖아. 끝났으면 바로 집에 가. 왜 주택가에서 어슬렁거리는데? 그보다 학교에서 제일 가까운 역에도 노래방 있잖아. 왜 여기까지 온 거야?"

"짜증 나. 낯선 동네를 걸어보고 싶었을 뿐이야."

"갑자기 무슨 분위기 찾는 척이야."

코웃음 치는 아즈미를 다치바나는 사나운 눈초리로 쏘아보았다.

"시끄러워. 스토커에게 일정 알려줄 의무는 없거든."

"지금 쫓아다니는 건 너잖아?"

"쫓아다니는 거 아니야."

"그럼 빨리 돌아가."

아즈미는 입술을 끌어올리며 다치바나를 내려다봤다. 차갑게 웃는 옆모습을 보면서 역시 전혀 기가 약하지 않다는 것을 새삼스럽게 깨달았다. 게다가 말투도 너무나 신랄했다. 도저히 좋아하는 여학생을 대하는 것처럼 보이지 않았다. 다정함은 털끝만큼도 보이지 않았다.

"까불지 마, 아즈미, 멍청이."

다치바나는 분한 듯이 얼굴을 찌푸리고는 갑자기 발길을 돌렸다.

"갈래."

"노조미, 기다려. 내가 저 녀석 한 방 날려줄게."

남자친구가 다치바나를 불러세웠다.

"선생님 앞에서 그럴 수 없잖아. 바보 아냐?"

"저렇게 얕보는 말을 듣고 물러선다면 남자 체면이 말이 아니지."

"체면은 알아서 혼자 챙기던가."

긴 다리를 최대한 사용해서 성큼성큼 가버리는 다치바나 뒤를 남자친구가 허둥거리며 따라갔다. 남자다운 모습을 보여주려다가 바보 소리를 듣다니 참 딱하다고 가노군이 전혀 딱하게 여기지 않는 말투로 말했다. 아즈미는 평소처럼 무표정이었다.

"그럼 저도 갈게요. 오늘은 감사했습니다."

아즈미는 등을 돌려 가다가 문득 생각났다는 듯이 돌아봤다.

"선생님은 전혀 아줌마 같지 않아요. 제가 보기엔 예쁘세요."

아즈미는 진지한 얼굴로 말하더니 인사를 하고는 돌아갔다.

"…지금, 두근거렸지?"

가노군이 슬쩍 중얼거리는 말을 듣고 나는 제정신으로 돌아왔다.

"그럴 리가."

의심의 눈으로 보기에 나는 빨리 걷기 시작했다. 뒤에서 가노군이 중얼거리며 따라왔다.

"우루하 거짓말한대요."

"소녀만화 여주인공 같은 얼굴이었어."

평소 가노군은 꽤 담담한 성격인데 가끔 바보처럼 질투가 심했다.

"아, 네, 두근거렸어요. 두근거렸다고요."

이렇게 말하자 가노군은 입을 딱 다물더니 한동안 묵묵히 걸었다. 살짝 돌아보자 가노군은 면바지 주머니에 손을 쑤셔 넣고 뾰로통하게 먼 곳을 보고 있었다. 사춘기 소년 같아서 대체 몇 살인지 묻고 싶어졌다.

"그게 아즈미는 가노군이랑 닮았는걸."

앞을 향한 채 말했다.

"가노군이 고등학생 때 저런 느낌이었을까 생각했더니 가슴이 두근거렸어."

뒤돌아보자 이번에는 가노군과 눈이 마주쳤다.

"나는 저렇게 멋진 말은 못했어."

"그럴지도 모르겠네. 그래도 좋으니까 고등학생이었던 가노군을 만나보고 싶어."

"싫어."

"왜?"

"고등학생 때 만났으면 결혼 안 했을지도 모르니까."

그럴지도 모른다. 지금 우리가 여기에 이렇게 있는 건 몇천, 몇만의 우연이 겹친 결과다. 무언가가 하나라도 어긋났다면 지금 둘이 나란히 있지 않았을 것이다.

어떤 의미로는 로맨틱하다고 생각하지만, 나와 결혼하지 않았다면 가노군은 죽지 않았을지도 모른다는 절망적인 생각에 이르고 말았다. 우리처럼 결과가 이미 정해진 경우, 달콤한 꿈을 꿀 여지가 없다.

"들은 것보다 여려 보이는데."

침묵을 털어내듯 가노군이 화제를 돌렸다.

"다치바나 말이야?"

"그런 생각 들지 않아?"

나는 잘 알지 못했다. 학교 내 계급 꼭대기에 군림하는 다치바나와 여리다는 말이 연결되지 않았다. 하지만 선입견이 없는 가노군에게는 그렇게 보였나 보다.

"정말, 어떻게 우리 집을 알았을까?"

"친구에게 들었다고 했잖아."

"그 말을 믿어?"

"가노군은 다치바나가 아즈미를 쫓아온 거라고 생각해?"

가노군은 생각에 잠겨 밤하늘을 올려다봤다.

"여기에서 만난 게 우연이라고 해도 적어도 아즈미가 다치바나를 일방적으로 쫓아다니는 것처럼 보이지는 않았어. 반대로 아즈미가 더 여유 있었고."

"하지만 아즈미는 누구 앞에서도 침착한데?"

"좀 전의 모습은 침착함을 지나 냉소적인 영역이었거든."

그렇구나. 거칠게 말한 건 사실 반대 방향으로 감정적이었기 때문이구나. 아즈미 같은 애가 감정이 흔들렸다는 건 역시 다치바나에게 특별한 감정이 있기 때문일까?

"그렇다면 아즈미도 드디어 변했네. 스토커는 그렇다 치고 좀 전에는 좋아하는 여자를 대하는 태도는 아니었잖아. 미움받을 걸 두려워하지 않는 느낌이었어."

"좋아하는 방식도 사람마다 다르지. 보는 것만으로 행복하다는 사람도 있고, 가나자와처럼 신체접촉을 싫어하는 사람도 있고. 그러면 아즈미는 좋아하는 사람에게 미움받고 싶어 하는 취향일지도."

"독특하네."

정답 같은 건 없는, 아무래도 상관없을 이야기를 하는 사이에 집에 도착했다. "다녀왔어"라고 중얼거리며 신발을 벗으려던 차에 밖으로 나간 목적인 두유를 사오지 않았다는 사실을 깨달았다. 최소한 열쇠를 열고 들어서기 전에 생각났으면 좋았을걸, 하고 투덜거리며 다시 한번 슈퍼마켓으로 향했다.

오늘 밤은 별이 예쁘게 빛나는 걸 보니 겨울도 꽤 가까이 와 있다는 느낌이었다. 학기말 시험이 끝나면 3학년 학생들을 학교에서 볼 일도 없었다.

"아즈미, 합격하면 좋겠네."

내 말에 가노군도 가볍게 동의했다.

"합격하면 좋겠어. 국어만 어떻게 잘하면 되겠지."

나도 함께 끄덕이며 밤하늘에 빛나는 오리온자리를 보며 기도했다.

학기말 시험 마지막 날, 나는 수업이 없는데도 학교에 갔다. 2학년 수업이 아직 남아 있지만 미리 미술 준비실 대청소를 하러 온 것이었다.

기간제 교사는 수업 수로 급여가 나오기 때문에, 청소나 학교 행사에 참가하는 것은 자유지만 추가 수당은 없었다. 다시 말해 오늘은 무급 근무다. 단순히 내가 사용하는 장소가 지저분한 게 싫었다. 반대로 가노군은 그런 걸 전혀 신경 쓰지 않았다.

— 유화 그림을 그리면서 깨끗하게 유지하는 건 불가능해.

친구의 아틀리에도 폐허인가 싶을 정도로 어질러져 있었다. 아무리 신경을 써도 바닥과 벽에 물감이 묻고 용해유와 세척액이 바닥에 스며들었다.

그림 크기가 커지면 예상하지 못한 사고도 일어난다. 뒤에 놓여 있는 물건을 집으려고 돌아앉았을 때 엉덩이에 부딪혀 세워뒀던 캔버스가 가노군 몸 위로 쓰러진 일도 있었다. 가노군은 머리카락도 옷도 물감투성이가 되었지만, 자신이 다친 것보다 그림을 먼저 걱정한 천생 화가였다.

오랜 세월에 걸쳐 스며든 얼룩은 포기하고 바닥을 청소하고 책장 먼지를 닦아내는 데 집중했더니 점심쯤에는 대충 끝낼 수 있었다. 때마침 시험도 끝나서 복도에는 긴장이 풀려 해방감에 가득한 학생들이 모여 있었다. 교무실로 돌아가던 중 아즈미 모습을 발견했다.

인기척 없는 특별교실이 나란히 이어진 복도 안쪽에 밝은 갈색 머리를 한 여학생과 함께 있었다. 등을 돌리고 있었지만 스타일이 좋은 모습에 다치바나라는 걸 알아봤다. 다치바나는 늘 추종하는 남학생들에게 둘러싸여 있었는데, 오늘은 혼자였다.

며칠 전 차가운 태도를 보이는 걸 보고 완전히 잊고 있었지만, 아즈미는 스토커 용의에서 아직 벗어나지 못한 상태였다. 빈번하게 사람이 없는 곳에서 다치바나를 불러내어 선물을 건넨다고 들었다.

아즈미가 여학생에게 선물이라….

상상되지 않는 모습을 엿보고 있으려니, 아즈미가 종이봉투를 다치바나에게 건넸다. 지방 화과자 가게에서 담아줄 듯한 수수한 종이봉투였다. 아아, 그러면 안 되지. 다치바나 같은 아이에게 선물하는 거면 좀 더 귀여운 종이봉투를 고르라고.

혼자서 속을 태우다가 순간 정신을 차렸다. 아니지, 아니야. 태연하게 조언을 할 때가 아니야. 역시 소문은 사실이었다. 나도 모르게 스토킹 현장을 발각하고 초조한 마음이 생겼다. 이럴 때는 어떻게 하면 좋을까? 교사로서 중재에 들어가야 하는 걸까? 하지만 그런 무신경한 일은 하고 싶지 않았다.

"올해 정월에는…."

"우리 부모님이…."

대화가 띄엄띄엄 들려왔다. 무슨 이야기일까? 상당히 가까운 사이가 아니면 나오지 않을 법한 단어에 고개를 갸웃했다.

"거기 너희, 뭐하고 있어!"

누군가 소리치는 바람에 깜짝 놀라 어깨를 움찔했다.

두 사람 앞에 있는 계단 참에서 갑자기 사카이 선생님이 나왔다.

"이렇게 사람이 없는 곳에서 뭐하는 거야?"

산뜻한 파란색 스웨터에는 어울리지 않는 윽박에 가까운 목소리였다.

"아무것도 안 했는데요?"

다치바나가 지루한 목소리로 대답했다.

사카이 선생님은 그 말을 무시하고 다치바나를 자신 뒤로 숨기듯이 아즈미와 마주했다. 완전히 약한 여자를 지키는 정의의 기사 모습이었다.

"아즈미, 이런 곳으로 다치바나를 불러내서 뭐하는 거야?"

"전해줄 게 있어서요."

흥분한 사카이 선생님과 다르게 아즈미는 늘 그렇듯이 침착했다.

"다치바나와 거리를 두라고 담임선생님께 주의를 받았잖아."

"그런 주의 받은 적 없어요. 입시나 그 외 일로 바쁜 시기니까 뭔가 고민이 있으면 언제라도 상담하러 오라는 말은 들었지만요."

"그게 무슨 말이야? 일이 일어난 후에는 소용없다고 그렇게 말했는데."

사카이 선생님은 질렸다는 듯이 이마에 손을 댔다. 이전부터 느꼈지만 사카이 선생님은 연기하는 것 같을 때가 있었다. 드라마나 소설에 등장하는 열혈 교사를 동경하는지도 모른다.

"아무튼 다치바나는 돌아가. 아즈미는 지도실로 따라오고."

"왜요?"

"너와 확실하게 이야기하고 싶어. 다치바나가 싫어하잖아. 여자는 약하기 때문에 확실하게 그만하라고 말하지 못할 때가 있어. 남자라면 그런 것을 이해해줘야지."

아즈미와 다치바나는 동시에 얼굴을 찌푸렸다.

"뭔 말이야."

"짜증 나."

두 사람은 정반대 타입이었지만 싫어하는 것만은 같은 모양이었다.

"…아즈미, 너 대체."

사카이 선생님은 미간에 주름을 잡고는 어이없다는 쓴웃음을 지었다.

"넌 미대 지망이라며. 그쪽 계열은 섬세하다는 건 나도 알아. 너도 여러 가지 고민이 있겠지."

— 뭐야? 다 안다는 것 같은 저 태도는?

조금 떨어져서 듣고 있는 나까지 짜증이 났다. 본인은 이해한다고 말하고 싶은 모양이지만 '그쪽 계열'이라는 말을 들은 입장에서는 불쾌할 뿐이었다.

"선생님은 어쩜 그렇게 요점이 빗나간 말만 하세요?"

아즈미가 조용히 말했다.

"설령 고민이 있다고 해도 선생님 같은 사람에게는 말하지 않을 겁니다. 저와 선생님이 같은 언어로 이야기한다고 생각되지 않아요. 저는 쓸데없는 일을 하는 건 싫거든요."

아즈미는 가노군과 영혼의 쌍둥이 같은 말을 했다. 가노군도 쓸데없는 노력은 하지 않는 사람이었다. 시간도 체력도 지력도 한정되어 있으니까 흥미가 없는 것에 나눌 여유는 없다고 말했었다. 대신 자신이 좋아하는 것, 하고 싶은 것에는 온 힘을 쏟았다.

— 고등학생 시절 가노군은 정말로 저런 느낌이었을 것 같아.

나는 상황을 잊고 아즈미를 보며 두근거리고 말았다. 이 일은 가노군에게는 절대로 비밀로 해야지. 이것은 딴 마음은 아니었다. 아즈미를 통해 환영의 가노군에게 가슴이 두근거린 것일 뿐이니까. 한편 사카이 선생님 쪽은 별로 좋지 않은 상황이었다.

"선생님께 말투가 그게 뭐야?"

분노 탓인지 사카이 선생님 목소리가 미묘하게 날카로워졌다.

"선생님이라고 무조건 다 존경받아야 한다고 생각하세요?"

아즈미 목소리는 냉정을 넘어서 경멸로 가득했다. 사람은 사실을 있는 그대로 들었을 때 가장 화가 나는 법이다. 아즈미 말은 정확히 사카이 선생님의 아픈 곳을 찔렀다.

"아즈미, 너 좀 일로 와봐!"

사카이 선생님이 갑자기 아즈미 오른손을 붙잡아서 나는 작게 비명을 질렀다.

"팔은 안 돼요!"

나도 모르게 벽 뒤에서 뛰어나와 두 사람 앞으로 달려갔다. 아즈미가 뿌리치려고 했지만, 머리끝까지 화가 난 사카이 선생님이 놓지 않아서 밀치락달치락했다.

"좀 적당히 해요!"

다치바나가 사카이 선생님 스웨터를 잡아당겼다. 하지만 격하게 흥분한 사카이 선생님에게 밀려 나가떨어졌다. 가느다란 다치바나 몸이 기세에 밀려 뒤쪽 창문으로 쓰러졌다.

유리에 부딪히려는 순간, 아즈미가 손을 뻗었다. 반대 팔을 사카이 선생님에게 잡힌 채 기묘하게 비튼 자세로 다치바나를 왼팔 하나로 끌어당겼다.

다음 순간, 눈앞에 무서운 광경이 펼쳐졌다.

사카이 선생님이 잡고 있던 아즈미의 오른팔이 이상한 방향으로 구부러지는 게 아닌가.

섬뜩한 정적 뒤에 다치바나가 비명을 질렀다.

나는 정신을 차리고 움직이지 말고 기다리라고 말한 뒤 교무실로 달려갔다. 마침 학생 주임 선생님이 있어서 사정을 설명하고 현장으로 돌아갔다. 많은 학생이 모여 있었다.

"뭐야. 아즈미 팔 부러진 거 아냐?"

"맞아. 큰일이야."

"다치바나가 부러트린 거야?"

속삭이는 목소리 중심에 부러진 팔을 떨군 아즈미는 통증으로 얼굴이 일그러져 있었다. 그 옆에 다치바나가 망연하게 우뚝 서 있었다. 사카이 선생님 모습은 보이지 않았다.

"우선 빨리 아즈미를 병원으로. 내가 차에 태워 갈 테니 우루하 선생님은 다치바나를 교무실로 데리고 가주세요. 거기, 너희는 모여 있지 말고 얼른 집으로 가."

구경하던 학생들을 밀어내고 학생 주임이 아즈미를 감싸고 데리고 갔다.

나는 파랗게 질린 다치바나에게 가자고 작은 목소리로 재촉했다.

다치바나는 작게 끄덕이고 생각났다는 듯이 바닥에 떨어져 있던 종이봉투를 집어들었다. 아즈미가 준, 여고생에게는 어울리지 않는 수수한 종이봉투를.

소동이 일어난 다음 날은 휴일이었지만 학교에 불려가 사정을 설명했다.

내가 들어갈 때 다치바나가 회의실에서 나왔다. 안색이 무척 안 좋았다. 눈 아래가 거무스름한 것이 지난밤 잠을 못 잔 티가 역력했다. 옆에는 다치바나 아버지로 보이는 남성이 있었다. 이럴 때는 어머니가 오는 경우가 많은데 좀 특이하다는 생각이 들었다.

회의실에 들어가자 교감 선생님과 학생 주임 선생님, 다치바나와 아즈미의 담임선생님이 있었다. 이미 다치바나와 아즈미에게서 각각 사정을 들은 후인지 내게는 두 사람 이야기가 맞는지 물었다. 전체 상황에 어긋난 부분은 없었지만 처음 알게 된 사실이 몇 가지 있었다.

"아즈미와 다치바나가 친척이었어요?"

두 사람은 이종사촌이었는데, 최근 몇 년 다치바나 어머니가 병으로 몸이 아플 때가 많아지자 걱정한 아즈미 어머니가 집안일을 도와주고 있다고 했다. 아즈미 어머니가 만든 음식을 아이들을 통해 건네주었다는 것이었다.

"아, 그러면 아즈미가 다치바나에게 자주 선물했다는 게…."

"네, 아즈미 어머니가 전해주라고 부탁한 반찬과 그 외 집에 필요한 이런저런 것이었다는군요."

참고로 어제 건넨 수수한 종이봉투 안에는 집에서 구운 애플파이가 들어 있었다고 했다.

"그러면 아즈미의 스토커 소동은 완전히 오해였던 거네요."

내가 물어보자 다치바나의 담임선생님이 한심하다는 듯이 눈썹을 들어올렸다.

"두 사람이 친척이라는 건 저희도 몰랐어요. 그런 거면 이전에 지도실에 불렀을 때 그렇다고 말해줬으면 좋았을 텐데. 저런 애랑 친척인 걸 알리고 싶지 않았다고 다치바나는 고집부리고 아즈미도 무표정으로 입을 꾹 다물었어요. 사촌인 게 뭐가 부끄러운지. 저도 분명 옛날에 고등학생이던 시절도 있었는데, 요즘 애들 마음은 전혀 모르겠어요."

그 말에 나도 공감하며 고개를 끄덕였다. 두 사람이 사촌이라는 게 스토커라는 오명을 입으면서까지 숨길 일일까? 아무튼 아즈미와 다치바나 교류에 대해 학교 측이 간섭할 문제가 아니라는 결론이 나왔다. 그보다도 심각한 것은 아즈미의 부상이었다.

"다치바나를 붙잡으려고 무리한 자세를 하는 바람에 부러졌어요. 보통은 한 달 정도면 깁스를 풀고 재활에 들어가지만, 비틀리는 바람에 좀 더 걸릴 거라는군요."

"미대 실기 시험은 내년 2월 초예요. 그전에 회복할 수 있을까요?"

"경과를 봐야 알 수 있다는군요. 단순골절과 달리 비틀어지면서 힘줄도 다쳤다는군요. 깁스를 풀어도 재활훈련을 신중하게 해야 하나봐요."

"…그런."

눈앞이 깜깜해졌다. 손을 움직일 수 있게 된다고 해도 몇 주나 붓을 쥘 수 없게 되면 감각이 둔해진다. 그런 상태로 데생과 유화 실기를 볼 수 있을까? 아즈미는 아무 잘못이 없는데. 너무나 불합리했다. 이것은 완전히 학교 측 책임으로, 교장 선생님과 교감 선생님 그리고 담임이 아즈미 자택에 사죄하러 갈 예정이라고 했다.

"사카이 선생님은 어쩌고 계신가요?"

선생님들은 일제히 미간을 찌푸렸다.

어제 우리가 현장에 돌아갔을 때, 사카이 선생님 모습은 이미 보이지 않았다. 자신은 아무 짓도 하지 않았고, 이것은 사고라고 변명하면서 도망쳤다고 다치바나가 말해서 선생님들은 기가 막혔다.

"연락을 계속해서 밤늦게 겨우 이야기를 할 수 있었어요. 하지만 사죄보다 변명만 하더군요. 아즈미를 다치게 한 건 잘못했지만 그건 사고라고, 자신은 다치바나를 지키려고 한 것뿐이고 잘못은 없다고 고집하니 사죄할 때 데리고 갈 수도 없겠더군요."

기가 막혀 입이 안 다물어진다는 건 딱 지금 같은 상황을 묘사한 말이었다. 자신이 저지른 일에 대한 책임을 지기는커녕 사죄도 하지 못한다니, 지금까지 보인 열혈 교사의 모습은 뭐였던 걸까? 고민이 있어도 선생님에게는 말하지 않겠다, 말해도 소용없다고 답했던 아즈미의 생각이 옳았다.

"게다가 다치바나에게서 신고를 받았어요."

"다치바나가 뭘요?"

"사카이 선생님이 이전부터 성추행했다고."

너무 큰 충격에 말이 안 나왔다. 학생 사이의 스토킹도 큰 문제이지만, 여학생에 대한 남교사의 성추행은 그 이상으로 심각한 문제였다. 섣불리 입에 담을 수도 없었다.

"사카이 선생님이 아즈미를 스토커라고 하며 소동을 일으킨 것은 정의감에서 나온 것이 아니라, 자신에게 연애 감정이 있는 것에 더해서 일그러진 질투였다고 다치바나는 말합니다. 이전부터 자신이 널 지켜주겠다며 징그러운 눈빛으로 쳐다봐서 무서웠다는군요."

"…어떻게 그런."

"사카이 선생님은 성추행은 부정하지만, 다치바나를 지키겠다고 말한 것은 사실인 모양입니다. 이상한 의미로 한 말이 아니라고 주장하지만요."

"…하지만 그건 본인들만이 아는 거잖아요."

"네, 그래서 결국 어느 쪽을 믿을까 하는 문제지요."

이 정도 사안은 교육위원회 귀에 들어가지 않도록 은폐하기도 하지만, 이번에는 아즈미에 대한 폭행이 겹쳐 있었다. 그 정도로 나쁜 일을 일으킨 교사를 학교 측도 감싸줄 수 없을 것이다.

"원래는 징계해고도 가능하지만, 권고 퇴직 형태로 마무리 짓겠죠."

학생 주임 선생님은 팔짱을 끼고 얼굴을 찌푸렸다.

그날 밤 아즈미가 우리 집에 찾아왔다.

"갑자기 와서 죄송합니다."

현관에 선 아즈미는 깁스한 오른팔을 팔걸이에 걸치고 있었다. 애처로워 보기 힘들었지만, 가장 괴로운 사람은 본인일 것이다. 나는 아랫배에 힘을 주고 웃으면서 들어오라고 말했다.

"이거 맛있다. 빵이 폭신하고 촉촉해서 케이크 같아."

차를 끓여 셋이서 아즈미가 편의점에서 사온 크림을 넣은 도라야키를 먹었다. 아즈미 본인과 나와 가노군 것까지 착실하게 3개를 사왔다.

"최근 편의점 제품은 만만찮아."

가노군이 감동했다. 하지만 육체를 잃은 지금 생전에 자신이 먹어보지 않은 맛을 과연 알 수 있을까? 보통 사람의 상식을 넘어선 힘이 작용하는 건지, 아니면 아는 기분만 드는 것인지, 그건 가노군 자신도 몰랐다.

"아즈미, 가노군이 도라야키 맛있대."

말을 전하자 아즈미는 가노군의 찻잔이 놓인 쪽을 향해 고개를 숙였다.

"내년에도 입시학원에 다니게 될 것 같아요."

평소와 다르지 않은 담담한 모습으로 말했다. 괜찮아, 회복 잘될 거야. 이런 격려의 말이 나오려는 걸 입에 발린 소리처럼 들릴까 싶어 그만뒀다.

"두 분께 많은 조언을 받았는데 죄송합니다."

"아즈미가 사과할 일이 아니야."

"네. 하지만 어느 정도는 제가 부추긴 탓도 있으니까요."

"사카이 선생님 일이라면 신경 쓰지 않아도 돼. 아무튼 어른이고 교사니까 그 정도로 평정심을 잃은 건 사카이 선생님 그릇이 그만큼 작았다는 거니까."

"선생님, 가끔 심한 말을 하시네요."

아즈미가 웃었다. 약간 애쓰는 모습이 엿보였다.

"아즈미, 다치바나는 어떤지 들었어?"

"아무것도 못 들었어요. 따로따로 불려가서 만나지도 못했고, 사카이 선생님 탓에 제가 다치바나를 스토킹했다는 의심을 받은 걸 부모님도 알게 되어서 엄청 웃으셨어요."

아즈미에겐 기분 나쁜 티가 팍팍 났다. 그 마음은 이해되었다. 감정이 풍부한 10대 시기에 지극히 사적인 연애 사정으로 부모에게 놀림받는 건 가시밭길이나 마찬가지일 터다.

그런데 스토커 사건이 오해라면 아즈미가 다치바나를 좋아한다는 것도 오해였을까? 어쩐지 그건 다른 문제처럼 느껴졌지만, 지금 물어볼 일은 아니었다.

"학교에서 다치바나를 언뜻 봤는데, 안색이 너무 안 좋기에 좀 걱정이야."

"겉으로 보기엔 저래도 신경이 예민한 애니까요."

퉁명스러운 말투에서 오히려 둘 사이가 좋다는 것이 느껴졌다.

"아즈미는 다치바나랑 사촌이었구나."

"말씀드리지 않아서 죄송해요. 그 녀석이 아무에게도 말하지 말라고 해서요."

"숨길 일도 아닌데 말이야."

아즈미는 거기에는 대답하지 않고 도라야키 포장지를 꾸깃꾸깃 접었다. 말하고 싶지 않아 보여서 깊이 파고들지 않았다.

"오늘, 가노 작가님 그림을 보고 싶어서 왔는데, 보여주실 수 있을까요?"

"응. 가노군, 괜찮지?"

내 말에 가노군은 끄덕이며 일어났다.

"아즈미, 가노군이 아틀리에 간다니까 같이 가봐. 통역 필요해?"

"아니요, 오늘은 작가님이랑 둘이서 보고 싶어요."

"알았어. 천천히 봐. 아, 추우니까 난로 켜고."

두 사람을 아틀리에로 보낸 후, '야옹' 하는 울음소리가 들리더니 박박 발톱으로 창문을 긁는 소리가 났다. 길고양이 타탕이 온 모양이다. 여름에는 시원한 에어컨을, 겨울에는 따뜻한 난로를 찾아, 때로는 밥과 간식을 먹으러 타탕은 자기 마음 내킬 때 우리 집에 찾아왔다.

툇마루 쪽으로 난 창문을 열자 새하얀 덩어리가 슥 다리를 스치며 집 안으로 들어와 곧장 난로 앞으로 향했다. 오늘은 따뜻한 곳을 원했나 보다.

"길 생활은 자유롭지만, 겨울 추위는 힘들지?"

바구니에서 낡은 담요를 꺼내 타탕 옆에 두었다. 타탕은 기다렸다는 듯이 담요에 파고들더니 쭈글쭈글하게 자신만의 침대를 만들었다.

"편해?"

쪼그리고 앉아 등을 쓰다듬자 긴 꼬리를 바닥에 탁탁 쳤다. 상관하지 말라는 의미였다. 남의 집에 마음대로 몸을 녹이러 들어와서는 어쩜 이리 안하무인 태도인지. 고양이의 이런 제멋대로인 부분이 나는 좋았다. '그래, 알았어, 마음대로 해'라고 생각하며 일어났다.

내일 아침으로 먹을 수프를 준비한 후에 코코아를 끓여 아틀리에로 가지고 갔다. 그 방은 북향이라 밤에는 시베리아 같다. 복도를 걸어가자 이야기 소리가 들렸다.

"1년 정도는 아무렇지도 않아요. 대학이 도망가는 것도 아니고요."

"응, 그렇지."

아즈미와 가노군의 목소리. 하지만 가노군 목소리가 아즈미에게는 들리지 않을 것이다.

"입시 기술도 완벽하게 익혔으니까, 내년 1년 동안은 제 그림을 그릴 거예요."

"응. 그러는 게 좋겠어."

몇 년에 걸쳐 준비해온 일이 불합리한 폭력으로 헛되게 되었다. 나라면 화가 나고 슬플 것이다. 그런데 아직 고등학생인데도 아즈미의 흔들리지 않는 굳건한 마음이 존경스러웠다.

"…1년 정도는 아무렇지 않아요."

아즈미는 힘없이 같은 말을 반복했다.

"부상도 잘 회복될 거라고 의사 선생님이 말씀하셨고."

"재활훈련을 제대로 하면 이전처럼 돌아갈 거라고 하셨고."

"다시 붓을 잡을 수 있을 거라 하셨고."

아즈미는 담담하게 중얼거렸다.

몇 번이고 몇 번이고 자신에게 들려주듯이.

"가노 작가님, 그렇죠?"

"응. 너라면 괜찮을 거야. 아마도."

들리지 않을 테지만 가노군은 반드시 그럴 거라는 확언은 하지 않았다.

가노군의 환영의 목소리에, "네"라는 아즈미의 기운 없는 목소리가 겹쳤다.

나는 조용히 거실로 돌아와 옛날 스타일의 세로로 긴 원통형 석유난로 옆에 쪼그리고 앉았다. 타탕이 동그랗게 몸을 말고 잠들어 있었다.

"너라면 괜찮을 거야. 아마도."

가노군의 말을 따라서 작게 중얼거렸다.

아즈미도 당연히 화나는 마음과 분한 마음이 들 것이다. 그럼에도 특별히 강하지 않기 때문에 강해지려고 거듭 자신에게 말하고 있었다. 나와 가노군은 아즈미를 특별히 아꼈다. 그러니 아즈미는 괜찮을 거라고 믿고 싶었다.

신은 이겨낼 수 있는 시련만을 주신다는 말을 들은 적이 있다. 하지만 그것은 괴로움에 허덕이는 누군가를 격려하기 위해 사람이 생각해낸 말이다.

만약 그게 사실이라면 나는 남편을 잃어도 견뎌낼 수 있다고 신이 생각한 것이 된다. 아즈미는 소중한 오른손을 다쳐도 괜찮은 아이라고 여겨진 게 된다. 가노군은 젊은 나이의 죽음을 받아들일 수 있을 거라고 생각한 게 된다.

'농담하지 마'라고 생각하며 나는 새파랗게 타는 난로의 불꽃을 바라봤다.

고통에 의미 같은 건 없다.

그런 건 없는 편이 훨씬 낫다.

그런 고통 없이 행복하게 살아가는 사람은 수없이 많다.

시련은 사람을 성장시킨다는 말엔 일정 부분 동의한다. 하지만 압력받은 마음은 일그러져버린다. 이전처럼 아름다운 원형을 유지할 수 없다.

그 일그러진 모습을 예술이라고 부르기도 한다. 형식을 벗어난 불안정한 아름다움. 하지만 그것은 바깥에서 보는 사람의 감상이고, 일그러진 원 안에 갇힌 쪽은 견디기 힘들다.

그런 아름다움은 필요 없다. 나는 지금 바로 가노군을 되찾고 싶다.

되찾고 싶다. 돌려주길 바랐다. 돌려주길….

"…괜찮아."

무릎을 세우고 앉아 얼굴을 파묻고 중얼거렸다.

"너라면 괜찮을 거야. 아마도."

몇 번이고 가노군 흉내를 냈다. 아, 그렇구나. 반드시 그럴 거라는 말을 듣는 것보다도, 아마도라는 말을 듣는 게 마음이 편하다. 약해져 있을 때는 무거운 것은 들 수 없는 법이다. 옆에서 울음소리가 들렸다. 타탕이 나를 보고 있다. 쓰다듬어도 된다는 듯이 배를 보이며 누웠다.

"타탕은 가끔 다정해."

지저분하긴 하지만 반질반질한 털을 쓰다듬으면서 이 세상에서 모든 괴로움이 사라지길 빌었다. 내 아픔도, 아즈미의 불안도, 가노군의 슬픔도. 시련을 주는 자가 신이라면, 그런 신이야말로 사라졌으면 했다.

오늘은 이번 학기 2학년 마지막 수업이다. 평소처럼 붓보다 입을 더 많이 움직이는 학생들을 바라보며 미술실을 돌았다. 솔직히 고등학교 미술 시간은 한숨 돌리는 시간으로 인식되고 있고, 나도 별로 잔소리는 하지 않으려고 한다.

미술, 음악, 체육, 이 세 가지에 한해서는 억지로 시킨다고 좋을 것이 하나도 없다. 교사가 잔소리를 하면 할수록 창작의 날개는 꺾인다. 체육으로 말하자면 운동신경이 둔한 아이는 점점 더 싫어하게 될 뿐이다. 참고로 가노군도 나도 운동은 싫어했다. 초중고 운동회는 우울한 날이어서 그날 비가 내리기를 간절히 빌었었다.

"노조미 선배에게서 메시지가 왔는데, 오늘 노래방 가자는데. 어떻게 할까?"

비스듬한 자리에 앉은 여학생들 말소리가 들려왔다. 노조미 선배라는 말에 흘끗 시선을 향했다. 다치바나를 말하는 걸까?

"상관없긴 한데, 지금 상황이 좀 그렇지 않아?"

"소문 들었어. 성추행에 스토커라니."

그 소문은 확실히 다치바나에 대한 이야기였다. 지도실 앞에서 마주쳤을 때는 힘들어 보였지만, 노래방에 갈 마음이 들 정도로 기운을 차린 거라면 다행이었다.

"노조미 선배, 마성이 대단해. 사카이 잘리게 하고 그 스토커 오른손을 못 쓰게 만들었잖아. 스토커, 미대 지망이라던데."

"두 사람을 동시에 지옥으로 보내다니 장난 아니다."

지옥에 보냈다는 불길한 표현과는 다르게 천진한 웃음소리가 퍼졌다.

"하지만 유미 선배는 좀 화를 낸다던데. 유미 선배, 사카이를 마음에 들어 했잖아. 자주 얘기하는 거 봤어. 사카이가 노조미 선배를 좋아했다는 건 말도 안 된다더라. 다른 선배들도 이전에 여러 번 남자친구 뺏겼으니까."

"노조미 선배, 따돌림당할지도 몰라."

"뭐, 진짜? 역시 노래방은 가지 말까."

이런 말을 들으면서 그런 비열한 교사 탓에 학생들 사이에 불협화음이 떠돌고 있는 것에 머리가 지끈거렸다.

수업을 끝내고 교무실로 돌아가기 전에 늘 다치바나와 그 일행이 머물던 복도를 살짝 엿봤다. 요란하게 꾸민 남학생 몇 명과 다치바나 남자친구도 있었지만, 다치바나 본인은 없었다.

"아, 선생님. 얼마 전에는 죄송했습니다."

웬일인지 남자친구가 친한 척 말을 걸어서 주위 남학생들도 이쪽을 향했다.

"그때는 죄송했어요. 노조미가 안 좋은 말을 해서."

"뭐야, 노조미, 사카이랑 스토커 외에도 뭔 일 저질렀어?"

역시 다치바나에 대한 소문만 돌고 있는 모양이었다. 남자친구가 얼마 전에 있었던 일을 모두에게 설명하자 남학생들이 "성격 나쁘다", "뭐 그래도 노조미니까"라며 웃었다.

"오늘은 다치바나는 같이 있지 않아? 늘 같이 있었잖아."

나는 주위를 둘러봤다.

"아…, 노조미가 요즘 여러 여자애들이랑 싸웠거든요."

질문에 대한 대답의 의미를 이해하기 힘들었다.

"노조미, 이전부터 남자관계로 여자애들 사이에 평판이 나빴지만, 사카이 일로 폭발한 거죠. 사카이는 여학생들에게 인기가 있었으니까. 그런데 노조미 때문에 잘렸잖아요."

"여학생들이 다퉈서 너희도 다치바나랑 이야기하지 않는 거야?"

설명을 들어도 이해할 수 없었다.

"그런 건 아닌데요, 뭐, 좀 지금은 상황을 살피는 중이랄까. 아, 그리고 저 이제 노조미랑 안 사귀어요. 얼마 전에 집에 가는 길에 차였는데, 별로 미련은 없으니까. 너무 제멋대로여서 같이 있기 힘들기도 했고, 다른 여자애들이 화내는 이유도 알 것 같고."

"차였다며 강한 척은."

주위에서 요란하게 놀려대자 남자친구는 시끄럽다며 친구들을 발로 차는 시늉을 했다. 좋아하는 사람에게서 이별을 통보받았다. 얼마 전까지 사귀던 사람이 궁지에 몰려 있다. 그런데도 천연덕스럽게 밝은 모습이다. 이 아이들은 어디까지가 허세인지 알 수가 없었다.

"이래저래 힘들겠네. 뭐, 아무튼 힘내."

교사로서 실격에 가까운 적당한 말을 남기고 곧 걷기 시작했다. 뒤에서는 "선생님, 또 뵈어요. 다음에는 데이트해요"라고 남자친구, 아니 전 남자친구가 외쳤다. 아즈미와 비교하면 아주 어린애다. 아아 아닌가? 아즈미가 어른스러운 건가?

학교 본동에 들어가자 복도 앞쪽에서 다치바나가 걸어오는 것이 보였다. 평소와 다르게 남학생들에게 둘러싸이지 않고 혼자였다. 그런데도 새침하게 턱을 치켜들고 있는 게 다치바나다웠다.

"헤픈 년."

누군가 목소리에 다치바나가 멈춰서서 뒤돌았다. 분명 그 커다란 눈으로 노려보고 있을 것이다. 여러 명이 한 명을 공격한다. 좋지 않은 구도였다.

"사카이가 널 성추행했다니, 괜한 트집 같은데?"

"주위 남자들이 다 자기에게 마음이 있다고 생각하는 거 아냐?"

주위에서 기분 나쁜 웃음이 퍼졌다.

"아즈미가 스토킹한 것도 사실은 기분 좋았는지도 모르지."

순간 다치바나가 반응을 보였다. 그 말을 한 여학생에게 성큼성큼 다가가 있는 힘껏 다리를 걸어 넘어뜨렸다. 여학생은 갑작스럽게 엉덩방아를 찧었고, 주위는 술렁거리기 시작했다.

"뭐하는 거야!"

일어나려는 여학생의 뺨을 다치바나는 다짜고짜 때렸다. 상대도 이번에는 바로 반격해서 순식간에 치고받는 싸움으로 커졌다. 주위 학생들이 환호성을 질렀다.

"두 사람 다 그만둬."

서둘러 말리러 끼어들었지만, 길고양이 싸움 같아서 손을 쓸 수가 없었다. 여학생 사이의 몸싸움에 학생들이 구경하러 몰려들었다. 상대 여학생이 다치바나의 셔츠를 붙잡고 쓰러지는 바람에 그 기세에 다치바나의 셔츠 단추가 몇 개 뜯어져 나갔다.

잠깐이었지만 맨살이 드러나 다치바나는 반사적으로 팔로 감싸 앞을 가렸다. 분홍색 속옷이 살짝 보이자 남학생들이 흥분한 괴성을 질렀다. 발정기 원숭이 같은 남학생들 시선에서 다치바나를 감싸려고 달려갔다.

"다치바나, 괜찮…."

"오지 마세요!"

강하게 거부하는 말에 나는 멈춰 섰다.

"다치지 않았어?"

"안 다쳤어요. 괜찮으니까 만지지 마요. 저쪽으로 가세요!"

다치바나는 앞을 가리고 웅크리고 앉아 격렬하게 고개를 옆으로 저었다. 하지만 여학생을 이런 모습으로 놔둘 수 없었다. 나는 카디건을 벗어 다치바나의 어깨를 덮었다.

"노조미! 귀여워! 한 번 더 보여줘!"

분위기를 탄 남학생의 놀리는 말에 구경하던 학생들이 폭소를 터트렸다. 다치바나가 웅크리고는 약하게 떨기 시작하더니 스키니진에 감싸인 날씬한 허벅지에 눈물이 떨어졌다.

"다들 지금 당장 돌아가!"

화가 난 나머지 내 인생에서 제일 큰 고함을 쳤을 때였다.

"노조미!"

아즈미가 사람들 사이에서 얼굴을 내밀었다.

웅크리고 있던 다치바나가 움찔했다.

"…키요."

믿을 수 없는 광경이었다. 모두 가까이 오지 말라고 울면서 거절하던 다치바나가 울어서 엉망인 얼굴로 아즈미에게 손을 내밀었다. 아즈미는 재킷을 벗어 다치바나 머리 위에 휙 덮었다.

"가자."

아즈미는 웅크리고 앉은 다치바나를 왼손 하나로 일으켜 세우더니 다른 사람들 시선에서 다치바나를 감추듯이 어깨를 안고 걸어갔다. 학교 제일의 미소녀와 그녀를 스토킹하던 남학생이라는 그림이 거기에는 없었다. 다만 공주를 구출하는 왕자 같았다.

왕자라고 하기에는 약간 비실비실했지만.

다른 사람 눈에 띄지 않도록 미술 준비실을 좀 사용하고 싶다고 아즈미가 부탁해서 열쇠를 건넸다. 총무부에서 사놓은 홍차를 끓여 건네자 다치바나는 작은 목소리로 고맙다고 했다. 아직 눈가는 빨갛지만 조금 전보다는 진정된 것 같았다.

"…아, 이거. 고맙습니다."

다치바나가 아즈미의 재킷과 내 카디건을 함께 벗었다. 그 바람에 벌어진 틈새로 스키니진의 허리 쪽에 붙은 살집이 보였다. 내 시선을 알아채고 다치바나는 허둥거리며 셔츠를 앞으로 당겼다.

"카디건은 다음에 돌려줘도 괜찮아. 그 셔츠 차림으로는 나갈 수 없잖아."

말하면서 내 머릿속에는 의문이 떠올랐다. 이렇게 마른 다치바나 허리에 살집이 붙은 것이 의외였다.

"…이제 갈래."

다치바나가 일어났다.

"좀 더 쉬는 게 좋아."

"아니. 죄송하지만 카디건은 빌릴게요. 이건 돌려줄게."

다치바나는 난폭하게 재킷을 내밀었다. 아즈미는 불만스럽게 받아들었다.

"세탁해서 줘."

"뭐? 잠깐 걸친 것뿐이잖아."

"귤 냄새가 난단 말이야."

아즈미는 재킷에 코를 댔다.

"향수야. 그레이프프루트라고."

"지독해."

아즈미가 너무나도 평범한 남고생 말투와 태도를 보여서 놀랐다.

발끈하는 다치바나를 무시하고 아즈미는 재킷을 입으려고

했다. 하지만 한 팔로는 입기 힘들었다. 입는 걸 도와주자 "고맙습니다"라며 작게 고개를 숙였다. 그 모습을 보고 다치바나가 심술궂게 큭큭 웃었다.

"부부 같네. 나이 차는 많이 나지만."

다치바나 말투에는 익숙했기 때문에 화나지 않았다.

"아줌마랑 바보같이 알콩달콩할 땐가."

"고등학생이나 되어서 그렇게 어린애처럼 말하는 네가 더 바보 같아."

쌀쌀맞은 말에 다치바나는 입을 다물었다. 화나고 분한 마음뿐만이 아니었다. 어쩐지 울 것 같은 다치바나 표정을 보고 나는 역시 그랬다는 확신이 들었다.

이전부터 다치바나가 나에게만 유난히 뾰족하게 굴었던 이유. 울면서 다른 사람을 거절했으면서 아즈미에게는 손을 내민 이유. '키요'라고 어린아이가 어리광을 부리는 듯한 목소리로 불렀던 이유. 다치바나는 아즈미를….

"…뭐야, 짜증 나."

"혼자 실컷 짜증 내."

그리고 아즈미가 평소의 아즈미와 다른 이유도 명백했다.

"집까지 데려다줄게. 좀 기다려. 신발 가져올 테니까."

"팔 부러진 애가 무슨 경호를 할 수 있겠어?"

"혼자보다는 낫잖아."

다치바나는 정색하며 무서운 표정을 지었다.

"진짜 바보 아냐? 또 무슨 일이 생기면 어떻게 할 거야?"

"갑자기 팔을 부러트리는 고릴라는 그렇게 흔히 있지 않아."

"있을지도 모르잖아. 부상이 악화되면 어떡해."

"다친 건 언젠가 나을 거야."

"안 나으면 어떡해."

"확실히 나을 거야."

강한 눈빛, 강한 목소리. 가노군의 아틀리에에서 괜찮다고 몇 번이고 자신에게 말하듯이 중얼거리던 불안은 조금도 보이지 않았다. 단단해 보였던 마음에 균열이 생긴 건 오히려 다치바나였다.

"하지만…, 실기 시험까진 낫기 힘들잖아!"

다치바나가 벌떡 일어났다. 높은 코끝이 붉어졌다. 커다란 눈에 그렁그렁 눈물이 차오르더니 코를 훌쩍이자 툭 터지며 눈물이 떨어졌다.

"나, 나 때문에 키요가 재수하게 되었잖아."

또 나왔다. 감정이 극에 달하면 다치바나는 아즈미를 키요라고 부르는 모양이었다.

"내 팔을 부러트린 사람은 사카이거든?"

"그런 놈은 죽으면 좋을 텐데."

"그래서 성추행당했다고 거짓말한 거야?"

나는 놀라서 다치바나를 봤다.

"거짓말 아니야."

"거짓말이야. 정말로 그런 일을 당했다면 넌 가만히 참을 애가 아니잖아."

다치바나는 눈물을 흘리면서 입을 일자로 꾹 다물었다. 침묵은 긍정의 증거였다. 다치바나가 아즈미의 팔을 부러트린 사카이 선생님에게 보복했다는 걸 깨달았다. 나는 어쩐지 섬뜩했다. 10대 여학생은 기세라는 최종 병기를 가지고 있었다.

"가서 사실이 아니었다고 말해."

"싫어. 용서하지 않을 거야."

"성추행으로 잘리면 인생 끝나. 나도 화나지만, 해도 되는 일과 안 되는 일이 있어. 너도 최악의 상황에 놓여 있잖아."

"내버려둬. 나는 내가 하고 싶은 대로 할 거니까."

"그런 바보는 싫어."

다치바나도 같이 노려봤지만 아즈미의 눈빛이 훨씬 더 강했다.

"…뭐야."

다치바나는 천천히 고개를 숙였다.

"…키요는 원래부터 날 싫어하잖아."

조금씩 웅크리고 앉더니 결국 무릎에 얼굴을 묻었다.

"…옛날부터 돼지라고 놀렸으면서."

―뭐? 돼지? 다치바나가? 대체 어디가?

너무 가늘어서 부러질 것 같은 몸을 바라보다가 문득 허리에 붙은 살집이 떠올랐다. 그걸 가리키는 걸까? 하지만 부분적으로 지방이 좀 있어도 전체적으로는 어떻게 봐도 다치바나는 돼지라 불릴 만하지 않았다. 아즈미가 쭈그리고 앉은 다치바나 앞에 섰다.

"놀렸지만, 그런 뜻은 아니었어."

"의미 같은 건 상관없어. 놀린 건 사실이잖아. 잘못했잖아."

처음으로 다치바나 입에서 공감할 수 있는 말이 나왔다.

"미안. 내가 전부 잘못했어."

훌쩍이는 다치바나를 내려다보면서 아즈미는 어찌할 바를 몰라했다.

언제나 침착하던 아즈미가 이렇게 자기 나이에 맞는 모습을 보인 건 처음이었다. 아즈미는 왼손을 쭈그리고 앉은 다치바나 머리로 조심스레 뻗었다.

하지만 닿기 직전에 다치바나가 기세 좋게 일어났다.

"절대로 용서하지 않을 거야!"

눈물에 젖어 새빨개진 얼굴로 다치바나는 아즈미를 노려봤다.

"겨우 몸무게 십몇 킬로그램이 다른 것만으로 괴롭혔다가 떠받들었다가, 남자들은 다들 외모밖에 보지 않는 쓰레기들뿐이야. 키요도 그래. 내 피아노 발표회 드레스에 물감을 묻히고, 내 초상화를 못생기게 그리기도 하고, 내 생일에 받은 리본을 버리고, 돌려달라 했더니 돼지에게 리본은 안 어울린다고 하고."

"그건 내가 한 말 아니야."

"키요 때문에 남자애들이 전부 날 괴롭히기 시작했다고. 키요가 전학 간 후에 내가 어떤 일을 당했는지 알아? 죽을지 살을 뺄지 둘 중 하나였다고. 내가 지금 좀 예뻐졌다고 쉽게 사과하지 마!"

엄청나게 무섭고 사나운 태도로 다치바나는 숨을 거칠게 쉬었다. 눈물을 점점 더 많이 흘리면서 콧물이 입술까지 흘러내렸다. 나는 학교 제일가는 미소녀의 처참한 모습을 목격하고 말았다.

"…백, 백만 번 사과해도 용서하지 않을 거야."

다치바나는 콧물을 흘리면서 아즈미를 노려봤다.

창밖에서 들려오는 학생들의 웃음소리가 조용한 미술 준비실에 유난히 크게 들렸다.

그저 보고 있기만 했는데 아무런 관계도 없는 나까지도 숨이 막혔다.

"…알았어. 그럼 이제 사과 안 할게."

다치바나의 표정은 굳었고 나는 이마에 손을 올렸다. 아즈미, 그게 아니야. 이런 때는 끈질기게 사과해야지. 너무나 답답한 두 사람 모습에 마음속으로 조언을 하고 있으려니 문득 아즈미가 돌아봤다.

"선생님, 오늘 다른 일정 있으세요?"

"없는데…."

"그러면 죄송하지만 다치바나 좀 집까지 바래다주세요."

"너는?"

"내가 바래다주는 건 싫을 테니까요."

그렇지 않아. 오히려 지금은 억지로라도 바래다줘야지. 하지만 아즈미는 재빨리 미술 준비실을 나가버리고 나와 다치바나 둘만 남겨졌다.

학창 시절부터 결코 가까워질 일 없었던 유형의 여학생과 나란히 집으로 돌아간다. 분명 거절할 거라는 예상과는 달리 다치바나는 얌전히 나를 따라왔다. 한 시간 전이었다면 엄청 어색했겠지만 지금은 그렇지 않았다.

"선생님."

교문을 나와 역으로 가던 중 다치바나가 입을 열었다.

"응?"

옆을 보자 다치바나는 휙 얼굴을 돌렸다.

"그 녀석하고 정말로 아무 사이 아니에요?"

아, 그게 궁금했던 거구나. 순순히 따라온 이유가 이해되었다. 다치바나의 뺨이 살짝 붉었다.

"무슨 사이일 리가 없잖아."

"하지만 그 녀석, 선생님 댁에 자주 갔잖아요. 선생님은 아무 생각이 없으시더라도, 그 녀석은 그렇지 않을지도 몰라요. 선생님은 그럭저럭 남자들이 좋아할 얼굴이니까."

그건 고맙다며 웃은 후 큰맘 먹고 물어봤다.

"어떻게 아즈미가 우리 집에 오는 걸 알았어?"

"엄마가 말씀해주셨어요. 미술 선생님 집에 또 놀러갔다고. 그 녀석이 학교 선생님과 사이좋은 건 처음이니까, 어떤 사람인지 좀 궁금해져서…."

딱 한 번 아즈미를 미행했다고, 다치바나는 겸연쩍은지 말이 빨라졌다. 집 근처에서 만났던 건 역시 우연이 아니었던 모양이다.

"그냥 궁금했던 거고, 한 번뿐이었어요."

"응, 알아. 아무에게도 말하지 않을게. 그리고 아즈미는 날 만나러 온 게 아니라, 죽은 내 남편의 그림을 좋아해서 그걸 보러 온 거야."

다치바나가 놀라며 나를 봤다. 한눈에 봐도 곤란해하는 표정이었다. 아무 말 없이 있으니 다치바나는 당황하며 시선이 흔들렸다.

"…죄송합니다."

무척 작은 목소리에 나는 다치바나가 얼마나 다정한 아이인지 알 수 있었다.

"저, 어렸을 때 뚱뚱했어요."

다치바나가 문득 중얼거렸다.

"미리 말해두지만, 조금 통통한 수준이 아니라 타이어 회사의 울퉁불퉁한 캐릭터 있잖아요. 완전 똑같았어요. 허리를 숙여서 양말을 신을 수 없을 정도였으니까."

그건 또 엄청났구나 싶었다.

"그 녀석이랑 저, 옛날에 옆 동네에 같이 살았는데, 집도 가까웠어요. 유치원도 초등학교도 쭉 같은 곳이었고 어렸을 때는… 꽤 사이가 좋았어요."

늘 함께 놀며 아즈미는 다치바나와 소꿉놀이 상대가 되어주었다는 모양이다. 하지만 초등학교에 들어갔을 무렵부터 아즈미가 변했다.

"이전까지는 내가 넘어지면 일으켜줬고, 과자도 주고, 엄청다정했어요. 그런데 왜인지 갑자기 차가워졌어요. 학교에서 말을 걸어도 무시하기 시작했어요. 왜 그런지 이상했어요. 하지만 어느 날 깨달았죠."

그날은 마을 어린이회에서 봄에 태어난 아이들 생일 파티를 열었다. 5월에 태어난 다치바나도 조화로 만든 꽃 화관을 쓰고 축하를 받았다.

중학생 오빠가 케이크를 잘라서 나눠줬는데, 그 케이크 상자에 붙어 있던 금색 리본을 보고 다치바나가 예쁘다고 말했다.

"그럼 이거 줄게."

중학생 오빠는 다치바나 손목에 리본을 나비 모양으로 묶어 줬다. 그저 그것뿐이었다.

사건은 돌아가는 길에 일어났다. 손목에 묶고 있던 금색 리본을 아즈미가 잡아 뺏었다. 돌려달라고 해도 아즈미는 근처에 있던 용수로 물에 리본을 버렸다. 이런 리본은 너한텐 안 어울린다고 심한 말을 덧붙이며.

"그사이 다른 남자아이들이 재미로 몰려들어 돼지에게 리본은 안 어울린다고 말하기 시작했어요. 저를 둘러싸고 돼지 돼지라며 합창했죠. 전 그때 알았어요. 키요가 차가워진 건 제가 돼지고 못생겨서라고."

"그건 아닐 것 같은데."

굳이 말하자면 반대 이유가 아닐까.

"저, 엄청 울었어요."

플랫폼에서 전철을 기다리며 다치바나는 전깃줄로 나눠진 하늘을 올려다봤다.

"이유는 모르겠지만 너무 슬펐어요."

모르겠다고 말했지만, 다치바나는 그 이유를 알고 있었다.

다치바나는 그렇게 어렸을 때부터 아즈미를 좋아했던 것이다.

틀림없이 첫사랑이었다.

"그게 계기가 되어서 조금씩 괴롭힘을 당하게 되었어요. 키요는 초등학교 3학년이 끝날 때 이쪽 동네로 전학했고, 그 무렵부터 괴롭힘이 본격화되었어요. 초등학교 3학년은 슬슬 지혜도 생길 때라 괴롭힘도 잔인해져요. 정신적으로 괴로워지는 괴롭힘이요. 매일 지옥이었어요. 중1이 되었을 때 죽을 생각으로 진통제 한 통을 먹었어요."

"그럼 안 돼. 죽으면 많은 사람이 슬퍼할 거야."

나도 모르게 야단쳤다. 다치바나는 코웃음을 치려다 말았다. 내가 남편을 잃은 걸 떠올린 모양이다.

"아, 죄송합니다."

그러고는 솔직하게 사과했다.

"옛날 일이에요. 아무튼 이제 끝낼 수 있다고 생각했는데, 잠을 아주 푹 잘 잤을 뿐 아침이 되니 아무렇지 않게 눈이 떠졌어요. 더 많이 먹었어야 했다고 후회했지만, 곧 겁이 났어요. 그랬더니 더 참을 수 없어서 문득 정신 차려보니 큰소리를 내며 엉엉 울고 있었어요. 이렇게 괴로운데 아직 죽는 게 무섭다니. 얼마나 약해빠진 건가 싶었어요."

담담한 말투였지만, 그래서 더욱 당시 얼마나 절망했었는지 전해졌다.

"전혀 약하지 않아. 죽는 것보다 사는 것이 힘들 때도 있으니까."

다치바나는 작게 웃을 뿐이었다. 그런 건 자신도 잘 알고 있다며, 그래도 격려해줘서 고맙다는 듯 어른스러운 웃음이었다.

"살이 찌면 목구멍도 좁아지는 걸까요. 감정이 너무 격해져서 울면 그 소리가 꼭 물개 소리 같은 거 알아요? 돼지는 울음소리마저도 꼴불견이라는 생각이 들더니 슬픔이 점점 화로 변해서 결심했어요. 죽어도 살을 빼겠다고."

결심한 대로 다치바나는 그 후 1년 동안 격렬한 다이어트를 한 후 새로 태어났다. 살에 묻혀 있던 이목구비가 또렷해지는 모습을 상상하다 보니 신화의 한 장면이 생각났다. 태양의 신 아마테라스가 하늘의 암굴에서 숨어 있다 밖으로 슬쩍 모습을 보이면 빛이 넘쳤다는 그 장면이 떠올라 신비스럽기까지 했다.

지방을 뺀 다치바나는 빛나는 미소녀가 되어, 자신의 흑역사와 결별하기 위해 학교도 옮겼다. 전학 간 곳은 자신이 괴롭힘을 당한 원인이 된 아즈미가 다니는 중학교였다.

"키요에게 큰소리 쳐줄 생각이었어요."

다치바나는 강한 눈빛으로 똑바로 하늘을 가르는 전선을 올려다봤다.

"예뻐진 나를 보고 깜짝 놀랄 거라고 생각했어요. 하지만 그 녀석, '밥은 먹고 다니냐?'라고 기분 나쁘게 물어볼 뿐이었어요. 웃기지 말라는 생각이 들었죠. '밥을 먹고 있겠냐. 다 네 탓이잖아'라며 때려주고 싶었어요."

다치바나가 뱉어내는 말이 들렸는지 곁에 있던 노부인이 미간을 찌푸렸다.

"나쁜 의미가 아니라, 갑자기 살이 빠졌으니까 널 걱정해서 한 말 아닐까?"

"복수하고 싶은 상대에게 동정받으면 기분 좋을 것 같아요?"

나는 아무 말도 할 수 없었다.

"불쌍히 여겨지는 건 이미 질렸었어요. 그보다도 놀라게 해서 옛날 일을 후회하게 만들고 싶었어요. 제가 전학 갔을 때 엄청 소란스러웠거든요. 아이돌보다 예쁘다며 남학생들은 눈빛이 달라졌고, 여학생들은 기분 나쁘게 봤어요. 웃음이 나더라고요. 모든 것이 지금까지와는 반대였거든요. 돼지였을 때 여자애들은 제게 다정했는데."

혹독한 여자들 세계를 떠올리자 나는 한숨이 나왔다.

전철이 들어와서 다치바나와 함께 올라탔다. 순간 깜짝 놀랄 정도로 전철 안의 수많은 시선이 날아왔다. 모두가 내가 아닌 다치바나를 보고 있었다. 특히 남성의 시선이 엄청났다. 미인이라는 감탄의 시선 중에는 숨기지 못한 성적 느낌이 섞여 있었다. 기분 나빴다. 다치바나는 늘 이런 복잡한 시선 속에서 살아가는 것이었다.

"저, 무엇을 위해 애쓴 걸까요?"

손잡이를 붙잡고 축 처진 모습으로 다치바나가 중얼거렸다.

"살을 빼고 예뻐지면 무엇이든 할 수 있을 거라고 생각했어요. 키요에게도 말하고 싶은 것을 다 할 수 있을 줄 알았어요. 하지만 전혀 그렇지 않았어요. 하고 싶은 말은 늘었지만 쉽게 말할 수 없는 건 뚱뚱했을 때나 예뻐졌을 때나 마찬가지였어요. 여전히 말 못하고 있어요."

먼 곳을 바라보며 혼잣말처럼 다치바나는 중얼거렸다.

"보통은 다 그럴 거야."

"네?"

"외모가 변해도, 나이가 들어도, 그렇게 쉽게 바꿀 수 없는 것이 있어. 나는 어렸을 때부터 집중을 못했는데, 어른이 된 지금도 여전해. 그리고 남편이 죽고 벌써 몇 년이나 지났는데도 여전히 조금도 내려놓을 수 없어. 앞으로도 그럴 것 같아."

다치바나는 생각에 잠긴 표정이 되었다.

"그러면 선생님은 앞으로도 계속 남편분을 생각하면서 혼자 살아갈 거예요?"

"그럴 생각이야."

나는 흔들리지 않는 결의로 대답했다.

"쓸쓸하지 않아요?"

"쓸쓸하지 않다고는 못하겠지만, 세상에는 네가 생각하는 것보다 훨씬 많은 사람이 혼자서 살아가고 있어. 나는 그 사람들이 모두 불행할 거라고 생각하지 않아."

다치바나는 전동차 안 중앙에 걸린 광고를 올려다보며 옅은 신음을 뱉었다.

"전 혼자가 되는 건 무서워요. 하지만 좋아하지 않는 사람과는 함께 있어도 즐겁지 않다는 건 알아요. 솔직히 어떻게 하면 좋을지 모르겠어요. 아무튼 지금 아는 건 아마도 저 역시 앞으로 계속 혼자 살아갈 거라는 거예요. 절친도 애인도 사귀질 못할 테고. 필요 없기도 하고요."

"그렇게 단언하기엔 너무 이른 거 아닐까?"

실제로 지금도 좋아하는 남자가 있다. 절대 인정하지 않을 테니 말하지 않을 거지만. 전철의 진동에 맞춰 흔들리며 다치바나는 창밖으로 흘러가는 풍경을 바라보았다.

"선생님, 좀 전에 제 배 보셨죠?"

"아, 응."

"허리에 살집이 있다고 생각하시겠지만, 사실 그거 피부가 늘어난 거예요. 다이어트를 상당히 과격하게 했으니까. 반동도 엄청났죠."

태어날 때부터 미소녀였다는 듯한 얼굴로 살아가는 다치바나지만 보이지 않는 곳에서 요요현상을 피하기 위해 살이 빠진 후에도 계속해서 식사량을 상당히 아슬아슬할 정도로 제한해왔다.

당연히 반동 현상이 생겼다. 한밤중에 배가 고파서 잠이 깨어 참지 못하고 음식을 탐욕스럽게 먹고, 죄책감과 다시 살이 찔 거라는 공포에 화장실로 달려가 전부 토해내는 엉망인 생활이 1년 반 정도 이어졌다.

눈물 콧물을 흘려가며 웩웩 토하고 있으면 괴로운데도 이상하게 웃음이 났다고 했다.

자신을 받들어 모시는 남자들. 자신이 마음을 빼앗긴 상대가 과거에 타이어 회사 캐릭터처럼 뚱뚱한 돼지였다는 것을 알게 되면 충격받겠지.

"결국에 말이에요, 살을 빼고 예뻐져서 지겨울 정도로 고백받아도, 저를 돼지라 부르며 괴롭혔던 남자애들이 떠오르면서 웃기지 말라는 생각이 들었어요. 그러니 일단 사귀면서 잔뜩 휘두르며 따끔한 맛을 보여준 후에 차버려요."

다치바나가 웃었다. 조금도 유쾌해 보이지 않았다.

"전 연애 같은 건 안 해요. 옛날의 복수를 할 뿐이지."

3개월 단위로 남자친구를 바꾸는 거친 행동의 동기가 드디어 밝혀졌다. 미스터리가 풀렸지만 속 시원한 기분은 들지 않았다. 그저 너무 슬펐다. 이렇게 아름다운데, 이 아이는 아름다움의 특혜를 조금도 받지 못하고 있다. 어디까지나 과거에 얽매여 있을 뿐이었다.

"애초에 연애를 할 수 있는 몸도 아니고요. 배와 팔뚝에 늘어진 피부나 허벅지랑 종아리에 튼살 같은 건 진짜 보기 흉하거든요."

민소매나 미니스커트를 입는다거나 맨다리를 내놓는 건 상상도 못했다. 옷을 갈아입어야 하는 체육은 3년 동안 전부 빠졌고, 수영복도 못 입으니까 바다에도 안 갔다. 가족 여행을 가도 온천에 들어가지 않는다.

그러고 보니 다치바나는 이렇게 아름다운 다리를 늘 스키니진으로 발목까지 꼼꼼하게 감싸고 있었다는 걸 새삼 깨달았다.

"좋아하는 남자가 생겨도 죽어도 맨몸을 보여줄 수 없어요. 이래서야 어떻게 연애를 하겠어요. 겨우 살을 뺐는데, 바보 같아요."

우습다는 듯이 웃은 후 다치바나는 갑자기 진지한 표정을 지었다.

"딱히 상관없지만. 남자가 너무 싫으니까."

다치바나는 창밖을 똑바로 바라봤다.

지금까지 몇 번이고 반복해서 스스로에게 그 말을 했을 것이다.

단단한 그 옆모습에 아즈미의 모습이 겹쳤다.

두 사람은 닮아 있었다. 가노군의 아틀리에에서 분명 괜찮을 거라고 몇 번이고 혼잣말을 되뇌던 아즈미. 얼굴이나 성격

같은 부분이 아니라 둘의 영혼이 무척 가까운 것을 이 두 사람은 언제 깨닫게 될까?

"다치바나는 멋진 연애를 할 수 있을 거야."

"아… 그런 말 이제 됐어요. 설교도 격려도 위로도 싫으니까."

다치바나는 웃으며 얼굴 앞으로 손을 저었다.

"하지만 넌 분명히 연애할 수 있을 거야."

"그러니까…."

"분명히 할 수 있어."

확신을 가지고 눈을 마주치자 다치바나는 멍한 표정이 되었다.

"…힘들 거예요."

그러고는 곤란하다는 듯 시선을 피하고는 혼잣말을 흘렸다.

"너무 새콤달콤해서 등이 가려워졌어."

저녁 식사를 앞에 두고 가노군이 몸을 배배 꼬았다.

가노군 앞에는 크림 스튜 우동을 담은 접시가 있었다. 공동생활은 서로의 취향을 존중하는 것이 무엇보다 중요하기 때문에 나는 크림 스튜를 빵과 같이 먹고, 가노군은 우동과 같이 먹는다. 가노군이 살아 있었을 때는 그게 괜찮았지만, 지금은 크림 스튜 우동을 나중에 내가 먹어야만 하기 때문에 꽤 힘들다.

맛이 없는 건 아니지만 비주얼이 별로다.

"새콤달콤하다고 하기엔 다치바나가 안고 있는 고민이 너무 무거운걸."

이렇게 말하자 가노군은 웃음을 멈췄다.

"다치바나의 어린 시절 이야기를 듣는 것만으로도 괴로웠어."

"그래? 그 부분이 가장 새콤달콤하지 않아?"

가노군이 후룩후룩 우동을 먹었다.

"있잖아, 그 둘은 역시 서로 좋아하는 거 같지?"

"어떻게 들어봐도 그런 거 같은데? 아즈미가 초등학교에 올라간 후에 갑자기 태도가 차가워진 것은 좋아하는 여자애를 괴롭히는 남자애들 전형이고, 리본을 버린 것도 단순한 질투일 거야."

그 일뿐이었다면 백 퍼센트 새콤달콤한 추억이 되겠지만, 그 이후 그 일로 인해 따라온 불행은 상황을 비틀어버렸고 완벽한 하트 모양의 첫사랑은 무참히 일그러졌다.

하지만 본인들이 생각하는 것만큼 상황이 절망적인 것은 아니었다.

늘 언제나 냉정한 아즈미가 다치바나를 대할 때는 나이에 맞는 감정을 보이기도 하고, 다치바나도 말은 그렇게 하지만 궁지에 몰렸을 때 손을 내미는 사람은 아즈미였다.

"다치바나를 도와주러 왔을 때 아즈미 멋있었어. '노조미!'라고 다치바나 이름을 불렀거든. 스스로는 눈치채지 못했겠지만."

"그거 다치바나 쪽도 몰랐을 것 같다. 이 스튜를 걸어도 좋아."

가노군은 나를 향해 접시를 들어올렸다.

"필요 없거든요. 그런데 둘은 왜 모르는 걸까?"

저렇게 눈에 빤히 보이게 양방향으로 화살이 향하고 있는데.

"다들 자신이 걸어온 길은 알지만 앞으로 갈 길은 보이지 않는 거야. 우리가 노인이 되어 관에 들어갈 때 기분을 모르는 것과 마찬가지야."

"가노군은 들어갔잖아."

"그렇지."

가노군은 처음으로 깨달았다는 듯이 젓가락을 멈췄다. 생각하는 듯이 벽에 걸린 자신의 그림을 바라보더니, 모르겠다고 생각나지 않는다며 고개를 저었다.

"이미 죽었으니까 기억이 없는 거 같아."

반박할 틈이 조금도 없는 설명이었다.

"기억이 없어서 정말 다행이다. 그런 공포를 내가 극복했다니 믿을 수 없어. 애초에 좁은 장소도 싫어하는데 거기에 더해 못을 박아 불에 태우다니."

"그만해. 크리스마스 때 오븐에 통닭을 굽지 못하게 될 것 같은 기분이야."

"괜찮아. 그 닭도 나와 마찬가지로 기억은 없을 거야. 괴롭지도 기분 좋지도 않아. 아무것도 느끼지 못해."

가노군이 말했다.

무미건조한 사실. 실제로 경험한 사람이 하는 말이니 도리어 시원스럽게 느껴졌다. 하지만 나는 동의할 수 없었다. 여기에 있는 가노군이 이미 사후 세계에 있다는 것을 인정할 수 없었다. 인정하고 싶지 않았다.

"그 두 사람, 잘 되면 좋겠네."

화제를 되돌렸다.

"계속 서로를 생각하다 보면 어떻게든 될 거야. 양쪽 다 집념도 강한 것 같으니."

"가노군, 우리말에는 한결같다는 좋은 표현이 있어."

"그럼 한결같다고 하자. 뭐, 하나로 정리되지 않더라도 어떻게든 해결되면 그걸로 충분하지."

"무슨 의미야?"

"다른 사람과 함께라도 행복해지기만 하면 그걸로 충분하다는 의미인데?"

무슨 당연한 말을 묻느냐는 표정이었다.

"다치바나와 아즈미가 잘되는 것이 지금 시점에서는 가장 좋은 일이겠지만, 사람 마음은 변하는 거고, 미래에 무슨 일이 일어날지 모르잖아. 아직 10대인걸."

그랬다. 가노군과 지금 이렇게 생활하는 것을 10대에 처음 만났을 무렵의 나는 상상도 하지 못했다. 하지만 이렇게 된다는 것을 알았더라도 나는 가노군을 사랑했을 것이다. 애초에 스스로 할지 하지 않을지 정할 수 있다면 그건 사랑이 아니다.

"가장 나쁜 건 죽는 거지. 모든 것이 그걸로 끝이야."

—그렇다면 우리는 끝난 거네.

반사적으로 떠오른 말을 삼켰다. 분명히 알고 있는 것을 굳이 쓸데없이 입 밖으로 낼 필요는 없다. 쓸데없는 것을 방치할 여유를 우리는 갖춰야만 한다. 그렇지 않으면 이런 생활을 계속해나갈 수 없다. 나는 얼굴 근육에 힘을 주고 웃었다.

"그러면 최악의 상황을 뛰어넘은 우리는 최강이네."

가노군은 입술 끝만 끌어올렸다. 부정도 긍정도 하지 않았다.

저녁을 먹으면서 이런 이야기를 평범하게 나누는 우리는 관에 들어가 재가 될 때까지 태워진 후에 가는 곳만큼 먼 장소에 와 있는 기분이 들었다.

이성이라는 이름의 바다 끝에 있는 작은 섬이다. 표백된 것같이 새하얀 해안이 길게 이어진다. 거기에는 아무것도 없다. 문득 눈앞 광경이 흔들리는 기분이 들었다.

"조만간 여행 가지 않을래?"

대화를 잇는 것으로 이 세상에 없는 장소에서 서둘러 돌아왔다.

위험해. 거기에 너무 오래 있으면 돌아올 수 없게 돼. 그곳은 이성에서 떨어져나와 부서진 섬이다. 가노군의 유령과 손에 손을 잡고 모든 정신을 잃어버리면 그건 그대로 편하겠지만, 거기에 가기에는 아직 이르다. 그곳은 마지막 보루다.

가노군은 무언가 말하고 싶은 듯한 표정을 지었지만, 곧 "좋아"라고 한마디만 하고는 미소 지었다.

"경치가 아름답고 밥이 맛있고 특산품으로 온천만주가 있는 곳이 좋아."

"온천만주가 그렇게 맛있어?"

"맛은 상관없어. 평화롭고 뭔가 마음 놓을 수 있는 느낌이 들잖아."

"알 것 같기도 하고 모를 것 같기도 하고. 뭐 우루하가 마음에 드는 곳이면 어디든 좋아."

가노군은 멀리 가는 것은 좋아하지만 관광은 그다지 좋아하지 않는다. 관광명소를 돌아볼 계획을 세워도 도중에 갑자기 이상한 길로 들어가보고 싶어 한다. 그렇게 간 곳에 또 운치 있는 오솔길이 나오기도 해서 나도 별생각 없이 따라가다가 여행이 끝나는 일도 몇 번인가 있었다. 가노군과 계획이라는 말은 궁합이 맞지 않는다.

"한가로운 시골이 좋겠다. 그리고 반드시 방에서 식사를 해야 해. 모처럼 나온 여행이니 저녁은 둘이서 먹고 싶어. 이야기도 나누고 싶으니 방에서 먹지 않으면 주위 시선이 힘들 거야."

"없는 사람 식사를 준비해달라니 직원이 무서워하지 않을까?"

"세상을 떠난 남편과의 결혼기념일이라고 말하면 돼. 평범한 날에 그런 부탁을 하면 위험한 사람이라고 생각하겠지만, 기념할 날에 죽은 사람을 그리워한다고 말하면 모두들 손바닥 뒤집듯이 관대해지니까."

"그렇지. 여차하면 디저트 서비스까지 받을 수 있겠다."

맞아 맞아, 라며 둘이서 함께 웃었다.

"여행뿐만 아니라 앞으로도 가노군과 둘이서 여러 가지를 함께 보고 싶어."

"어떤 거?"

"그러니까…."

나는 빵을 뜯으며 생각했다.

"아키가 만드는 로봇과 친구나 연인이나 부부가 될 수 있는 세계에서 살아보고 싶어. 가나자와의 앞날도 걱정되니까 지켜보고 싶고. 그리고 역시 다른 사람이 아니라 아즈미와 다치바나가 함께할 미래를 보고 싶어. 그 두 사람은 정말로 잘 어울리는 것 같아."

"그런 건 의외로 잘 풀리지 않는 법이야."

가노군이 심술궂은 말을 했다.

"그럼 가노군은 파국을 원하는 쪽이네. 나는 성사되는 쪽."

"내가 엄청 나쁜 사람 같잖아."

뭐 그래도 상관없다며 가노군이 웃어넘겼다.

"그럼 나는 아름답게 부서질 아즈미의 첫사랑에 이 스튜를 걸게."

그러니까 그건 필요 없다고, 라고 말하려다 그만뒀다.

"내가 이기면 어떻게 할 거야?"

"그러면 내가 이 스튜 우동을 먹어줄게."

"그게 뭐야."

나도 모르게 웃음이 터졌다.

이겨도 져도 결국 그것은 내가 먹게 될 것이다.

우리는 모든 것이 끝났고, 변화하지 않고, 미래도 없고, 아무것도 만들어내지 못한다.

바다 끝에 있는 하얀 해안만이 길게 뻗은 섬과 마찬가지로 나와 가노군이 마주하고 식사를 하는 여기에도 아무것도 없다. 이 집은 세계라는 이름의 케이크에서 떨어져나온 가치 없는 조각이었다. 무척 슬프다. 외롭다. 하지만 그래도 나는 행복하다.

내가 무엇에 행복을 느낄지는 나만이 정할 수 있다.

애초에 행복에도 불행에도 정해진 형태 같은 건 없으니까.

에필로그

비밀 II

1월도 일주일이 지나 새해 기분도 조금씩 누그러질 무렵, 이모가 찾아왔다. 지금까지는 맞선 상대의 사진과 프로필을 들고 오는 정도였는데, 이번에는 오래 알고 지낸 친구라는 명목으로 전문 중매인과 함께였다.

"아직 젊으신데, 남편을 잃으셨다니 뭐라 말씀드리면 좋을지…. 하지만 말씀을 들어보니 멋진 조카분이시던데, 이대로 혼자 지내시는 건 너무 아까워요."

나는 눈을 살짝 내리깔고 묵묵히 들었다. 말을 잘못했다가는 꼬투리를 잡혀 파고들 것 같아 두려웠다. 애초에 죽은 남편 유령과 살고 있으니 재혼할 마음이 없다는 건 어떤 방법으로도 전할 수 없었다.

"미술 선생님이시라고요. 섬세하고 감정이 풍부한 건 이 집을 봐도 알 것 같아요. 구석구석 깔끔하게 청소가 되어 있고, 우려주신 이 차도 무척 맛있네요."

곧바로 이모가 몸을 앞으로 내밀었다.

"얘가 옛날부터 집안일하는 걸 좋아했어요. 취미도 그림 그리거나 책 읽거나 그런 것뿐이라. 좀 더 밖으로 나가야 사람을 만날 일도 있을 텐데 말이에요."

"그게 좋죠. 남자들이 화려한 여자 비위를 맞춰주는 것도 젊을 때나 그렇죠. 남자들은 나이가 들면 결국에는 집안을 잘 꾸려나갈 성실하고 현명한 여성이 좋다는 걸 깨닫거든요."

넌 수수하고 더 이상 젊지 않으니까 이쯤에서 단념하라는 말을 이런 식으로 할 수 있다니, 역시 전문가는 다르다 싶어 감탄했다.

"우루하 씨는 어떤 남자가 좋아요?"

"역시 경제력이 있는 사람이 좋지?"

나보다도 먼저 이모가 대답했다.

"그러면 역시 이분이겠네."

중매인이 사진을 꺼내려고 했다. 이대로라면 이야기할 것도 없이 맞선이 진행될 것 같은 분위기를 느끼고 나는 서둘러 조건을 덧붙였다.

"거만하지 않은 사람이 좋아요."

"아, 그것도 무척 중요하죠. 거만한 남자는 무슨 일이 있어도 안 되죠. 그 외에는요?"

"…그 외에요?"

곤란해하며 정원으로 시선을 돌리자, 툇마루 유리문 너머로 어슬렁거리며 담배를 피우는 가노군이 보였다. 여전히 이모가 거북해서 늘 그러듯 밖으로 도망친 것이었다.

가노군은 세탁을 많이 해서 축 늘어진 니트에 머플러를 둘둘 말고 입술을 오므리고 담배 연기를 하늘로 내뿜고 있었다. 뺨을 찌르며 퐁퐁퐁 도넛 모양 연기를 만들며 놀고 있는 가노군. 다 큰 어른이면서 아이 같은 행동을 한다.

"그 외에는 천진난만한 사람이 좋아요."

이모의 어깨너머로 가노군을 보면서 말했다.

"좋네요. 우루하 씨에게는 다정한 남성이 어울릴 것 같아요."

"아, 아니요, 다정하지 않은 사람이 좋아요. 작업에 들어가면 밥을 안 먹기도 하고, 말을 걸어도 무시한다거나, 물감을 온몸에 묻히고도 나흘 동안 씻지 않기도 한다거나, 그런 분위기가 좋아요."

"네?"

"피망을 싫어하고, 크림 스튜 우동을 좋아하고, 계란말이를 잘 때 옆에서 끄트머리를 달라고 조르고, 여름에는 에어컨 온도를 너무 낮게 설정해서 저와 싸우기도 하고."

도넛 모양 연기에 손가락을 넣으며 놀고 있는 가노군 모습을 보면서 말을 늘어놓았다.

내 마음 깊은 곳에서 끊임없이 낮은 경고음이 울리는 것 같은 불안이 흐르고 있었다. 컨디션이 좋은 날은 거의 들리지 않을 정도지만, 컨디션이 나쁠 때는 커졌다. 잘못해서 한숨이라도 쉬면 행복이 도망갈 것이라고, 지친 몸에는 쓸데없는 참견일 뿐인 말을 한다. 그러니 다른 사람 앞에서는 한숨을 내쉴 수도 없고 어두운 얼굴을 하지도 않고 지냈다. 그렇게 너무 오래 써서 너덜너덜해진 천 같은 모습으로 돌아온 나를 늘 가노군이 맞아주었다.

―우루하, 잘 다녀왔어?

가노군은 거실에 누워 있거나 정원에 쪼그리고 앉아 담배를 피우고 있곤 했다. 가만있어도 웃는 것같이 보이는 눈. 마른 몸. 목이 늘어난 티셔츠. 그런 것들은 긍정적인 격려나 비난보다도 더 확실히 내 마음에 다가와 나를 안심시켜줬다.

"저는 그런 사람이 좋아요."

가노군은 결코 나를 성실하고 현명한 여자라고 말하지 않을 것이다. 분명 가노군만의 표현으로 나를 표현해줄 것이다. 아니면 말 한마디도 없이 그림으로 표현해줄지도 모른다.

"그러니 죄송합니다. 마음만 받을게요."

놀라 입을 딱 벌리는 이모와 중매인에게 나는 머리를 깊이 숙였다.

"그래요. 알았어요."

고개를 들자 중매인이 작게 웃었다.

"좋은 남편이셨나 보네요."

"네."

웃는 얼굴로 끄덕이자 이모가 화를 내셨다.

"아…우루하. 넌 대체 얼마나 고집이 센 거니. 이번에 중매로 들어온 사람은 정말 조건이 좋아. 솔직히 말해 이 이상 좋은 조건은 들어오지 않을 거야. 그 사람, 서른다섯 살에 네가 좋아하는 가세 뭐라고 하는 배우랑 닮은 데다 몸도 날씬하다고. 그러니 사진만이라도 보지 않을래?"

열을 올리는 이모를 중매인이 진정하라며 말렸다. 요즘은 늦게 결혼하는 경향이 있으니까 나이를 먹어도 나름 좋은 조건을 가진 사람이 있을 거라는 말로 오히려 나를 도와주셨다.

맞선 이야기는 쓸데없는 참견이었지만, 걱정해주는 가족이 있는 것은 감사한 일이었다. 따뜻한 마음을 느끼고 있으니 창 너머에 하얀 것이 언뜻 보였다.

"아, 눈이다."

내 말에 이모와 중매인이 함께 몸을 돌려 정원을 바라봤다. 오늘은 아침부터 추웠다. 잿빛 하늘에서 내려오는 하얀 눈이 동백 앞에 서 있는 가노군 모습을 뿌옇게 만들었다. 그냥도 납작한 가노군 몸이 당장이라도 사라져버릴 것 같은 착각을 일으켰다.

"쌓이려나."

이모가 중얼거리며 창가로 다가갔을 때 현관에서 "실례합니다"라는 목소리가 들렸다. 나가보니 백화점 종이봉투를 든 니시지마 씨가 서 있었다.

"니시지마 씨, 안녕하세요. 어디 다녀오시나 봐요?"

"백화점에서 열린 교토 페스티벌 이벤트에 그이랑 다녀왔어. 이건 선물."

니시지마 씨가 건네는 화과자 꾸러미를 감사하다며 받았다.

"그럼 어르신은요?"

"눈이 내리기에 먼저 집에 가서 난로를 켜두라고 했지."

니시지마 씨 부부는 사이가 좋았다. 언제나 두 분이 함께 산책하고, 슈퍼마켓에서 장을 봤다. 나도 가노군과 그렇게 나이를 먹고 싶었다. 이상적인 부부였다.

"우루하, 우리는 그만 갈게. 눈이 쌓이면 돌아가는 길이 힘들어지니까."

안쪽에서 이모와 중매인이 나왔다.

"어머, 손님이 계셨네. 미안해요."

"처음 뵙겠습니다. 우루하 이모예요. 늘 우루하가 신세를 지고 있네요."

"별말씀을요. 늘 우루하 씨가 저희랑 잘 지내줘서 고맙죠."

가볍게 인사를 나눈 후 니시지마 씨는 그럼 또 보자며 돌아갔다.

"아이고, 눈이 이렇게 올 줄 알았으면 부츠를 신고 올걸."

이모가 굽이 낮은 짙은 빨간색 구두를 신으며 투덜거렸다. 그 옆에서 중매인은 어쩐지 안절부절못하며 현관을 돌아서더니 눈을 빛내며 물었다.

"있잖아요, 좀 전에 오신 분, 혹시 가시와기 씨 아니에요?"

"니시지마 씨 말씀이세요?"

그 말이 답이 되어버렸는지 중매인은 조금 이상하다는 듯한 목소리로 말했다.

"아, 그러면 전혀 관계없는 꼭 닮은 사람인가 보네요."

"아는 분이랑 닮으셨어요?"

"네. 저쪽은 저를 모르겠지만요."

중매인은 어렸을 때 간사이 지방에 살았는데, 동네에 T가극단 음악학교에 다니는 예쁜 언니가 있었다고 했다. 그 언니에게는 네 살 많은 오빠가 있었는데, 그 오빠는 유명한 음악학교 여학생에게 모여드는 남자들로부터 여동생을 지키기 위해 언제나 직접 학교에 데려다주고 데리고 왔다.

"정말로 멋진 남매였어요. 저는 취직해서 간토 지역으로 이사 왔는데, 몇 년 전에 당시 친구들과 만났을 때 그 이야기가 나올 정도였죠."

시내에서도 유명한 집안 혈통으로, 오빠 쪽은 이후에 후계자가 없는 본가에 양자로 가고, 여동생은 T극단 단원 여배우가 되어 활약하다 은퇴한 후, 수많은 혼담을 거절하고 계속 독신으로 가극단에서 강사로 지냈다고 한다.

"다카오 씨와 미도리코 씨 남매는 제 소녀 시절 동경의 대상이었어요."

―뭐?

내가 당황한 것을 눈치채지 못하고 이모와 중매인은 돌아갔다.

두 사람을 배웅한 후 나는 거실로 돌아왔다. 일상 속 자질구레한 물건을 넣어두는 서랍에서 연하장 다발을 꺼냈다. 그 안에서 한 장을 뽑아들었다. 부드러운 달필로 적힌 신년 인사 아래에 니시지마 다카오, 미도리코라고 이름이 나란히 적혀 있었다.

연하장을 손에 들고 꼼짝도 못하고 망연히 서 있었다.

두 사람은 부부라고 들었다. 나를 포함한 동네 사람들 모두 그렇게 알고 있다. 두 사람의 옛날 성이 가시와기라면, 니시지마는 다카오 씨가 양자로 간 본가의 성일지도 모른다.

― 세상에 비밀이 없는 사람은 없어.

이전에 이런 말을 하며 웃었던 니시지마 씨를 떠올렸다.

― 그 두 사람은 옛날이야기를 하지 않으니까.

가노군이 니시지마 씨 부부를 좋아하는 이유도 떠올랐다. 누구에게도 말하지 못하고, 몰래 마음속에 숨겨둔 추억. 그것이 작은 실수로 새어나오는 순간이 가장 아름답다고 했다. 생각도 못한 곳에서 새어나온 니시지마 씨의 비밀….

다카오 씨가 본가 양자로 갔다면, 시대를 생각하면 후계자를 만들기 위해 결혼도 했을 것이다. 그쪽 가족은 어떻게 했을까? 어쩌면 가족이 두 사람 관계를 알고 있었고, 그래서 다카오 씨를 양자로 보냈을지도 모른다. 이런 생각을 하다가 문득 정신이 돌아왔다.

고희를 넘긴 니시지마 씨 부부가 어떤 사랑을 가슴에 숨겨두고 살아왔을지 내가 알 수 있을 리가 없었다. 같은 부모 호적에 들었던 사실이 남아 있다면, 아무리 양자로 갔다고 해도 결혼은 할 수 없을 것이다. 하지만 함께 사는 것을 막을 법률은 없었다.

마음은 자유이고, 그것을 막을 수 있는 것은 없다.

그런 것이 있어서는 안 된다.

단 하나도.

조용히 연하장을 서랍에 넣고 정원을 봤다. 가노군 모습이 보이지 않았다. 부엌에 있을까 싶어 가봤지만 거기에도 없었다. 아틀리에에도 없었다.

북향이라 해가 들지 않는 아틀리에는 가노군이 죽었을 때 그리다 만 캔버스가 그대로 세워져 있을 뿐이었다. 가노군은 매일 이 앞에 앉아 붓을 들었다. 하지만 그림이 완성될 일은 없었다. 가노군은 거기에 있지만, 아무것도 새롭게 내놓을 수 없었다.

"…가노군."

이름을 불러봤다.

집 안은 조용할 뿐이었다. 차가운 것이 등줄기를 타고 흘렀다.

이렇게 가끔 느닷없이 공포가 찾아왔다. 이 집에서 가노군 유령과 살고 있는 건 내 망상이었을까? 이 집에는 아무도 없고, 이미 한참 동안 가노군의 추억만이 그저 시체처럼 누워 있는 건 아닐까?

물감이 얼룩진 바닥에 주저앉았다. 창밖이 조금씩 밤의 색으로 변하기 시작했다. 아이가 가지고 놀다가 잊어버리고 두고 간 장난감처럼 덜렁 남겨져 내 몸 구석구석까지 완전히 차가워졌을 무렵이었다.

"우루하."

등 뒤에서 가노군 목소리가 들렸다. 하지만 뒤돌아보지 않았다. 이럴 때, 나는 오감을 전혀 믿지 못하고, 환청이면 어떡하나, 돌아봤을 때 아무도 없으면 어떡하나, 두려움이 앞섰다.

"우루하?"

가노군과 많이 닮은 목소리가 나를 부르며 다가왔다. 발걸음 소리가 내 곁을 돌더니 앞에서 멈췄다.

"무슨 일 있어? 이렇게 추운 곳에서 난로도 안 켜고."

쭈그리고 앉아 눈을 맞춘다. 그래도 믿을 수가 없다. 이것이 환영이라면 어떡하지? 가노군의 커다랗고 납작한 손이 내 뺨에 닿았다. 이것도 착각이라면 어떡하지? 사실은 나를 만지는 사람이 아무도 없다면?

— 있잖아, 가노군은 정말로 가노군이지?

— 내가 마음대로 만들어낸 '다른 무언가'가 아니지?

묻고 싶었다. 하지만 어떤 답이 돌아와도 그것은 내가 만든 가노군의 말일지도 모른다고 생각하면 완전히 안심할 수 없었다. 알고 있었다. 말하자면 내가 믿을까, 믿지 않을까의 문제이고, 나는 믿는다는 선택을 할 수밖에 없었다.

"미안. 잠깐 나갔다 왔어."

"가출?"

"맞선 말이야. 조건이 엄청 좋다고 이모님이 말씀하셨잖아. 우루하가 좋아하는 배우를 닮았고, 날씬해서 배도 안 나왔다고. 그렇게 아저씨도 아니라고 하고."

"그런 건 아무래도 상관없어."

"아무래도 상관없지 않아."

그렇게 말하는 가노군의 윤곽은 밤의 어둠에 녹아들 것처럼 희미했다.

"그래서 집을 나간 거야?"

"응. 이것저것 생각해보려고."

"뭘?"

"내가 우루하의 인생을 빼앗은 건 아닐까, 같은 생각."

"바보 같아."

나는 미간을 잔뜩 찌푸리며 차갑게 말했다.

가노군이 나를 빼앗지 않으면 누가 빼앗는단 말인가.

"이것저것 생각해서 답은 나왔어?"

"나왔어."

"어떤 답인데?"

"나는 우루하 곁에 있으면 안 돼."

"가노군…."

"그래도 나는 우루하 곁에 있을 거라는 답이 나왔어."

그 말은 순식간에 내 마음을 엉망으로 만들었다. 마음이 놓였다 같은 말로는 표현할 수 없는 느낌이었다. 안도감이 덮쳐오면서 목구멍이 조여오며 질식할 만큼 괴로워졌다.

"나도 그래."

웃었다고 생각했는데 제대로 웃지 못하고 뺨이 저려왔다.

"아무리 비상식적인 존재라도 나도 가노군과 계속 이 집에서 살고 싶어."

나는 가노군의 손을 잡았다.

"부탁이니까 나를 두고 어디에도 가지 마."

잡은 손을 힘껏 움켜쥐었다.

"그 이외에 다른 건 전부 아무래도 괜찮아."

건전한 판단력이 있는 사람이 본다면 나는 완전히 망가져 있는지도 모른다. 그래도 상관없었다. 나는 한참 전에 건전한 판단력 같은 건 내려놓았다. 이것이 나의 행복이다.

누가 뭐라고 하더라도.

뒤에서 누군가가 손가락질하더라도.

설령 세상에서 떨어져 나가더라도.

나는 가노군이 있으면 그걸로 충분했다.

가노군 장례식을 치른 후 유령이 된 가노군이 돌아왔을 때, 나는 그렇게 정했다. 하지만 그 생활은 사사로운 계기로 살얼음을 밟아 깨는 것처럼 허망하게 부서질 수 있었다. 그러니 몇 번이고 결의를 다진다. 이것이 현실, 이쪽이 행복이라고. 아무리 다져봐도 부서지기 쉽다는 건 변하지 않지만, 그래도 기도하는 마음으로 바란다.

"세상에는 우리 같은 사람이 많을 거야."

"그럴까?"

"당연히 그렇지. 알아보지 못할 뿐이지 평범하게 길에서 스쳐 지나갔을걸."

벌써 몇 년이나 사이좋게 지냈던 니시지마 씨 부부의 비밀을 나는 몰랐다. 그렇게 가슴에 남몰래 비밀을 품고 있으면서 모두들 아무렇지 않게 슈퍼마켓에서 채소와 생선을 고르고, 계산을 하고, 만원 전철을 타고 있는 것이다.

자신의 손으로 애인의 목숨을 빼앗은 마지막 선택을 평생 숨기고 살아갈 치카.

사랑하는 친구를 되찾기 위해 세상을 바꿀 야망을 품고 있는 아키.

미성숙한 아이만을 사랑하며 완고하게 성숙한 사람을 거절하는 가나자와.

아름답고 딱딱한 껍질 아래 보기 흉한 피부와 생기 있는 사랑의 마음을 숨기고 있는 다치바나.

그리고 죽은 남편의 유령과 살고 있는 미망인.

세상은 비밀로 가득하지만, 그래도 아무런 불편 없이 돌아간다.

"그러니까 그렇게 무서워할 필요는 없다고 생각하고 싶어."

"······."

"나도 가노군도 모두 마음 내키는 대로 살아도 괜찮다고 생각하고 싶어."

가노군은 아무 말도 하지 않았다. 하지만 남색 어둠 속에서 그림자만 남은 윤곽이 작게 끄덕이는 것처럼 보였다. 착각일지도 모른다. 하지만 그렇다고 믿기로 했다.

가노군이 아니라 나는 내 사랑을 믿기로 했다.

가슴 아플 정도의 침묵 속에서 그림자가 천천히 다가와 내게 키스했다.

낮은 경고음처럼 끊임없이 흐르는 불안을 들으면서 오늘 밤도, 내일도, 모레도, 나도, 다른 모두도, 비밀과 결의로 가득한 생활을 지켜갈 수 있기를.

"우루하, 배고파."

"그럼 빨리 저녁 준비할게."

"오늘 밤 메뉴는 뭐야?"

"가노군이 좋아하는 거랑 내가 좋아하는 거. 잔뜩 만들 거야."

호화로운 밥상이 되겠다며 가노군이 웃었다. 우리는 일어나 손을 잡고 부엌으로 향했다.